D1178925

Slopers

Ander werk van Stijn van der Loo

De Galvano (roman, 2004)
De held Jacob Mulle (roman, 2006)

Stijn van der Loo

Slopers

Amsterdam · Antwerpen
Em. Querido's Uitgeverij BV
2012

Dit boek is mede tot stand gekomen dankzij een
bijdrage van het Nederlands Letterenfonds.

Omslag Brigitte Slangen
Omslagbeeld Deen van der Zaken
Foto auteur Simon van Boxtel

ISBN 978 90 214 4158 0 / NUR 301
www.querido.nl
www.stijnvanderloo.com

Voor Mirjam en Samuel

I

Dat ik beter enig kind was geweest is wel duidelijk, en zo heb ik mij ook altijd gevoeld, al vanaf het moment dat ik in mijn wonderlijke couveuse zo ogenschijnlijk vredig lag te vechten voor mijn eerste adem. Alles wat ik was aan gevecht, levensstrijd, was binnen, de wereld was aan de andere kant van het glas. Hoe eenvoudig kan ik dat gevoel nog oproepen, die melkwitte omgeving, waarbinnen de tijd stilstaat en waarbuiten de werkelijkheid gemoffeld en in vertraging voortgaat, als een verre wereld buiten een droom. Broer is weliswaar ouder dan ik, negen maanden om precies te zijn – meer het gevolg van mijn benauwde vroeggeboorte dan van de ontembaarheid van de lusten van onze moeder, tenminste, zo heb ik mij dat altijd voorgehouden, maar toch ben ik zolang ik mij herinner ouder geschat. Een andere manier van kijken misschien (alerter? meer op mijn hoede?), een besef dat tegelijk met die naar adem snakkende longen in mij moet zijn gegroeid, dat leven niet vanzelfsprekend is, dat elke ademtocht dient te worden bevochten en dat er niets op de wereld bestaat dan dit: je eigen gevecht tegen de verstikking.

Ik scheur mij los uit mijn overpeinzing en richt mijn blik naar buiten. Hier sta ik, vechter, overlever, in het modderland van Mortel, op de dijk, in mijn maffe jasje van velours, zoals de mannen het noemen, vuil van aarde en stof, de opzichter van de sloopwerkzaamheden van het bedrijf Pek, in sloop en terrazzo, excuus, de Gebroeders Pek, in sloop en terrazzo.

'Van onderen!' Broer, zittend op de nok van de schuur van Van Montfoort, steekt zijn hand op.

Tinus geeft zijn pony een tik, het dier schiet overeind uit haar eeuwige dommel en zet zich schrap, spant het touw, begint te trekken, haar hoeven krabben in de klei-aarde. Aan de andere kant van het krot hangen Vollemondt en Volcker aan hun touw. De kracht moet gelijkmatig zijn, dan gaat zo'n geval het mooiste neer. Mijn broer springt overeind en dirigeert, staande op de nokbalk. Zijn zwarte lok danst over zijn bezwete voorhoofd, de aderen in zijn keel staan strak als de kabels waaraan Vollemondt en Volcker hangen, als die waaraan Tinus zijn pony heeft vast getuigd.

'Beer, Scharrelaar, laten vieren, kom maar... En trek!'

Het deint en kraakt onder de kap. De muurankers verschuiven, zwoegend, worden losgewrikt, dat hoog zingende geluid van het schuren van metaal over steen, de klank van gevaar. De schuur wankelt, zwikt, en daar gaat-ie, luid krakend, hij zakt in het midden door. Een stofwolk hoest zich door scheuren en gaten naar buiten.

Volcker en Vollemondt keren hun roodaangelopen koppen af en kuchen in hun mouwen. Ik sta naast de boer en houd mijn zakdoek voor mijn gezicht, net als hij, op mijn advies.

Alleen Tinus hoest niet. Staat stoïcijns naast zijn pony, beklopt haar nek, braaf beest. Als je hem zo serieus ziet zou je niet zeggen dat hij achterlijk is. Toch is juist dat toegewijde een aanwijzing. Ons maakt het niets uit, voor ons is-ie goed. Geef hem één ding te doen, geen twee. Anders loopt-ie vast en gaat-ie drentelen en zweten en in zichzelf mompelen.

Broer heeft zich ondertussen sierlijk met het dak mee naar beneden laten glijden, vallen, lefgozer. Op het laatste moment springt hij eraf. Soepele landing, alles in één beweging. Schooiertje. Dwaas. Elke keer dat-ie de luchtacrobaat uithangt draait mijn maag om, staat de wereld stil. Ik hou mijn adem in, tot-ie is neergeploft, op beide poten, zonder ze te verzwikken, of zijn nek te breken, die idioot. Ben ik mijn broeders hoeder? Nee, is hij zijn broeders hoeder? Geen greintje verantwoordelijkheid, die zak.

Als je hem zo bezig ziet zou je niet zeggen dat hij mijn broer is. Een heel ander type, zeiden ze vroeger al. Hij de wildebras en ik de zuinige. En dan die lok van hem, moeder kon niet ophouden erdoorheen te strelen. 'Prinsje,' zei ze. 'Hou op, je maakt het vet!' riep-ie dan. Hij werd er gestoord van. Net als ik, trouwens.

Tinus heeft zijn pony verlost van haar oogkleppen en streelt haar door haar manen. 'Hoe heet de koning van Wezel?' zou ik hem horen fluisteren als ik dichterbij stond. Aan liefde geen gebrek. We hebben hem te leen van zijn vader, die gek van hem werd. Nu komt-ie iedere ochtend op zijn pony aangesjokt, helemaal vanaf De Wel, achter Meersel, over de dijk langs de Mieze. En 's avonds weer terug. Zij kent de weg met haar ogen dicht, een prachtbeest. Op sloop spannen we haar voor de kar en gebruiken haar om de muren om te trekken. En als we 's middags op de plaats bezig zijn staat ze in de voortuin te grazen, tot Tinus er weer op naar huis rijdt. Voor het lenen van zoon en pony geven we Tinus af en toe wat aardappelen mee, of wat we maar over hebben. Zo houden we ons heel eigen economietje draaiend.

Volcker en Vollemondt zijn weekloners. Volcker met zijn littekengezicht – als kind is hij door een hond recht in zijn gezicht gebeten, die pestkop, met als gevolg dat afschuwelijke litteken van hem, waardoor geen meid hem ooit zal kussen, en Vollemondt, een beer van een jongen met zijn goeiige dikke lijf vol zelfverbouwde wijn, altijd licht geurend naar stront. Volgens Broer is hij te dik om zich schoon te kunnen houden van achteren, maar volgens mij ruikt hij het zelf niet. Het een sluit het ander niet uit.

We hebben ze van de vroege lente tot de late herfst. In de winter werken ze in de steenfabriek in Giers, aan de andere kant van de Mieze, op 't Zand, zoals we dat hier noemen. Wij van Mortel zijn van de Klei, zij van Giers zijn van 't Zand. Daar spelen diepe vetes tussen, van oudsher. Maar er zijn er wel meer die 's winters de rivier oversteken en betrekking zoeken in de steenfabriek. Alles wat hier in de aardappelen zit bijvoorbeeld, of in de boomgaarden, moet de winter zien te overbruggen. Dat heeft het wantrouwen tussen de twee dorpen flink verdiept. Als er in de winter in Giers wordt ingebroken dan zijn het die lui van de Klei, als vanzelf. Als er in de zomer hier iets voorvalt zullen het die types van 't Zand wel weer zijn. Volcker is zelf ook van 't Zand, van oorsprong, zulke dingen worden nooit vergeten. Van Montfoort begon er vanochtend meteen over, terwijl hij hem wantrouwig stond te bekijken. 'Die met dat litteken. Is dat er niet één van 't Zand?' Maar zolang we niet naar zijn dochter loeren en onze klompen uitdoen als we koffie drinken in de deel, zal het hem gezouten wezen. We zijn de goedkoopste slopers van de streek, hij moet van zijn schuur af, wij doen het.

Van Montfoort staat er content bij. Mooi zo, weer een tevreden klant. Valt er nog wat kapot te smijten in de streek? Vraag ons, niets dan tevreden klanten... Ik kijk naar Broer, heeft-ie nou toch zijn voet verzwikt?

De kwestie met Broer is dat je hem niet in de weg moet lopen, dat zegt hij altijd. 'De dingen die me niet interesseren interesseren me niet,' zegt hij. 'Maar wie me voor de voeten loopt...' Dan beklopt-ie heel stoer zijn riem, waar zijn slagmes achter steekt... Allemaal branie, want een slechte jongen is-ie niet, hooguit wat driftig. Een zorg, dat wel, vooral voor moeder, vroeger.

Maar dat mes van hem is bot, het is een klein formaat slagmes om de plooien in het behang mee glad te strijken en de banen op maat af te slaan. Hij heeft het ooit gevonden in een huis, vergeten door de behanger. Het is een ongevaarlijk mes, net als Broer zelf, die oogt ook scherper dan-ie is.

'Ik sla je ballen eraf!' riep hij vroeger om de haverklap. Moeder mopperde erover. 'Er komt een keer iemand die dat niet pikt,' zei ze.

'Die sla ik ook zijn ballen eraf,' zei Broer dan.

11

Hij heeft zich nooit veel van moeder aangetrokken. Een jaar na de oorlog is-ie er zelfs eens vandoor gegaan, weggelopen van huis, hij was twaalf, ik elf... Dat maakte wel indruk op mij. Hij wilde naar Frankrijk liften en zich aan gaan melden bij het vreemdelingenlegioen, dacht waarschijnlijk dat ze hem daar wel zouden laten paardrijden. Hij had het allemaal van die plaatjes die je in die tijd bij de koffie kreeg. Soldaten van het vreemdelingenlegioen te paard... Heel heldhaftig... Hij zat er altijd naar te kijken, maar ik had nooit gedacht dat-ie zoiets ook zou doen, dat-ie hem echt zou smeren. Binnen een dag had de politie hem thuisgebracht.

'Rotzak!' riep moeder. Ze was ziek van ongerustheid. Mij gaf ze ook nog de schuld. Ze dacht dat ik er wel meer van zou weten. 'O, rotjongens. Jullie worden nog eens mijn dood.' Ik was bepaald gepikeerd, natuurlijk. Maar Broer draaide zich onder haar gescheld vandaan en stampte het erf over, ging achter de schuur zitten roken.

'Ik heb met niemand iets van doen,' zei die, toen ik hem moest halen voor het eten.

'Fantast! Idioot!' riep ik. Ik gaf hem een flinke trap met mijn klomp tegen zijn enkel, zijn zere plek.

'Ik sla je ballen eraf,' jankte hij.

Broer komt naast me staan, neemt me mijn lap af en wrijft ermee over zijn gezicht.

'Die ligt. Honderd punten,' gromt hij grijnzend, veegt zijn lok uit zijn ogen, spuugt een stoffluim op het erf en stapt op de mannen af, begint samen met de zwaar hijgende en hoestende Vollemondt de witbestofte touwen uit het puin te trekken. Volcker rommelt wat tussen de brokstukken. Het punt met dat smoel van hem is dat hij er altijd verdacht uitziet. Bij alles wat-ie doet zie je zijn scheve bek en vertrouw je hem voor geen cent. Hij is zich er ook naar gaan gedragen, als vanzelf, dat dan weer wel. Ach wat. Ik maak me op voor mijn babbelpraatje met Van Montfoort, offreer hem een sigaar.

'Zo,' zegt-ie terwijl hij mijn sigaar aanneemt. 'Jullie maken er een hele show van, is het niet?' Hij pelt een paar briefjes van een rol papiergeld uit zijn borstzak.

'We doen ons best,' zeg ik. Het geld verdwijnt in één beweging dubbelgevouwen in mijn kontzak en ik kijk met hem mee de verte in naar de lucht. De herfst valt vroeg dit jaar. Het is pas eind september maar de wolken boven de rivieren zijn zwaar en donker. Ochtendrood, regen in de sloot, zei vader vroeger. Hij was het ook die zei: familiebedrijven zijn de toekomst.

Nu dan, zie hier onze handel. Een boer moet zijn schuur weg hebben. Een ander wil zijn huis afgebroken zien. Of een steiger gesloopt. Wij doen het. Goed en goedkoop, dat is algemeen bekend. Maar een vloertje leggen doen we ook. Zeker sinds de regering de terrazzovloeren verplicht heeft gesteld in alle badkamers en plees van Nederland. Verordening van vorig jaar, 1953 A.D., afgevaardigd bij decreet. Ik heb het er gewoon bij geschilderd, op het bord aan het hek. *Gebroeders Pek in sloop*, stond erop, *En terrazzo*, schilderde ik eronder. Hupsakee, daar stond het, mouwen opstropen en eropaf. Zo moeilijk is het niet.

Van Montfoort wilde zijn stal weg hebben. Hij wil iets in de nieuwe tijd, zei die. Het zal wel weer zo'n mooie grote varkensstal worden, zoals Perrer die heeft, ook eerst een aardappelboer, tenslotte, zoals iedereen hier in de streek. Maar varkens schijnen in de nabije toekomst meer op te brengen dan aardappelen, dus een slimme boer schakelt over. De gemeente wou hem zijn bouwvergunning niet geven. 'Zolang die stal van je nog staat stop je daar je varkens maar in,' schijnen ze hem gezegd te hebben. Dus bslootie dat die stal van hem vanzelf was ingestort. Daar heeft-ie ons voor gevraagd. Geen probleem natuurlijk. Wij helpen uw bezit graag tegen de vlakte, meneer Van Montfoort. Wijs maar aan waar u hem wil hebben liggen... Hier heeft u een sigaar...

Hij steekt hem belangrijk in gang en paft een eindje weg, tuurt over de rivier. 'Straks hebben we regen en morgen is het storm,' zegt hij. Ik volg zijn blik. Boven het kruispunt van Mieze en Lije is het al begonnen te betrekken. Daar begint de storm altijd, boven het kruispunt van de twee rivieren. Het is zoals alles altijd begint, op het kruispunt van twee stromen. Een leven, een handel, een liefde, Broer en ik.

We zijn allebei van hetzelfde jaar, hij van het voorjaar, ik van het najaar, een wereld van verschil. 'Jij jankte als de pannen van tafel gingen,' zei Broer vroeger alsie zin had me te stangen. 'Ma moest het deksel optillen om te laten zien dat er niks meer in zat, anders hield je niet op.'

'Dat herinner jij je anders ook niet, lul. Je hebt het maar van horen zeggen.'

Dan keek hij me triomfantelijk aan. 'Daarmee is het nog niet onwaar...'

We schelen precies negen maanden. Dus zijn we drie maanden per jaar even oud. Tot zijn verjaardag in januari. Dan ligt hij weer voor. Inhalen kan ik hem nooit. Maar die negen maanden hebben wel steeds aanleiding gegeven tot van alles, weet ik veel, drukte, bij anderen dan. 'Oeioeioei, die moeder van jullie...' De meesters en juffen van de lagere school knipoogden er al dubbelzinnig bij. Later kwamen er allerlei andere insinuaties bij in de bezwete rotkoppen van die sensatiebeluste figuren. De reactie van Broer was altijd explosief; wanneer hij maar onrecht vermoedde sloeg-ie erop. Ik had meer de neiging mij terug te trekken, mijn eigen wereld in, waarin de tijd stilstond, melkwitte vrede. Zwijgen, afsluiten en vanbinnen laten stormen, ademen.

Moeder hulde zich in hautain stilzwijgen, maar haar ogen schoten vuur, onder de verdachtmakingen die uitgesproken of onuitgesproken rond ons hingen... Haar verongelijktheid uitte zich in minachting. Die rotboeren. Ze had er geen goed woord voor over. Je had de mof, maar die boeren hier waren minstens zo erg, alleen in het geniep. Als ze met hun 'wederopbouw' kwamen, snoof zij. 'Wederopbouw,' zei ze dan. 'Als dat geen Duits is... Wiederaufbau! Er moet nog heel wat worden afgebroken voor er kan worden opgebouwd.'

Maar komaan, het verleden is overwonnen, waar of niet? De Duitsers zijn weg. Die hebben hun eigen zorgen weer terug, aan hun eigen kant van de grens, zoals wij die aan onze kant.

Op de dijk is Tinus bezig, kauwend op zijn te grote tong. Hij spant zijn pony voor de kar vol slooptroep, rommel die goed genoeg is om straks thuis in de verkoop te gaan. Dakpannen, dorpels, stenen, tegels, een kozijn, en vandaag ook een ouwe pleepot, die had Van Montfoort nog in zijn schuur staan, in een hoekje. 'Neem maar mee,' had-ie gezegd. 'Dan ben ik er maar vanaf. Weg met die rommel.'

Wij kunnen een pleepot nog prima gebruiken in een terrazzo. De een zijn rommel is de ander zijn handel, zo is het maar net.

Morgen opent de kermis, jaarlijkse herdenking van de bevrijding. Mortel Vrij heet dat evenement en de ganse streek loopt erop uit. Weer een jaar bevrijd, we kunnen onze lol niet op. Dat moet gevierd! Hup, de draaimolen in, het reuzenrad, de botsauto's, het café.

'Gaat u ook naar de kermis?' informeer ik beleefd.

'Als ik jullie zo bezig zie hoef ik daarvoor de deur niet uit,' zegt Van Montfoort. 'Ik krijg de kermis op mijn erf.' Hij grinnikt de sigarenrook tussen zijn tanden door naar buiten en wijst naar Broer. 'Man, wat een linke trucjes voert die knaap van jullie daar uit.'

'Dat is mijn broer...' zeg ik.

'O ja, da's waar ook.' Zijn oog glimt. Het amuseert hem blijkbaar. Zeker weer die negen-maandenmop. Ik minacht hem volkomen.

Dan kijkt hij mij nog eens aan. Maak je maar geen illusies, jongen, zo kijkt-ie. Een beetje vaderlijk, net waar ik op zit te wachten, zeker. Wat zal ik me illusies maken hier, in dit modderdorp, midden tussen de ingestorte rotzooi. Met die geel uitgeslagen pleepot achter op mijn kar zeker, de illusie dat we hem nog gaan verkopen, misschien? Zoals-ie boven op de andere troep staat te wankelen, de trofee van onze kar vol illusies, vol tweedehands koopjes, deinend onder zijn te zware lading.

Of bedoelt-ie soms de illusie op die armzalige dorpskermis van ons, morgen? Het jaarlijkse uitje, het moment waarop alle remmen los gaan, van de anders zo keurige Mortelaars, de katholieke boeren hier, die zo net in pak des zondags in de kerk hun berouw komen betonen, met gebogen hoofden onder de zalvende, bezwerende handen van die andere dromer, meneer pastoor, breek me de bek niet open. De kermis, die jaarlijkse herdenking van onze bevrijding, wat zeg ik, die jaarlijkse bevrijding zelf, de bevrijding van wie we zijn, van wat het lot ons heeft toebedeeld, in welke ploegendienst we moeten rondsakkeren, op welke grauwe akker, voor ons handjevol centen, dat we dan met een groots gebaar stukslaan in De Gouden Leeuw, want pas op, het is feest, er wordt niet gekeken op eentje meer of minder... We laten ons rondzwieren, vollopen, en het eind van het liedje is dat we op de vuist gaan, voor een akkefietje, voor een meisje. Wij van de Klei en zij van 't Zand. Traditie van jaren. Hup Marianneke, laat de poppetjes dansen. Aan het einde van de nacht vinden we onszelf terug, als we al niet overhoopgestoken zijn, wij dromers, aan de achterkant van een attractie, waar het niet zo vrolijk van verlichting is, waar de muziek nog maar dof doorklinkt, tussen de volgepiste tentzeilen neergezegen, bezopen en leeggekotst, bekocht en platzak.

'Hij is een durfal,' zeg ik tegen de boer.

Aha, zo knikt-ie en hij zet het weer op een turen.

Een durfal. Geef het een naam en het is geplaatst, waar of niet? Hij de durfal, ik de durfniks, de zuinige. De Gebroeders Pek, in sloop en terrazzo.

'Zorg ervoor dat je schoon blijft op je ziel,' zei moeder altijd. 'Ik ben altijd schoon gebleven op mijn ziel.' Maar ze keek er zo bedroefd bij, niet bepaald bevrijd, om het zo maar eens te zeggen. Dan wreef ze zich met haar vuist over haar arm. Zo deed ze dat, ze wreef de pijn er bij zichzelf in. Ze had maar dunne armpjes. Kippenpoten, vond Broer, vooral met die blauwe plekken erop. Dan kon hij van mij een schop krijgen. Volgens de dokter had moeder een zwak gestel. 'Het is al een wonder,' zei hij een keer, 'dat ze ooit twee kinderen heeft kunnen baren, zo vlak na elkaar. Dat mag een godswonder heten.'

We keken hem natuurlijk met onze vuilste blik aan, Broer en ik, die kletser met zijn smetteloze genezersschort en zijn opvoedkundig gezever, goed om elke kwaal te bezweren. Had ze nou maar naar hem geluisterd, dan had hij het haar zeker afgeraden, haar tweede zwangerschap. Wellicht haar eerste ook, wie weet, met haar zwakke gestel, hij had er vast zijn middeltjes voor.

Maar er was ook nog meneer pastoor. Die raadde haar juist nog veel meer koters aan, de genade van God, zielen om te winnen en handen om het land te bewerken en de collectepot van de kerk te vullen tot de rand. Ze trokken aan twee kanten aan het touw. En moeder was gevoelig voor gezag, dat zat nou eenmaal in haar aard. Maar uiteindelijk had de natuur toch het meeste gezag, want hier waren we, er was niks meer aan te doen. En de pastoor had ook pech, want vader werd ingedeeld bij de Arbeitseinsatz en verdween het vijandelijk gebied in. Te ver voor de ontmoeting van een zaadje en een eitje en ook te ver; zo bleek, voor een kaartje of een brief.

'Papa was dol op jullie,' zei moeder vaak. 'Hij noemde jullie zijn piepertjes. Hij zag jullie al op de boerderij. Het familiebedrijf heeft de toekomst, zei hij altijd.' Dan glimlachte ze treurig. Het meeste wat we ons van vader herinneren weten we van haar. Hoe hij werd opgeroepen voor de Arbeitseinsatz en in Hamburg moest gaan werken in een metaalfabriek.

'Dat was in '42,' vertelde ze. 'Hij wilde niet onderduiken vanwege jullie. Hij is zich netjes gaan melden. Dat gebeurde hier gewoon op het gemeentehuis van Mortel, dat stond er toen nog.' Haar vertrouwde hij de boerderij toe. 'Zorg ervoor tot ik terug ben,' had hij gezegd.

Maar hij kwam niet terug. Moeder kon het niet aan, de boerderij en twee jonge kinderen, wij. Als ze op het land kwam waren er steeds één of meer voren van de akker leeggeroofd. Heel brutaal. Ze kwamen van alle kanten, uit de steden, want daar was te weinig te eten, uit Schenk, maar ook kwamen er helemaal vanuit Utrecht, te voet. De eerste twee seizoenen was onze boerderij dé leverancier van gratis aardappelen, het jaar erna moest moeder de boel verkopen. Aan Harelbeecke, die herenboer met die glimlach op zijn bakkes. Voor een mooie prijs, dat spreekt. Toen hij onze boerderij erbij had verdween die glimmer helemaal nooit meer van zijn porem. Wij verhuisden naar ons dijkhuisje, dat vochtige krot, een huurhuisje van Perrer. Nooit zagen wij moeder verbetener zwijgen dan op vrijdag, als het aardappelbeurs was in De Gouden Leeuw, en Harelbeecke langs kwam gereden met zijn pronte kar vol piepers. Zwijgend keek ze die kar na, tot-ie helemaal uit zicht was. Dat waren onze piepers, duidelijk.

Met Harelbeecke is het meer dan goed gegaan sinds die tijd. Hij is in pak gaan lopen en laat zich tegenwoordig meester noemen, naar het Amerikaans. Mister Herrelbieck. En omdat-ie nu zaken doet met Amerika, zoals hij iedereen wil laten merken, heeft-ie een Amerikaanse hoed gekocht, zo'n grote cowboyhoed, al hebben ze hem die in De Gouden Leeuw een keer van zijn kop geslagen. Sindsdien hangt-ie aan de schouw en draagt-ie hem alleen op buitenlandse reizen.

'Zo zie je wat er komt van mensen die per ongeluk het geluk aan hun kant krijgen,' zei moeder. 'Wat als het anders was gelopen? Wie weet hadden wij het land van Harelbeecke gehad. Dan had ik een hoed opgezet en aardappelen geëxporteerd en rechtop gelopen. Het is allemaal erg onrechtvaardig. Wie wint loopt rechtop.'

Moeder is in De Gouden Leeuw gaan schoonmaken. Niet een bezigheid die veel respect afdwong. Net zoals het verhaal van vader ook niet het beste heldenverhaal is dat je je kunt voorstellen. Sommigen in het dorp beweren dat het 1941 was toen hij ging, met andere woorden dat hij vrijwillig is gegaan. Zijn eigen bedrijf in aardappelen liep tenslotte niet al te bijster, zeggen ze hier. Ze beweren dat het bewijs op het gemeentehuis lag. Maar dat is in 1944 in brand geschoten.

Zo is het het woord van de boeren tegen moeders woord geworden. Dat vader nooit is teruggekeerd bevestigt die boeren in hun idee. 'Want kijk eens naar de familie Van Kan, bijvoorbeeld. Die zijn toch ook teruggekomen? Uit Bergen-Belsen nog wel! Nee hoor, die vader van jullie...' Overgelopen, dat stond vast.

'Laster is iets verschrikkelijks,' zei moeder een keer. 'Je kunt je er niet tegen teweerstellen. God neemt en geeft, zonder haat in Zijn keuze. Maar de mensen... Ze zullen hun stenen smijten, en als er één begint, pas dan maar op. Zo zijn de mensen.'

We hebben nog een foto van vader op de schouw. Hij staat op het erf in zijn zondagse pak, een kleine koffer naast zich. Het is zonnig weer en de kersenboom staat volop in bloei. Hij lacht stralend naar de camera en steekt zijn hand op. Gegroet. Op reis gaan is een avontuur. Zo ging hij de oorlog in, op de kar van Bertens naar Schenk en van daaraf met de trein dat godvergeten Duitsland in. Maar laat rusten nu, de herinneringen. We laten het verleden rusten. Van belang is de toekomst.

II

'Ik maak me zorgen,' zei ik gistermiddag tegen Broer. Het was na een sloop in Biezeveld, en we stonden wat te rommelen op de plaats naast ons dijkhuisje. Volle-mondt, Volcker en Tinus waren allang naar huis. Ik probeerde het houtwerk af te dekken tegen de regen-buien die er evengoed al volop overheen gegaan wa-ren. De plaats was een moddertroep geworden en uit de stapel zaaghout steeg die vage schimmellucht op waaraan je ruikt dat het niks meer gaat opbrengen, of het had eerst maanden moeten kunnen drogen, maar daarvoor is het al te laat in het seizoen. Bovendien, er valt weinig te drogen, zo pal aan de rivierdijk.

Ik trok het plastic recht waardoor het scheurde. Een kleine familie pissebedden vluchtte weg, in pa-niek, over elkaar heen buitelend, alle kanten op, zo snel als hun kleine pootjes ze konden dragen, die zachte stugge beestjes, zoekend naar een nieuwe donkere en vochtige spleet om in te schuilen. Ik kon dat zeil wel gebruiken in huis, aan de vliering, daar zitten een paar forse kieren tussen de dakpannen, maar ik liet het liggen.

'Ik maak me zorgen,' zei ik nog eens. 'En dat zou jij ook moeten doen.'

Maar Broer maakte zich geen zorgen. Hij stond met zijn mes de kalk onder zijn nagels vandaan te peuteren. 'Ik heb met niemand iets van doen.'

Gesprekken tussen broers, dat gaat er minimaal aan toe, met maximale wrijving. Meteen de oude groef. Hij maakt zich geen zorgen, en dat is dat. Hij vindt het wel best dat ik alles regel, de inschrijvingen, de zaken. Die dingen vindt hij eenvoudigweg niet interessant. De meisjes, die zijn interessant. De zaken, dat is voor sukkels zoals ik.

'En ik vind dat ik recht heb om me zorgen te maken,' zei ik. 'We moeten de mannen betalen. Dat zou jij je ook aan kunnen trekken.'

Hij vouwde zijn mes in en haalde zijn schouders op.

'Altijd dat schouderophalen,' foeterde ik. Alsof daarmee ooit iets voor elkaar is gekomen. Alsof daarmee ooit een bedrijf is opgebouwd, of een verstikkingsstrijd gewonnen.

Ik keek naar ons huisje, dat beschimmelde krot. Weinig kans het hier vochtvrij te krijgen, zo pal aan de Miezedijk, het is hier het hele jaar nat. Dat trekt in je botten en in je huid. Op het laatst ben je zelf een soort pissebed, op zoek naar een schuilplekje in het vochtige duister. Je weet niet beter of je zult mee wegrotten met het huis en de hele rotzooi hier en heel Mortel en heel de modderstreek en heel Nederland en Duitsland erbij!

Ik stond daar maar, met mijn grimmige zorgen, maar hij zag me niet eens, keek naar de avondlucht. Achter de dijk loeide de misthoorn van een binnenvaartschip dat de bocht naderde waar de Mieze en de Lije in elkaar opgaan en waar je kunt kiezen: zuid de Lije op en stroomopwaarts richting België en Frankrijk, of rechtdoor over de Mieze naar het oosten,

Duitsland in. Als er ooit te kiezen viel. Valt er ooit te kiezen? Zomaar vrij? Dat de binnenschipper de kruising nadert, aan zijn scheepstoeter gaat hangen en naar zijn kompaan brult: 'Wat doen we? Frankrijk of Duitsland?' Nooit natuurlijk. Hij vaart de route van zijn handel en daarmee uit. Net als wij. Kiezen is er niet bij, niet voor hem, niet voor ons, voor niemand.

In het westen trok de hemel open in brede strepen roze en rood, het onweer had een troostrijk tafereel geschilderd, met tussendoor priemend de zachte en soms felle scheuten van het late zonlicht. Die beloftevolle onverschillige natuur, wie het niet uitmaakt of we handel hebben of niet, of we zuurstof hebben of niet, of we leven of niet. Aan het oosten boven Duitsland was het al donker, daar kwam de nacht. De brul van de scheepshoorn loeide klaaglijk over het stille water tot ver over 't Zand. Ik veegde mijn neus af aan mijn mouw. Einde van de werkdag, wat mij betrof.

Broer keek me meewarig aan, glimlachje om de mond, net zoals-ie naar zijn meisjes kijkt, met die zachte ogen van hem, dus ik trapte naar hem, godverredomme, maar hij zag me komen, hij was er al vandoor, klom in een paar slagen het dak op. Ik trapte lucht, mijn klomp vloog uit.

'We hebben een bedrijf te draaien,' riep ik. 'Ons familiebedrijf!' – Ik hoorde zelf ook wel hoe belachelijk dat klonk.

'Bedoel je dit hier?' schamperde hij, gebarend over de plaats.

Hij heeft natuurlijk gelijk. Een grote verzameling rotzooi is het, meer ook niet. Geroest ijzer, gebarsten stenen en stapels verregend hout waar de zwammen op staan, stukken beton die we zogenaamd nog tot terrazzo gaan vermalen (Ha! Zonder machine zeker? Zeker Vollemondt met zijn eigen kiezen?), om nog maar te zwijgen van de andere troep, halfvergane tapijten, kozijnen, glas in lood, dorpels, aangevreten leidingen, koper, zink... Of die loden pijpen uit het sloopje in Beizem vorige week. Er komt niet eens iemand kijken, aan voelen voor het gewicht, niks. Broer had ze gerust willen laten zitten, gewoon de fik in die hut en klaar ermee. Daar komt geen hond voor, zei hij. En inderdaad, honden komen er ook niet voor... Voor onze vlooienmarkt aan spullen die niemand hoeft te hebben, volgens hem. Onze handel, volgens mij. Onrubriceerbare troep, al staat Volcker nog zo interessant te doen de hele dag met dat potloodje in zijn scheve bakkes en dat aantekenschrift van hem. Reken maar dat-ie alleen maar wat tegeltjes voor zichzelf probeert te ratsen en verder loert-ie naar Tinus of-ie hem niet te grazen kan nemen. Dat is nou zijn gevoel voor humor: een onnozele opjutten.

'De kermis begint,' zei ik. 'Ze willen beuren...'

'Schrijf je ons toch op een extra sloopje in, morgenvroeg?' zei Broer. 'Betaalt de Krent maar een keertje vooruit.'

'Dat doet-ie nooit, Perrer, dat weet jij ook. Bovendien is het morgen donderdag.'

'Nou en?'

'Donderdag is geen inschrijfdag.'

Hij keek me vermoeid aan. 'Nou, donderdag is anders ook geen betaaldag...' Hij kwam het dak af geklauterd, liet zich zakken met één hand aan de dakrand, soepel langs de regenpijp, hup hup, en stond naast me.

'Misschien als we het hem heel vriendelijk vragen,' zei hij. Hij klopte op zijn riem en straalde.

'Idioot,' zei ik. 'Wees eens een keer serieus.'

'Ik heb straks een afspraakje,' zei hij. 'Serieus genoeg. Ruik eens aan mijn adem? Stink ik?'

Ik maakte dat ik wegkwam. Meidengek, met zijn lok. Ik zal er eens de schaar in zetten. 'Straks is die lok eraf,' zeg ik hem regelmatig. 'Dan knip ik je kaal. En dan?' Dan kijkt-ie me aan of het me definitief in mijn bol geslagen is. Hij kent geen grotere sukkel dan ik, zoveel is zeker.

Ondertussen weet Van Montfoort wat genieten is. Hij rookt zijn sigaar in gestaag tempo, als een kenner, inhaleert diep en blaast de rook uit, zijn ogen vernauwend tot spleetjes. Zo tuurt hij door die rook van hemzelf heen naar de lucht, het weer, de storm die daar op komst is. Hij kent de toekomst aan de wolken. Hij heeft tijd zat om wat te filosoferen. Zijn kapitaal is tenslotte in zijn akker gegroeid, onder de klei steken zijn vette binten, die zullen eerdaags worden geoogst. Dat zal gebeuren voor het hele land in een grote moddertroep verandert, voor de Mortelse akkers drassig zijn geworden als het oeverland van de Mieze, voor de piepers in de blubber zijn verzopen. Maar ook dan krijgt hij zijn geld. Is het niet op de beurs dan is het uit het Sociaal Fonds. Geen zorgen, hij houdt zich nu meer bezig met de komende kermis, zoals dat een echte boer betaamt.

'Er schijnen Amerikanen te komen, morgen,' begint hij. 'Heb je dat al gehoord?'

Ik kijk hem aan. 'Voor een herdenking?'

'Een demonstratie. Met een of ander landbouwapparaat.' Hij steekt zijn duimen in zijn overall als een belangrijk man. 'De buurtvereniging heeft het geregeld. Herrelbieck zegt dat het iets enorms moet zijn. Zo groot als de kerk. En het doet alles: ploegen, zaaien, snoeien, rapen...' Hij schiet in de lach. 'Verdomd als het niet waar is. Een combi noemen ze die dingen. Nou, daar is niks aan gelogen, volgens Herrelbieck. Die heeft hem al gezien. Een fabriek op wielen, zei die...'

Ik knik hem geïnteresseerd toe. 'Tjonge, jonge,' zeg ik, met mijn meest genegen tronie, waar Broer zo'n godsgruwelijke hekel aan heeft: mijn ik-maak-een-praatje-gezicht. (–Maar ik maak toch ook een praatje, zeg ik hem dan. –Als jij zo tegen mij begon gaf ik je een klap op je bek. –Dat heet sociaal vaardig. –Sociaal vaardig, mijn reet. Je bent precies een rivierpaling, zo'n graatloze slijmer. Waarom kruip je niet meteen in hem omhoog? Wie weet wat-ie je dan gaat betalen? –Ons! Wat-ie óns gaat betalen. –Ons? doet Broer dan. Mij interesseert dat niks. Er is geen 'ons'.)

'Er schijnt aankoopbevordering op te zitten, van het rijk,' mijmert Van Montfoort nog even door. 'We gaan er met de hele club naartoe. Misschien dat we iets kunnen met een paar coöperaties samen, met Giers, of anders met Schenk.'

Ik zie het al voor me, op de kermis, precies met die steenbakkers uit Giers, zeker, of de pummels van

Schenk. Dat zal wel tot mooie zaken komen, daar, zal het zijn voor of nadat ze elkaar overhoop hebben gestoken?

Van Montfoort heft zijn handen ten hemel. 'Inpakken kan dat ding zelfs! Als we het geloven mogen...' Hij kijkt me aan of het een reuzenmop is, wat die Amerikanen allemaal niet bedenken... 'Hoeven we straks alleen nog maar toe te kijken! Nietwaar? Met onze armen over elkaar. Net als jij!' Hij lacht gezellig van achter zijn peuk. Kleine pufjes rook dansen mee de lucht in.

Maar wacht eens even... Met mijn armen over elkaar... Ik? Kom nou toch... En wie zat er vanochtend al op de fiets? Om half zeven, nog voor de mannen binnen waren? Naar De Gouden Leeuw? Om Perrer een extra klusje te gaan aftroggelen? Niet die Broer van mij, in ieder geval, die schoonspringer, die artiest. Die sliep nog als een prinsje. Mooi dat je daar geen klussen mee binnentrekt, op één oor. En hier staat er een alles te plannen. Zo is het verdorie wel. Geld in mijn kontzak, waarde dames en heren. Dat we niet denken dat het allemaal maar weggehoeste lucht is, dat gebabbel van mij. Ik haal er de poen mee op, zo is het toch? Is dat onbelangrijk? Wis en waarachtig niet. Hij vreet ervan, Prinsje. En Vollemondt ook, die stinkzak, en scheefporem Volcker. En dan nog Tinus, en niet te vergeten die luie pa van hem! Die verzorg ik allemaal, met mijn armen over elkaar! Ik zal die Van Montfoort eens een schop verkopen, met zijn beledigingen. Dat doe ik ook met mijn armen over elkaar...

Maar vooralsnog knik ik hem vriendelijk toe, we

hebben tenslotte nog het grondwerk binnen te sle-
pen en, zoals het oude carnavalslied gaat: een sigaartje is maar ene vinger lang.

'Moeten jullie niet ook eens een machine?' zegt
Van Montfoort. 'Je blijft die kermistruc toch niet
eeuwig met je blote poten uitvoeren, wel? Dat is vragen om een ongeluk. Zo'n bulldozer, is dat niks voor
jullie?'

Ik grinnik een beetje met hem mee. Ieder zijn dromen op maat, waar of niet? Voor hem de combi, voor
ons een bulldozer, wie weet. Als er maar iets te dromen valt, vooruit te kijken, te verwachten.

'We kunnen morgen trouwens wel meteen het
grondwerk doen,' zeg ik alsof ik er nu pas aan denk.
'Als we toch het puin af komen halen... Dat spaart u
weer een ritje...'

Op het grondwerk inschrijven mag pas als het
bovenwerk helemaal weg is, dat weet ik heel goed,
opgeruimd en al, zoals de clausule voorschrijft: 'met
de grond gelijk'. Maar een praatje vooraf kan nooit
kwaad, en een sigaar al helemaal niet. Want inschrijven betekent ook: bieden, en wie het laagste biedt
krijgt de klus. De laatste tijd zijn het wat al te vaak
die types uit Goor, Italianen, ze gaan onder de prijs
zitten, dat geeft veel onrust.

Van Montfoort trekt nog eens aan zijn sigaar, inhaleert diep, kijkt naar Tinus bij de wankele ponykar, pleepot bovenop. Ik zie hem denken: die schooiers met hun gammele kar met een achterlijke op
de bok... Maar dan laat hij zijn bedenkingen varen,
haalt zijn schouders op, 'Ach, waarom ook niet, als
het maar weg is...'

Ik tik aan mijn slaap en wandel richting de mannen. Kijk, kijk, die is binnen, mensen. Zo doen we dat. Zo slopen wij een boerderij: slopen, opstrijken en meteen een nieuwe klus binnentrekken. In één beweging, in een zucht, ons familierecept.

Het stof is zoetjesaan neergedwarreld op de berg puin waarover ik mijn blik laat gaan: het serene slagveld van ingestorte verbindingen, alles boven op elkaar, hout, steen, metaal... Dat moet morgenochtend allemaal opgeruimd zijn en het grondwerk erbij. We krijgen het nog druk... Wie weet, als de gierput niet te groot is, eensteens in plaats van gegoten beton, en met Vollemondt op de moker... We moeten snel zijn, efficiënt werken, dat is alles. Morgenochtend vaart ook de vuilnisboot uit Schenk. Misschien als we de boel meteen aan de steiger afleveren in plaats van het eerst helemaal naar de stort te moeten rijden, dat zou algauw een uur of twee schelen.

Ik voel aan mijn kontzak. Daar zit in ieder geval poen. Niet precies genoeg voor een bulldozer, dat niet. Niet eens genoeg om de mannen de afgelopen twee weken mee uit te betalen. Misschien als er op zo'n apparaat ook eens aankoopbevordering kwam, van rijkswege...? Het idee maakt me vrolijk. Haal ik me daar ook eens mijn schouders op. Ha! Fantaseren staat vrij, waar of niet? Het houdt de moed erin. Kijk maar naar meneer pastoor, die vrolijke frans. Geen dag zonder hoop. Of Vollemondt, met zijn wijngaardje in zijn achtertuin. Ook zo'n hoopvolle. Hier in Mortel nog wel! Met een tuin op het noorden... We hebben er al vaak grappen over gemaakt, maar daar trekt hij zich niks van aan. En gelijk heeft-ie. Je moet maar een droom hebben, tenslotte, zo is het gewoon, idioot of niet, dat maakt niet uit.

Dat ik vanochtend Perrer trof in De Gouden Leeuw was een mooi toeval. Ik was vroeg wakker en wilde gewoon een rondje fietsen, langs de kermis in aanbouw en weer terug, om tot mezelf te komen, na te denken, uit te waaien, wat dan ook. Maar in De Gouden Leeuw was licht aan. Dus ik zette mijn fiets tegen de veranda en voelde aan de deur. Die was open. En daar stond Perrer, zomaar, in zijn eentje, aan de bar, of hij iets ging bestellen, maar wel met zijn veters los.

Hij keek me betrapt aan. Had-ie me daar nou een nachtje doorgehaald? Hoe lang stond hij daar? Had de waard hem zo laten staan? Jo de barman? ('Ik ga naar huis, meneer Perrer, doet u de lichten uit en de deur op slot?') Ik schoot in de lach, die anders zo keurig nette Perrer, op zijn schoenen van Italiaanse makelij, beide veters los?

'Hé, jongen...' zei hij. Stonden we mekaar daar gegeneerd aan te kijken, ik al net als hij.

'Gaat het wel, meneer Perrer?'

Hij schutterde, mompelde wat, verslikte zich. 'Ha, wat zeg je? Jazeker, mm, wat? Een kopje koffie, nietwaar? Wil je ook een kopje koffie? Ik wacht nog op de waard.'

'Wilt u niet even gaan zitten?'

Hij zuchtte en zeeg neer op een caféstoel. 'Ach, jongen...' Hij zocht het juiste woord...

Kwam daar een bekentenis? Had ik hem betrapt? In die kroeg die alles is wat het dorp aan vertier te

bieden heeft? Van café tot aardappelbeurs, van repe-
titielokaal voor de harmonie tot logies voor reizigers
en andere verdachte figuren en later in de nacht ka-
merverhuur per uur met meisjes van over de grens?
Had Perrer hier overnacht? En dan in alle vroegte op
kousenvoeten er weer uit? Ik wist niet zeker of ik
zijn verhaal wilde horen. Dat moest-ie zondag maar
gaan vertellen aan meneer pastoor, op de biecht na
de kermis, zoals alle kermisvierders doen.

Ik onderbrak zijn overpeinzing. 'Heeft u nog wat
voor ons voor vanmiddag, meneer Perrer?'

Hij keek me verbaasd aan, – 'vandaag?' maar begon
toch, macht der gewoonte, in zijn tas te rommelen
tussen zijn papieren, die contracten van hem, perceel
zoveel, kavel tralala, niet te doorgronden langdradige
ambtelijke stukken, waar je geacht wordt je poot onder te zetten. Het zat allemaal rommeliger in zijn ak-
tetas bij elkaar gestopt dan we van hem gewend zijn,
verkreukeld, ezelsoren. Warempel dook hij een vel
op dat nog niet was ondertekend. Hij keek er zelf van
op, zo te zien. Het waren er zelfs twee, aan elkaar
vast geëzelsoord. Eén in Schenk en één in Mortel
zelf. Hij mompelde iets onverstaanbaars, probeerde
het papier te fatsoeneren, streek het glad, zuchtte.
Een overduidelijke kegel walmde over de contracten
mee. Maar ik had toevallig mijn eigen zorgen, dat hij
die van zichzelf maar weer terug inademde. Dus ik
zette, hupsakee, tweemaal mijn poot en dat was dat.
Voor we er allebei goed en wel erg in hadden was ik
de deur al uit, twee klussen op zak...

Het enige wat bleef was dat ik nog wat had om
over door te piekeren. Net als hij waarschijnlijk.

Want normaal gesproken gaat het zo niet. Dan is er de aannemersbeurs, twee ochtenden per week, strikt georganiseerd, op dinsdag en vrijdag van zeven tot negen uur. Oeioeioei, dat gaat er officieel aan toe... Dan kunnen we bij Perrer op audiëntie komen. Aan een grote tafel zetelt-ie, zwaar geurend naar haarwater, in het midden van De Gouden Leeuw, het biljart wordt ervoor opzijgeschoven. Hij komt altijd stipt om kwart voor zeven aanwandelen, tikkend over het kerkplein met zijn ouderwetse stok met gouden punt en glimmende knots en op zijn Italiaanse stappers, een belangrijk man. Dan zit-ie daar, notabel tussen twee stapeltjes contracten. Daar steekt van alles tussen, allerlei aannemersklusjes, hij onderhandelt namens de gemeente. Het zijn meest onleesbare stukken ambtelijke tekst, vol ingewikkelde voorwaarden, toelichtingen en bijzinnen. Zo'n contract mag je officieel pas ondertekenen als het helemaal aan je is voorgelezen, net als bij de notaris. Maar daar doet Perrer niet aan. Die heeft zijn eigen systeem. Het stapeltje rechts van hem is ondertekend, links niet. En wij, modderklossende buitenmannen, staan keurig in de rij, de pet in de grauwe poten, op volgorde van binnenkomst. Net of we weer op school zijn, niet de beste herinnering voor de meesten. Als je aan de beurt bent moet je je naar voren buigen, zo zacht praat hij, die Perrer. Je komt met je neus recht in zijn lotionlucht, die bedwelmende geur. In een paar woorden tipt hij aan waar het om gaat. Dan knik je snel en schrijft hij in potlood het bedrag van aanname, zo klein dat een ander, mocht die over je schouder staan mee te gluren, het niet kan lezen.

33

Akkoord is ondertekenen, doordrukje mee en weg-wezen. Op de doordruk kun je vanzelf lezen waar je moet zijn. Dat staat ergens in die tekst, perceel dit of dat, kavel zus of zoveel. Je hebt geen idee wat het precies is tot je ervoor staat, moker in de knuist. Als je het contract niet accepteert of je vindt de prijs te laag dan gumt hij het met potlood geschreven bedrag minutieus weg en legt het contract terug op de lin-kerstapel. Zijn ogen richt hij op de volgende. Nog een keer onderhandelen betekent achter aansluiten. Tijdens de onderhandelingen staat zijn knotsstok te-gen de tafel geleund, in fijn evenwicht, als de wijzer van een klok. En precies op slag van negen uur veegt Perrer zijn paperassen in zijn tas, pakt zijn stok en staat op, rij of geen rij. Aan de bar drinkt hij nog een kopje koffie en wandelt dan de deur uit, tiktak over het plein.

Ik wandel terug naar de mannen, voel me licht en fris. Heb ik het goed voor elkaar of niet? Vanoch-tend twee extra sloopjes van Perrer, en nu dan bij Van Montfoort meteen aan het grondwerk zonder inschrijven. Het mag niet voldoende zijn voor een bulldozer, maar we komen wel de week door zon-der lenen en ruilen en betalingen 'in natura', onze term voor troep uit de sloop die de mannen mogen meenemen in plaats van geld, rommel die ze zelf mogen proberen te verpatsen. Dat mag normaal ge-sproken werken, maar niet in de kermisweek. Dan moeten ze gewoon poen hebben, muntgeld, voor de geluksgrijper en de tombola, de botswagentjes en de schiettent. Of de show van de Dame met de Twee

Geslachten. Dat soort shows zijn Volckers favoriet. Misschien is het die dame wel die deze nachten in De Gouden Leeuw verblijft, waar Perrer zo van in de war was, wie zal het zeggen... Ik stel me hem voor, hoe hij zo snel mogelijk zijn schoenen zit uit te doen, flink opgewonden, op de kamer bij die kermistante, met haar ongelofelijke dubbeltalent, wat zeg ik, driedubbeltalent, want ze schijnt er ook nog flink wat geld mee op te halen, volgens Volcker. Die had ik al eens aangemoedigd ook zoiets te gaan doen, zijn geslacht te laten zien, ijskoud, wie weet dat het meer opbrengt dan bij ons in weekloon te lopen sjacheren.

'Het is gewoon een kwestie van durven,' zei ik. 'Dat is net alles.'

Ik zag aan hem dat-ie het zich stond voor te stellen. Hij trok zijn onfortuinlijke bek nog schever. Hij overwoog het, verdomd als het niet waar is.

'Als-ie maar groot genoeg is,' stookte ik. 'Dan wil iedereen hem zien.'

Hij keek me aan... Dat ze hem eindelijk eens in bewondering zouden aankijken in plaats van met afkeer moest vast aantrekkelijk voor hem zijn. Even was ik bang dat-ie hem aan me wilde laten zien, om mijn mening te horen...

'Je moet hem oprekken,' zei ik om hem voor te zijn. 'Met iets zwaars. We hebben nog wel een strijkijzer liggen op de plaats. Help me eraan herinneren. Want echt, kerel, dan kan het een goudmijntje zijn, zo waar als je hier rondloopt...'

Ik fluit een deuntje en schop tegen een steentje. In het puin ligt een halve kleerkastspiegel. Per ongeluk verschijn ik daarin opeens in beeld, aan mezelf, van onderaf bezien, tegen de achtergrond van de hoge regenwolkluchten. Heroïsch beeld. Daar sta ik. Pek, directeur van het familiebedrijf, werkgever van Volcker en van Vollemondt, onderhouder van Tinus en diens vader, en niet te vergeten de totale toeverlaat van mede-eigenaar Broerlief, die het me kan nageven dat ik vandaag goed ben voor een omzet van twee weken... Ik glimlach soeverein, mijn bakkes splijt open in die scherf. Mijn korte jasje verleent me iets elegants, ouderwets elegant, mijn 'maffe jasje van velours'... Daar kwam Broer destijds mee aan, hij had het gevonden in een sloopje. Een hoog gesneden geval, eigenlijk heel chic, en oorspronkelijk van donkerrood fluweel, nu grauw van stof en modder.

'Wie heeft hier gewoond,' zei ik terwijl ik dat ding door mijn handen liet gaan. Het was zacht, ongelofelijk... 'Een danser?'

'Een circusdirecteur,' zei Broer met uitgestreken smoel, 'net als jij.' De mannen stonden erbij te grinniken, maar ik liet me niet kennen. Ik trok dat ding aan. Het zat nog goed ook. Door een echte kleermaker gemaakt, dat kon niet anders. En het was warm, gevoerd en al. Alle naden zaten er nog in. Ik hield het mooi aan, en ik trok er nog een belangrijk gezicht bij ook. Zo.

'Napoleon!' loeide Vollemondt. Iedereen lachen. Ik stak nog net niet mijn hand tussen mijn revers.

Ik keer me af van mijn interessante spiegelbeeld. Komaan, het is donderdag nu. Vanmiddag doen we dus ons extra sloopje van Perrer in Schenk, en morgenochtend rijden we het puin daarvan af. Als we meteen het fundament van de schuur van Van Montfoort eruit slaan en mee afrijden dan hebben we alles in een paar uur op de kar. We leveren direct aan de steiger uit. Zo kunnen we in de vroege middag nog het tweede sloopje doen, ook hier in Mortel. Als we dat puin ook nog weten af te rijden hebben we alle poet die nodig is voor het loon van de mannen bij elkaar. Een mooi passend puzzeltje. Kijk, kijk, en dat allemaal uit het blote hoofd. Daar kan Volcker een voorbeeld aan nemen, met zijn neurotisch aantekenschrift. Als we aanpoten kan ik proberen het geld morgenochtend in De Gouden Leeuw al te beuren, hebben die jongens het morgenmiddag, pal voor de kermis. Weer twee weken uitgezongen, met de hakken over de Mieze...

Vollemondt komt langszij, fles zelfverbouwde wijn in zijn poten. 'Wat sta je te rekenen, baas?' zegt hij. 'Je kijkt of je de tombola hebt gewonnen! Drrrraaien, drrraaien, drrraaien voor het geluk!' Hij barst uit in zijn vette lach, onze vrolijk stinkende Vollemondt.

'Echt geld, Beer,' zeg ik. 'We slaan goud uit puin. Als dat geen poëzie is...'

'Tranen in mijn ogen, baas,' glimlacht hij en hij houdt zijn fles omhoog in zijn witbestofte poten. 'Voor vandaag heb ik een mooi grand cruutje,' glundert hij. 'Goud uit druiven...'

'We hebben vanmiddag nog een sloopje, Beer.' Ik kijk hem spijtig aan. 'Dus er wordt niet gedronken...'

'Hè, baas,' pruilt hij. Hij komt vlak bij me staan en fluistert: 'En ik had de kurk er al af... Straks overchambreert-ie nog!' Hij laat een klinkende boer en

schiet in de lach, een rijpe wijnkegel omhult zijn ge-
wone muffe lucht. Ik geef hem een stomp en klim de
dijk op. Adem...

Verderop staat Tinus zijn pony te borstelen, het
stof wolkt er wit vanaf als hij het uit haar manen en
van haar flanken klopt. Net een film, die achterlijke
met zijn pony in de gruismist, hoog op de dijk, met
die kar in silhouet, pleepot bovenop, tegen de donkere lucht aan de horizon.

III

Vader zou trots op ons kunnen zijn. De Gebroeders Pek, in sloop en terrazzo. Ha! Zijn piepertjes! Wie had dat kunnen denken. Ons familiebedrijf, niet vies van een klusje, zoals algemeen bekend. We zouden het hem allemaal kunnen laten zien, wat wij niet hebben laten instorten, pa, de brokken die wij in onze handen hebben gehad. Wat we tegen de vlakte hebben geslagen, uit elkaar getrokken, om laten donderen... Met de grond gelijk, daar is niets te veel mee gezegd! Hij kan het overal navragen, in Mortel en omstreken, tot in Giers aan toe, in de hele Mieze-streek. Die zandstenen zeventiende-eeuwse hoeven bij de grens, of de vakwerkboerderijtjes zuidwaarts in de streek, langs de Lijekant? Zolders vol duiven-kak, gierkelders zo breed en diep als de Mieze zelf, net zo stinkend ook.

Dat we dat terrazzo erbij zijn gaan doen zit de boeren in de streek trouwens niet lekker. Dat soort schooiers moet je niet in je huis laten, zeggen ze. Bovendien wordt terrazzo volgens hen nog betaald uit de wederopbouwpot en dat geld is niet voor ons bestemd.

De wederopbouwpot is hier overigens wel hét symbool van de bevrijding... Het is wat de boeren bindt, hun gezamenlijke jongeheer naar de rest van de wereld, naar de staat, naar ons. Ondertussen heeft die pot mythische proporties aangenomen, meer nog dan het schrijnwerk van de kruisafname in de Grote Kerk van Schenk. En dat is nog wel van goud! De wederopbouwpot is de pot aan het einde van de regenboog en het einde van de regenboog is natuurlijk in Mortel, schitterend dorp in de oksel van Mieze en Lije, pittoresk en welbedeeld, waar Gods adem over de aardappelvelden walmt. Het is Perrer zijn verdienste dat hij destijds zoveel geld uit de pot heeft aangevraagd. En gekregen ook. Hij kwam precies op het juiste moment, in de tijd dat hij aanvoerder was van de BS, de Burgerlijke Strijdkrachten, dat clubje fanatiekelingen.

Natuurlijk heeft Mortel in de frontlinie gelegen, vooral in de laatste maand van de oorlog. De Mieze was precies de oversteek waarachter de moffen het een flinke tijd uit hebben kunnen houden. Van alle kanten zijn de dijken en dijkhuisjes bestookt, dat ging over en weer, de moffen schoten erop los vanaf de overkant, de Canadezen probeerden vanaf onze kant eroverheen te mikken. Er stond geen huis meer zonder kogelgaten, granaatinslagen, scheuren en barsten. Het gemeentehuis ging in vlammen op. Dat verhaal heeft Perrer effectief weten uit te venten. Er kwam een kapitaal op de gemeenterekening en hij kreeg het beheer. Eigenlijk wilden ze hem meteen maar benoemen tot burgemeester, maar daar heeft-ie vriendelijk voor bedankt. Het beheer van de wederopbouwpot was hem eer genoeg, zei hij overal, aan wie het maar horen wilde, als een integer man. Hij heeft zijn blauwe overall verruild voor dat pak met die Italiaanse schoenen van hem en zijn wapen voor een wandelstok met gouden punt en glimmende knots. Het geld heeft hij als een rechtgeaarde Mortelse boer goed spaarzaam benut, en uitgesmeerd over weet ik hoeveel jaar. En daar wordt nu nog het terrazzo van bekostigd. De boeren beschouwen Perrer als hun visionair.

'Marshallplan,' zeggen ze, met stemmen trillend van respect. Uit de manier waarop ze het zeggen moet duidelijk zijn dat wij er in ieder geval geen recht op hebben, wij schooiers, zonen van een overloper.

Maar hoe ze ook in de weer zijn met hun eeuwig uitgesmeerde Maarschalkplan, Broer en ik zien die boeren zelf toch nog niet in zo'n donker ongeventileerd pleehok op hun knieën zakken, gierende slijptol in de knuisten en niets dan een doorweekt laken voor hun mond. Droog slijpen en dan nat slijpen, polijsten. Vooral dat laatste is erg. Na een uur is die lap grijs – maar tachtig procent van de rotzooi komt alsnog in je longen terecht. Het laken is meer voor het idee, tegen de paniek. Zoals we de pony oogkleppen opdoen op sloop. Dat ze niet op de vlucht slaat bij een omvallende muur. Wij slaan in ieder geval niet op de vlucht. Dat hebben we ons voorgenomen, Broer en ik. Het is net zoals bij Volcker. Als je hem maar vaak genoeg op zijn bek slaat, dan staat-ie je op het laatst met dat varkenssmoel nog uit te dagen ook. Onze vlucht destijds staat ons daarbij nog helder voor de geest, op Bevrijdingsdag nog wel... Ik krijg het weer benauwd als ik eraan denk. Moeder en haar paniek... Wij vluchten nooit meer, dat is zeker, zo hebben we het elkaar bezworen. We pakken op wat ons voor de voeten wordt gegooid en gaan erop af. Niet vies zijn van een klusje, daar komt het op aan, dan heb je altijd werk. En wie werk heeft kan zijn lange vinger opsteken naar iedereen. Alsjeblieft. Te goor voor u om in de gierkelder te duiken en de boel leeg te scheppen en aan gort te slaan? Doen wij dat toch? Ons is niks te vies, zolang er poen uit komt. Stront aan onze handen, vuilnis, stoflongen, ongedierte, schimmels, roest... Kom maar op. Broer schudt zijn lok uit zijn gezicht en stroopt zijn mouwen op. Hem geeft het plezier om de puinacrobaat uit te hangen. Ik zeg wel eens tegen hem: 'Je hoeft geen held te zijn. Je weet hoe het met helden afloopt. Ga maar kijken op het oorlogsmonument op de markt, staat pa daar soms tussen? Echt niet. De echte oorlogshelden worden uitgemaakt voor verraaier en voor de profiteurs is er de wederopbouwpot! Kom op, vannacht gaan we langs het monument. Dan krassen we onze naam er met de beitel van Volcker zelf wel in, het is toch niet eens echt marmer. Het is maar kalkzandsteen!'

Broer schampert: 'Doe jij je babbel nou maar, daar ben je net dapper genoeg voor.' Dan kan hij van mij weer een schop verwachten, natuurlijk, zoals dat gaat. En ik mik op zijn enkel, hoor. Broederliefde is geen zachte liefde. Het is harde liefde, met weinig woorden en de nadruk op knokkels en klompen. Dat zijn de bikkels die pa zou treffen, als-ie eindelijk eens uit die oorlog van hem terug zou komen. Zijn piepertjes, behoorlijke eigenheimers al.

Onze opdrachtgevers zijn er ondertussen allerlei. Perrer natuurlijk, vanuit de gemeente, maar ook particulieren. Boeren zoals Van Montfoort, met z'n schuur, een ander met een verrotte steiger die nog maar als een spookarm de Mieze in reikt, of een oude stal. In het begin namen we nog wel eens een grote klus aan, zoals het voormalig klooster van de Zusters Clarissen, die dramatische kolos. Dat was onze eerste grote opdracht, pure overmoed. Meteen een dikke vis! Midden op de markt in Mortel stond het, hol en uitgestorven. Hier en daar fladderde nog een non rond, of haar ziel, op een gegeven moment is het onderscheid nog maar moeilijk te maken. We hebben alle ramen opengezet en de hele santenkraam in één keer opgeblazen. We hadden geen idee hoe we het anders hadden moeten aanpakken. Het waren dikke muren, de hoeveelheid springstof die Broer gebruikte was waarschijnlijk iets te veel van het goeie. Klabam! ging het. Een suizende klap, de aarde trilde. Het was een enorme ravage. Ik weet nog hoe we ernaar stonden te kijken, meteen potdoof voor een week... Die gigantische wolk van kalk die uit dat instortende klooster opsteeg, de geest van alle schijnheiligheid van Mortel, als een reusachtige ziedende non stoof het de hemel in, wit wolkend, blind, stikkend, bevrijd!

We stonden allemaal paf... Alle honden in het dorp sloegen aan. En Volcker kreeg de slappe lach. Hij kwam er niet meer vanaf ook, die neuroot. Hij is zelf net een hond, maar dan een valse, zoals hij de ene kant van zijn lip niet gesloten kan krijgen. Zo laat hij altijd zijn tanden zien, als hij lacht wordt het nog erger.

Ik dacht dat die stofwolk nooit meer neer zou dalen. Wij probeerden de boel nat te spuiten met een tuinslang... Stonden we in die gruismist met ons miezerige waterstraaltje volkomen voor gek. Of je een heidebrand staat uit te pissen.

In de omgeving waren alle ruiten eruit gevlogen, meer dan tweehonderd, inclusief die van de pastorie. Ook de twee agenten die we erbij hadden gekregen om de straat af te zetten stonden er onthutst bij. Het waren jonge kerels, niet veel ouder dan wij, ze waren op dit ondankbare klusje gezet en stonden nu ook aardig met hun mond vol stof, net als iedereen... Eigenlijk was het hun fout, zij hadden de omwonenden moeten waarschuwen en verordonneren hun ramen open te zetten toen ze ons de springvergunning verleenden.

Zo stonden we elkaar maar wat stom aan te staren, wit van kalk, net de heiligenbeelden in de Grote Kerk van Schenk. De mensen kwamen verschrikt hun huizen uit. Ze dachten dat de oorlog weer was begonnen.

'En nou?' zei ik nog tegen de oudste van die twee agenten, toen het stof begon neer te dalen. Die stond zijn ogen uit te wrijven, hij huilde stoftranen met stoftuiten.

'Ga maar reclameren bij het calamiteitenfonds,' hoestte hij. 'Den Haag...' Hij wuifde kuchend naar het westen, naar de verte, ver over de rivieren waar dat ruime en schone Den Haag moest liggen, zetel van de regering, die stad van grandeur, waar de mensen hoge voorhoofden hebben, en waar de zilte zeewind langs de gebouwen en mensen strijkt en wijsheid brengt en adel, waar naar het schijnt alle straten lanen zijn, zoals wij wel eens hadden gehoord.

Hij had met ons te doen, die agent. Of hij wilde er vanaf zijn, dat weet je nooit, terwijl hij zijn ogen stond leeg te tranen, want vergoed werd er uiteindelijk niets. Bij het calamiteitenfonds vonden ze het geen calamiteit, schreven ze, een maand later, per aangetekende brief, op chic en dik papier. Daar hadden ze een maand over vergaderd, met hun hoge voorhoofden.

'Tweehonderd ramen!' riep ik naar Broer, toen ik dat las. 'Geen calamiteit! Tweehonderd! Wat is het dan wel?'

Het was onze eerste grote klus en we stonden meteen bij iedereen in het krijt. Bij die brief zat ook een notitie dat we 'als bouwonderneming' verplicht waren contributie aan het fonds te betalen... Hadden wij daar mooi even een paar slapende honden wakker gemaakt... Broer wilde die club al op gaan zoeken. 'Ik sla hun ballen eraf,' zei hij.

'Waar wil je het treinkaartje van betalen?' zei ik.

Hij schutterde, haalde zijn schouders op. 'Dan doe ik het wel als ze hier komen.'

'Klootzak!' loeit Tinus uit de verte. Dat is tegen Volcker, zijn eeuwige plaaggeest. Was-ie net klaar zijn pony te kloppen, struikelt Volcker, zogenaamd toevallig, met een zak cement in zijn handen. Het stof is in een grote wolk over pony en wagen geploft, over Tinus en over Volcker zelf, die grinnikend overeind krabbelt. Dan heb je Tinus wel aan het loeien. Hij is de goeiigheid zelve, maar als je hem kwaad hebt, kijk dan maar uit, daar heeft zijn vader ons voor gewaarschuwd. Dan gaat-ie razen en begint te gooien met alles wat binnen handbereik komt. Je moet oogcontact met hem zoeken om hem tot bedaren te brengen, net als bij een hond. Ik ga maar eens poolshoogte nemen, anders zie ik hem Volcker de pleepot nog naar zijn kop smijten. Die staat er lollig bij met zijn scheve porem, zijn schouders grijs van het cement. Zodra hij me ziet aankomen trekt-ie zijn verongelijkte gezicht. Het is dat gezicht van hem, die scheve grimas, die maakt dat je hem een klap op zijn bek wil geven, hupsakee, traktatie recht op dat bindweefsel van hem. Alsof hij erom vraagt, die taaie huid, precies een ouwe boksbal.

Ik stap op Tinus af en pak hem bij zijn schouders. Hij staat te trillen, tong uit zijn mond, speeksel in de mondhoeken.

'Tinus!' Ik schud aan hem, hij kijkt me verwezen aan, bromt wat met zijn lage stem.

'Tinus! De koning van Wezel?'

'Wezel...'

'Hoe heet de koning van Wezel?'

'Wezel...'

'Hoe!'

'Pony...'

Dat klinkt al beter. 'Hoe heet de koning van Wezel...?'

'Pony!' Daar is-ie weer. Ik geef hem een aai over zijn dikke kop. 'Ga hout sprokkelen, Tinus, dan zal Volcker je pony borstelen. Ik regel het.'

Volcker kijkt me brutaal aan. 'Wat nou? Dat ging per ongeluk, hoor.'

'We moeten ervandoor, idioot, er staat nog een

sloop in Schenk voor de middag. Hier is een borstel.'

Hij trekt een grimas. 'Ik ga dat stomme beest niet staan schrobben.'

'Wel verdraaid,' zeg ik. 'Ik hou je loon in, begrijp je wel?'

Ik blijf niet staan om zijn kop te bewonderen. Die kan ik zo wel uittekenen. Ik droom ervan! Dat vale aangedane smoelwerk van hem. Echt een gezicht om je vuist in te planten. En ik ben heus niet de enige, hij is tenslotte van 't Zand en dan ben je ze wel gewend, dic klappen op je bek.

'Het ging toch per ongeluk...' klaagt hij nog, maar ik laat hem sputteren. Tinus lijkt alweer op te gaan in zijn nieuwe taak, kauwend op zijn tong, hout sprokkelend in zijn eigenste jutezak. Ik ga naar Broer.

Toen we een jaar of vijf waren was er eens een koe die was doorgedraaid en over de akkers draafde. We woonden nog op de boerderij en hoorden buiten het geschreeuw en de commotie. We zagen dat beest drie, vier keer door afrastering heen rennen, met prikkeldraad en al, niets hield haar tegen, ze dook er in volle vaart doorheen. Het prikkeldraad bleef om haar heen zitten, de paaltjes werden mee de grond uitgerukt en sloegen achter haar aan tegen de grond. Als een trouwwagen op drift denderde ze door. We stonden allemaal buiten op het erf, de overburen waren er ook, en Van Poppel, de stierenboer van de andere kant van het dorp, die bij hen over de vloer was voor zaken. Op een goed moment stoof dat beest recht op ons af, snuivend, met wijd opengesperde neusgaten en schuim op de bek, we konden geen kant op. En iedereen maar roepen. Hé! Huu! Koest! Psst! Af! Maar dat beest hoorde niets, zag niets, rende door, kolder in de kop.

Van Poppel naast mij schreeuwde niet mee maar keek rustig om zich heen en greep achter zich naar een afrasteringspaaltje, trok dat ding met één hand uit de grond, rukte er met de andere het prikkeldraad af. In één vloeiende beweging ramde hij het met volle kracht dat beest tussen de ogen. Klabats. Het geluid kletste echoënd heen en weer tussen de schuren rond het erf. Op slag stond de koe stil, knipperde beduusd, draaide zich om en begon doodgemoedereerd aan de border te grazen. Het vreemde geluid van zacht scheurend gras, iedereen stond erbij te grinniken. Van Poppel pootte zijn paaltje terug in de grond. 'Ziezo,' zei die tegen de overbuurman, 'waar waren we gebleven...'

Ik schud mijn kop om de gelukkige jeugdherinnering af te schudden.

'Klaar om te gaan, Broer?'

Broer wist zich het zweet van zijn voorhoofd en trekt een laatste witbestofte kabel uit het puin.

'Kan Schenk niet tot morgen wachten,' zegt hij. 'Volgens mij houden we het niet droog. Bovendien heb ik straks een afspraakje.'

'En wij hebben ook een afspraakje,' zeg ik. 'We slopen in Schenk voor Perrer. Die houdt niet van jongens die niet komen opdagen. En morgen hebben we er nog een in Mortel. We zitten vol.'

Hij haalt zijn schouders op. 'Ik moet nog een presentje kopen. Heb je niet wat geld voor me?'

Ik kijk hem ongelovig aan. 'Ben je ons gesprekje van gisteren soms vergeten?'

'Je hebt toch net gebeurd?' Hij begint zijn kabel op te bossen. 'Vorige week stond ze een uur aan de deur. Waren wij in Beizem. Weet je nog? Dat krot? We hadden het in de fik kunnen steken, d'r zat niks aan. Maar jij wou zo nodig de hele riedel doen... Vanwege die loden pijpen aan de keukenmuur.' Hij haalt zijn neus op. 'We hebben er nog geen een verkocht, wel? Heeft ze daarvoor staan wachten. Je hebt wat goed te maken...' Hupsakee, de kabel is opgerold, hij komt hijgend omhoog. Die donkere lok van hem, die allesverzachtende ogen.

'Godverdomme...' zeg ik.

'Man, je wordt een zeurpiet. Neem eens een vriendinnetje. Dat zal je goed doen.'

'We hebben het geld nodig voor het loon van de mannen,' zeg ik. 'Punt.' Onwillekeurig kijk ik om me heen, of er niet een afrasteringspaaltje binnen handbereik staat.

'Waar heb je het over. Een gulden... Of een knaak. Voor een attentie,' zegt hij. 'We hebben vanmiddag toch een extra sloopje?' Hij glimlacht. 'En dan heb ik het nog niet eens over het lood dat je nog in de verkoop hebt staan...'

'Geld uitgeven voor je het hebt verdiend,' zeg ik, 'daar rust een vloek op.' Ik hoor ook wel dat ik precies klink als moeder.

Broer stompt me tegen mijn schouder. 'Kom op, vent. Je wordt al net zo'n oppotter als de boeren hier. De Gebroeders Pek, in spaartegoeden en deposito's! Of nee, de Gebroeders Pek, sloopbankiers!'

Hij wordt er warempel vrolijk van, mijn broer de fllierefluiter, de schouderophaler... Hij geeft me een duw en probeert ondertussen in mijn kontzak te graven.

'Hé, klootzak!' roep ik, maar het is al te laat. Hij is te snel voor mij. Hij grabbelt in mijn zak en trekt er al het geld uit. 'Sloopbankiers!' buldert hij. 'Schilder jij het er op het bord bij?'

Ik stuif op. 'Geef terug, zak!' schreeuw ik. 'Wat denk je wel? Haal het zelf maar binnen, met eigen klussen, verdomme.'

De mannen kijken verbaasd onze kant op.

'Rustig maar, druktemaker,' zegt Broer. 'Al wat jij binnenhaalt is angst.' Hij geeft me het geld verveeld terug – of houdt-ie nou een briefje achter?

'Ja!' roep ik. 'Ik was ook liever bankdirecteur geweest. Zo is het maar net. Met schone handen en geld in ongekreukte flappen.'

'Daar ben je aardig naar onderweg. Al net zo'n krent als Perrer.' Dan, vergoelijkend, die ogen van hem... 'Kom, geef op. Ik ben op en neer naar het dorp voor jullie op de kar zitten.'

Ik geef hem een briefje van tweeënhalf. 'Dan heb ik er meteen twee!' zegt hij vrolijk terwijl hij twee briefjes omhooghoudt. En weg is-ie.

'Laat je niet weer het wisselgeld liggen,' roep ik hem na.

'Nee, ma,' roept hij terug.

'En neem sigaren mee!'

'Ja, ma!'

Dwaas. Verliefde idioot. Dat zal ons familiebedrijf wel draaiende houden... Ik zal ook eens verliefd worden, verdomme. De Gebroeders Pek, in sloop en vrijerij.

Van een afstandje staat Vollemondt me te bekijken.

'Wat is er, Beer?' zeg ik. 'Niks te doen?'

'Ik zie dat er geld wordt uitgegeven,' zegt hij fijntjes.

'Morgen zijn jullie aan de beurt, kerel,' zeg ik.

'Betaal je dan meteen ook vorige week uit?' valt Volcker prompt bij.

'Kom op, mannen,' zeg ik, 'we moeten voort. In Schenk wacht nog een sloopje van Perrer op ons. Eerst werken, dan geld.'

Ja, meneer de directeur, gaat het, spottend.

Het begint te waaien. Ik trek mijn jasje dicht. Napoleon. We kruipen met z'n allen op de kar en gaan naast elkaar op de bok zitten wachten.

Als het wachten me te lang duurt en de lucht van Vollemondt wordt al te verstikkend, laat ik Tinus de pony de teugels geven. Huu! Vort, perd. Precies op dat moment komt Broer aangesprint. Springt op de kar en wringt zich tussen ons, hijgend, zwetend, stinkend naar zichzelf, naar zijn geluk, die meidengek... Met zijn presentje...

Vijf kerels op de bok van de ponykar over de dijk wegwaggeldeinend, het is net zo'n schouwtegel uit voorbije eeuwen, zoals Volcker ze lostikt. 'Als my Fortuijn tot hoogheydt voert, soo laet ick gheen dreck ongheroert.' Die heb ik in de keuken op de schouw gezet, naast de foto van vader.

Van moeder hebben we geen foto. Ze wilde nooit. 'Ik sta niet graag in de belangstelling,' zei ze. Misschien vond ze zichzelf niet mooi genoeg. Toch was ze een lieve vrouw, wat er ook wordt beweerd. En heus niet dat iedereen dat over zijn moeder zegt, dat weet ik wel, moet je Volcker maar eens over zijn moeder horen, dan stijgt het bloed je naar de oren. Wat een schuttingtaal. Of Vollemondt. 'Ik ben een strontzak,' zegt hij wel eens, 'maar mijn ouders waren er twee.'

Vijf jaar na de oorlog werd moeder officieel ziek, Broer was zestien en ik vijftien. Haar bloed was niet goed, heette het, de dokter had er allerlei moeilijke namen voor, maar het was botkanker, dat begrepen wij best. Bloedwaarden, zei die kerel maar steeds, zo vaak dat Broer hem een oplawaai wilde verkopen, maar dat zou natuurlijk niemand iets hebben geholpen.

Op het laatst was er geen redden meer aan. Het was zo ver dat genezen niet meer kon, werd ons verteld. Daarom brachten ze haar uit het ziekenhuis naar huis. Het bed was nodig voor mensen die wél beter konden worden. De dokter kwam af en toe langs met zijn injectiespuit en zijn ampullen. Broer en ik dachten er het onze van, die incompetente rotdokter... Wat als we prins Bernhard waren geweest? Maar wat konden wij...

'Jullie moeten voor elkaar zorgen,' zei moeder. 'Beloven jullie dat?' Als ze al wat zei was het zacht, omdat harder praten pijn deed, maar toch probeerde ze ons nog goede raad te geven.

Broer nukte bij alles wat ze zei. Hij wilde er niets van horen. Hij wilde niet dat ze zich neer zou leggen bij die rotdokter met zijn bloedwaarden. Dat was belachelijk. Hij zou die vent wel eens... Hij woog zijn mes...

We hebben haar bed in de keuken gezet, dat ze naar buiten kon kijken, en stookten de kachel, ook al was het een van de heetste zomers sinds jaren. Door het kleine raam keken we met haar mee naar de dijkbloemen, die stonden te wiegen op hun stelen in de van hitte trillende lucht. Daarboven de insecten, die niet ophielden met zoemen, duizelend als onze eigen gedachten, in net zulke warrige rondjes.

Broer vulde af en toe een kruik aan de pomp en verhitte hem op de kachel en ik gaf haar koel water te drinken, waar ze van nipte, met dat frêle koppie van haar, een doodzieke kolibri. Haar armen zaten nu helemaal vol blauwe plekken en meneer pastoor kwam eraan te pas. Die keek vreemd op dat we de kachel stookten. 'Dat is toch niet gezond,' fluisterde hij geschrokken, maar wat ons betreft trok hij vooral zelf zijn soutane maar uit, als-ie het zo warm had. Dat haar ziekte haar had ingehaald verweten we hem natuurlijk vooral, dat hij er niks aan had kunnen begoochelen, met zijn bovenaardse contacten, in zijn fijngeweven superplie, al haar gebeden en devotie aan God en aan hem ten spijt.

Ondertussen sloeg moeder flink aan het biechten, er was blijkbaar toch wat schoon te poetsen aan die zuivere ziel van haar. Met hun hoofden dicht bij elkaar zaten ze te fluisteren, en hij zat haar geruststellend toe te knikken, alsof hij heel precies wist wat er allemaal stond te gebeuren, alsof hem dat allemaal was toevertrouwd, tijdens zijn diepe meditaties...

Zij had haar ogen naar hem opgericht, zo devoot dat mijn hart brak, de zonden die nog moesten worden vergeven van zich af fluisterend... Een kruisje en een zalfje en het zat er weer op, rein voor de eeuwigheid, meneer pastoor kon zijn santenkraam inpakken en wij mochten er weer bij. Nadat hij was vertrokken, in zijn rol blijvend tot boven op de dijk en waarschijnlijk nog verderop ook, tot helemaal binnen in het slaapvertrek van zijn koele pastorie, vast en zeker, zijn Broer en ik bij moeder gaan zitten. Er waren nog wat dingen die besproken moesten worden.

'Jullie moeten beloven dat je bij elkaar zult blijven,' fluisterde ze. 'Wat er ook gebeurt. Beloven jullie dat?'

Natuurlijk beloofden we dat. We zaten er bedremmeld bij, twee broers, vijftien en zestien, helemaal niet zoveel branie.

'En ga naar Perrer,' zei moeder. 'Hij kan jullie helpen met werk.' Ze sloot haar ogen. 'Hij is het me verplicht...'

Was alles gezegd? Broer en ik hielpen haar te gaan liggen op haar pijnlijke botten. We brandden een kaarsje met kruiden tegen de muggen, Broer vulde een nieuwe kruik en ik hield haar lippen vochtig. Zo werd het avond. De dokter kwam nog een keer langs met morfine. Toen-ie weg was bleven we zitten, aan weerszijden van haar bed. Het was stil, niemand had pijn. Soms denk ik wel eens dat we toen gelukkig waren. Het was nog maar een kleine stap voor haar om te sterven. Een zucht, wegzakken, de tijd verstreek, het was sereen. Niet meer dat opgejaagde, haar adem ging op in de stilte, we verdwenen uit de tijd.

Ik stel me een couveuse vanbinnen voor. De peilloze witte ruimte, als de Mariakapel in de Grote Kerk van Schenk. De onbestemde geluiden, en vlakbij het puffen en ruisen van mijn eigen adem.

De enige foto die er van mij toen is gemaakt heb ik wel eens gezien: een glazen bak, net een aquarium zonder water, waarin ik als een bleke vis op de bodem naar adem lig te happen. In het ribbenkastje zijn de spijlen te tellen. Naast de bak staat moeder, bedeesd glimlachend, haar arm steekt door het glas in een witte rubberen handschoen waardoor ze haar hand onder mijn hoofd kan houden, voorzichtig voor het dunne zwabbernekje, daarboven het foetuskoppie met de dikke oogleden gesloten. Die foto is er niet meer. Waarschijnlijk is-ie in de boerderij achtergebleven. Of moeder heeft hem weggedaan. Ik kijk niet graag naar mezelf, zei ze altijd. Of vader heeft hem meegenomen, op zijn eindeloze reis.

Toen Broer de kamer uit stapte om de kruik opnieuw te vullen aan de pomp werd moeder wakker. Ze wenkte me en begon te fluisteren, zonder stem, alleen lucht.

'Je moet op hem letten. Beloof je dat?' Ze glimlachte, door haar pijnmasker heen. Dat kostte kracht. 'Hij kan niet goed voor zichzelf zorgen... Hij is zo... gevoelig. Impulsief...' Ze sloot haar ogen weer.

'Ik zal voor hem zorgen,' fluisterde ik plechtig. Het was een raar moment voor trots, maar mijn hart sprong op.

Toen Broer binnenkwam keek hij mij aan, en van mij naar moeder, die weer in slaap was gezakt, een pijnrimpel tussen haar gesloten ogen. 'Wat valt er te smiespelen,' zei hij.

De dingen die je bespreekt als een ander er niet bij is. Waarover praatten zij als ik er niet bij was, vroeg ik mij ineens af.

Ze kreunde en allebei veerden we op. Sommige dingen weet je zonder te weten. Buiten zoemden de insecten, steeds indringender, moeders adem mengde zich met het gezoem, de hele ruimte vulde zich ermee, oorverdovend. Ze ademde in, één keer, licht, alsof ze schrok, zuchtte en ging mee op in de trillende lucht. Het was gedaan. Buiten fladderde een vlinder van haar bloem.

Broer en ik, we hebben ons altijd aan onze belofte gehouden, en ik heb mij aan de mijne gehouden. We zijn bij elkaar gebleven. We zijn een bedrijf begonnen. Een familiebedrijf. De Gebroeders Pek, in sloop en terrazzo. Ik zorg voor hem.

IV

Het onweer hangt al boven 't Zand als we bij Schenk aankomen, holderdebolder op onze sloopkar over de dijk langs de Mieze. We springen van de kar af, vast van plan snel klaar te zijn, ik geef het eerlijk toe, ik heb de jongens zitten opjagen. Dat Broers afspraakje mij opjaagt is natuurlijk te idioot voor woorden, maar toch is het zo. We overleggen met z'n allen bij dat krot, een mooi oud dijkboerderijtje, nog uit vorige eeuw. Eensteens muren, maar wel met een mooie knipvoeg, dus ze wilden er wel wat allure mee uitstralen... Verder heeft het een stukgeschoten dak, er ligt nauwelijks nog een dakpan op, het geraamte van de spanten staat al jaren grimmig tegen de hoge luchten afgetekend.

'Weinig vlees op de botten, deze dame,' zegt Vollemondt. Hij noemt elk slooppandje dame, zeker als hij wat op heeft. – Hij heeft altijd wat op.

'De fik erin, dan kunnen we weg,' vindt Broer.

'Zal ik er effe tegenaan gaan staan, baas,' grapt Vollemondt. Ga dan maar aan de kant... Vollemondt, bedrijfsbulldozer in eigen persoon. 'Handvast, Beer!' moet ik hem regelmatig toeroepen als hij zijn stempels zet. Hij draait ze zo de vernieling in, die oerkracht, daar is geen schroefdraad tegen bestand. Of hoe die kerel van boren wisselt, de schroefkop in de hand en dan: heng! Vol gas. Dat doet niemand hem na.

Maar ik vind dat we er eerst doorheen moeten. 'Voor de handelswaar,' zeg ik.

'En als er nou geen kopers voor komen...' zegt Broer laconiek. 'Waar wil je het allemaal laten?'

'Koperen leidingen, tegels op de schouw,' zeg ik bars. Er kan er maar één de baas zijn, dus we gaan naar binnen. Maar het lukt ons toch niet om meer dan een enkel stuk leiding los te trekken. De muren wankelen als we eraan gaan hangen. We kunnen nog geen plint wegbreken of er springt een dakpan los.

'In de fik ermee,' zegt Broer nog maar eens.

'Laten we de eindjes van de leidingen afzagen en de rest laten zitten,' zeg ik eigenwijs.

'Voor bij je verzameling loden pijpen?' glimlacht Broer.

Maar ik doe of ik hem niet hoor en geef Volcker de opdracht.

'Godverdomme, baas,' klaagt die, want de provisie die we hem geven op elke tegel die hij 'schoon' loskrijgt maakt meteen dat-ie ook niks anders meer wil doen, die kantslijper. 'En ik kon nog wel wat extra's gebruiken voor het gokpaleis.'

Maar ik ben onverbiddelijk. Als ik verdomme de enige ben die zich zorgen maakt dan zal ik ook de enige zijn die de dienst uitmaakt. Broer gaat schouderophalend met Vollemondt een hardhouten drempel te lijf tussen de keuken en de deel, die ze er samen uitwrikken. Als Volcker toch nog snel een tegeltje van de schouw wil bikken, tikt hij er in de haast een barst in... Gevloek en trekken met zijn litteken van jewelste, maar ik ben er wel klaar mee. 'Vloer vrij!' roep ik.

'Dat gehaast ook,' moppert Volcker als hij buiten komt. Hij heeft zich met de beitel in zijn duim gebikt. Maar terwijl hij verongelijkt op zijn vuile duim staat te zuigen ziet-ie me daar zomaar ineens een granaatscherf liggen! Daar klaart hij wel van op, potverdorie, hij wil meteen nog eens naar binnen, er zullen er nog wel meer liggen, zeker weten...

'Kom op, Scharrelaar,' zeg ik. 'Heb je niet genoeg granaatjes thuis?' Zijn litteken trekt nog verongelijkter dan anders. Vandaag ben ik niet zijn beste vriend, zoveel is duidelijk. Toch schieten we ervan in de lach, Vollemondt begint. Het is Volcker zijn eigen schuld. Een oud verhaal van een neefje van hem, van dezelfde leeftijd als hij. Hij heeft het ons zelf verteld. Dat ventje stapte op een granaat, elf jaar oud... Het is een treurig verhaal dat iedereen kende op 't Zand en op de Klei, want het gebeurde ook nog eens vlak na de oorlog, dat maakte het extra sneu. Er werd in die tijd door iedereen over gesproken. 'Dachten we dat de oorlog voorbij was, krijg je dit...'

Maar dat is tien jaar geleden. Ondertussen zijn wij er wel klaar mee. Over tot de orde van de dag. Alleen voor Volcker is het niet gedaan. Die blijft er maar over beginnen, het is net als zijn litteken: hij klampt zich eraan vast, het bepaalt zijn identiteit. Bij elke scherf opnieuw zie je hem kijken, zijn ogen gaan op groot, zijn litteken wordt wit en spant zich, het komt allemaal terug.

'Eén granaat!' zegt-ie dan bezwerend. 'Een handjevol kruit... Ga dan de resten maar eens bij elkaar zoeken, geen beginnen aan. Het hoofd van dat jochie hebben ze nooit teruggevonden. Stel je voor! Het moet uit elkaar zijn geklapt.' Daar neemt-ie altijd zijn dramatische pauze. 'Het is daarom dat bij de avondwake de kist niet open kon...'

Hij vertelt het elke keer precies even grimmig, of-ie ons ermee wil laten schrikken, een beetje eng, met die bek. Wij staan er dan natuurlijk onmiddellijk bij te grijnzen, er is niks aan te doen. Je krijgt de mensen nou eenmaal vanzelf aan het lachen als je ze je ge-voeligheden begint te vertellen.

'Mijn tante heeft nooit afscheid van hem kunnen nemen...'

De eerste keer dat-ie dat zei keken we elkaar ook al zo aan, ik herinner het me nog goed. Broer en ik dachten allebei hetzelfde. Afscheid nemen, is dat niet meer iets voor prinsesjes? Zo keken we. Later was het Vollemondt die met het verhaal kwam dat dat ventje die granaat in zijn mond moest hebben gestopt. Hij had het gehoord in De Gouden Leeuw, dus het zou wel waar wezen. Daar was het al de grap van de dag. De politie had het geval gereconstrueerd. Dat jochie scheen indruk te hebben willen maken op zijn vriendjes, vertelde Vollemondt. Hij schudde zijn hoofd, kon er niet over uit. Dat geknepen gegiechel van hem, die schuddende vlezige schouders, hij kreeg zijn fles niet meer zonder morsen aan zijn mond. En de kop die hij daarbij trok, zo verbaasd, zo vrolijk, die schuddende onderkin van hem, zijn strontlucht, alles bij elkaar werkte het zeer aanstekelijk. Op het laatst stonden Broer en ik ook te snikken van het la-chen.

'Nou, dat indruk maken is gelukt, nietwaar? Niet-waar? Heeft-ie me zich daar even mooi in de kijker gespeeld, die kleine idioot. Een granaat opeten! Wat denk je dan?'

We zagen het precies voor ons, zo'n jochie met een granaat in zijn mond. 'Wat een ei!' riep Broer. We konden niet meer van het lachen, Volcker kwam net aanwandelen, hij was zeer gepikeerd.

En nu begint-ie me daar weer met een scherf te zwaaien, Vollemondt staat al te grijnzen. Maar Broerlief geeft hem een zet. 'Kom op, Beer, wat doen we?'

Vollemondt hikt zijn giechel weg en schudt zijn hoofd. 'Vuurtje aan de rokken, baas!'

Maar ik hou ze toch weer tegen. Het begint vervelend te worden, iedereen kijkt mij aan.

'Je gaat het dak op, Broer,' zeg ik.

'Wat nou?' Hij wijst naar de lucht aan de overkant van de rivier, waar het al is begonnen te plenzen, de meeuwen vliegen er krijsend onderdoor. Maar hij mag naar de hemel wijzen, ik kijk naar de aarde, en wel naar Perrer, die daar van een afstand aangebanjerd komt, in zijn nette pak, op zijn Italiaanse schoenen door de modderklei. Handgeknoopte Santoni's! Zijn veters zitten deze keer wel vast, dat in ieder geval. Hij loopt met zijn knotsstok, de gouden punt steekt diep de modder in.

'Kijk, kijk,' zegt Vollemondt verbaasd, als hij hem ook in het vizier krijgt.

Perrer komt nooit op sloop. Hij is allergisch voor stof, heet het. Hooguit rijdt hij wel eens na een klus langs, om te zien of aan 'de clausule' is voldaan. Maar dan blijft hij in zijn Mercedes zitten, met de ramen gesloten en bekijkt het van een afstand. Of hij stuurt een paar jongens om de boel voor hem te gaan bekijken, zoals die Italianen uit Goor, die zie je regelmatig op zijn sloopgrond rondscharrelen. Hij betaalt ze ervoor.

'Krijg nou wat,' zegt Volcker.

Perrer stapt door de klei als een clown met te grote schoenen, hoog zijn benen optrekkend, zijn zolen dik van de modder. Die moet iets van ons, dat is duidelijk. Blijkbaar is-ie weer goed fris en bijgekomen sinds vanmorgen en wil hij daar nog wat dingen over rechtzetten...

'Je moet het dak op, Broer,' zeg ik. 'We doen het helemaal.'

'Wil je weer eens aardig gevonden worden, lafbek,' zegt hij, maar hij begint toch te klimmen.

Perrer struint het erf op en gebaart dat we gerust ons werk af kunnen maken, dat-ie mij straks even wil spreken. Hij heeft al een zakdoek uit zijn zak gehaald, een grote witte, en houdt die voor zijn mond en neus.

Wij groeperen ons gedienstig, voor een schoolvoorbeeld van de perfecte sloop, binden de touwen aan de muurankers. Tinus met zijn pony komt aan de ene kant, aan de andere kant Vollemondt en Volcker. Alles in zwijgende vaart van vakmanschap... Of is het angst?

Boven op de nok verschijnt Broerlief, de schouderophalende Mortelse hemelterger. Hij richt zich op, op dat gratendak, hoog tegen de wolkenlucht, keizer van de dakrodeo. Maar het pandje is gammel. De chic was maar façade. De eensteens muurtjes staan niet op een diep fundament. Terwijl hij zich opricht stort een binnenmuur al ruiselend in en schuift krakend de nokbalk onder zijn voeten weg.

'Aantrekken!' schreeuw ik, terwijl hij probeert die balk recht te trappen. 'Knijpen!' We moeten de kabels strak houden, anders klapt het hele ding naar binnen in, Broer er midden tussenin.

Hij buigt zich voorover en trekt zelf met zijn handen aan de balk waarop hij staat. Zijn nek is rood, de pezen aangespannen en de aderen gezwollen.

'Knijpen, verdomme! Tinus! Strakker!'

Ik stap naar voren en grijp de kabel van Volcker en Vollemondt. 'Vollemondt, naar Tinus!'

Vollemondt laat los, zodat Volcker en ik het nauwelijks kunnen houden, Broer zakt een halve meter omlaag. De balk zwenkt af, één stap achteruit en hij zal zo van het dak af lazeren.

'Eikels!' kreunt hij. Zitten zijn vingers nou klem?

Vollemondt is al bij Tinus. 'Die vervloekte Belse knol,' roept hij en hij geeft die pony een trap. Het beest schrikt en briest en springt naar voren, rukt de kabel strak. De nokbalk komt zo weer een stuk omhoog.

'Hé!' schreeuwt Tinus naar Vollemondt. 'Schop je eigen!'

Maar Vollemondt grijpt het touw beet en houdt het vast met al zijn kracht, zijn knokkels spierwit. Hij houdt zijn adem in, bijna staat hij op klappen, uitpuilende ogen, zijn kop paarser dan zijn beste druif...

Volcker en ik hebben ondertussen ook al onze kracht nodig, tanden op elkaar, die grauwe grimas van die kerel, vuil zweet persend vlak achter me, zijn litteken wit, zijn armen een en al pees, we trekken, houden de kabel trillend strak. Dan komen de muurankers los, eindelijk, ze wrikken rinkelend, ver-schuiven, Broerlief verzet een stap op de nok. 'Van onderen!' En daar gaat het.

Het gebouw kreunt en zijgt ineen, het dak golft en breekt middendoor, de ruggengraat van de boerderij. Broerlief zet een stap naar de punt van de voorgevel en meet zijn sprong. Bijna verliest hij alsnog zijn evenwicht, dan klappen de muren dubbel en stort hij met de inzakkende voorgevel mee naar beneden, zijn haar wapperend, en hij springt, soepel als een kat, op het dak van de aanbouw en van daaraf op het erf. Als een haas in de duinen, twee haken en boem, op de grond. Daar landt hij met een plof, zo sterk als een sporter uit de Kaukasus, pontificaal, daarmee zet hij zijn punt toch weer, die dakruiter, echt, we kunnen zo de kermis op, verdomd als het niet waar is. We hoeven er maar bij te gaan staan. Broer met zijn idiote stunt, Vollemondt als de Sterke Man, leuk stempels in de poeier draaiend en Volcker met zijn opgerekte geslacht. En dan zal ik ze wel aankondi-gen, in mijn maffe circusjasje. Komt dat zien! Nog nooit vertoond! Nu op de kermis van Mortel! Tinus knipt de kaartjes, kauwend op zijn tong, en gaat het dorp rond met een reclamebord op de rug van zijn pony. Ik sta erom te lachen, om het idee, hardop, ik kan mezelf horen lachen, van opluchting, tranen in mijn ogen. Sta ik nou te janken?

Achter Broer stort het bouwwerk verder in, een ca-taract van brekend glasgerinkel aan de achtergevel, fijn kalkzand wordt door de scheuren en kieren naar buiten geperst, het huisje braakt een witte mist van stof de hemel in. Ik wrijf mijn ogen en loop terug naar Perrer, die zijn zakdoek angstvallig voor zijn mond en neus blijft houden. Volcker en Vollemondt spugen stof op de keien en Tinus streelt verontwaardigd de kont van zijn pony, die nerveus staat na te rillen, daarbij haar eigen baasje bijna alsnog een trap verkopend.

'Schop je eigen,' mokt hij nog eens tegen Vollemondt.

'De dame ligt!' roept die en hij snuit het stofsnot uit zijn neusgaten. Eindelijk is daar het moment voor de fles. 'Grand cru!' schreeuwt hij. Ieder is op zijn eigen manier opgelucht, dat zie je wel.

Uit de mist verschijnt Broerlief, engel uit de hemel, zijn haren wit van de kalk, een zweetdruppel trekt een glinsterend spoor door het stof op zijn slaap, die veegt hij met zijn mouw weg en hij grijnst, dat was op het nippertje, zegt die grijns. Loopt hij nou mank, is het zijn enkel? En zijn vingers? Zaten ze klem?

Hij neemt me mijn lap af en wrijft over zijn gezicht. 'Die ligt, lafbek. Honderd punten.' Er zit bloed aan de zakdoek als hij hem naar me teruggooit. Een wondje, meer niet. Ik glimlach en presenteer Perrer een sigaar.

Maar Perrer gebaart me van achter zijn zakdoek om mee te lopen, een eind verderop, weg uit de kalkwolk. Hij moet me nog even spreken, zegt-ie, maakt een verstrooid gebaar, tikt aan zijn slaap, het was hem vanochtend glad ontschoten... Ik kijk hem aan. Het lijkt me lastig als hij zijn klusjes nog in wil trekken, deze althans...

'Dat ging maar net goed, is het niet?' zegt-ie terwijl we een eindje verderop wandelen. Onze voeten knerpen op het grind. Hij tikt een steentje weg met zijn stok en peilt me. Ik kijk hem zo neutraal mogelijk aan. 'Och...'

'Over vanochtend... Normaal geef ik zo geen klussen uit, dat begrijp je.'

'Aha,' doe ik, op mijn hoede.

'Ik kan niet zeggen dat je me niet overdonderde, dat is op zich een compliment waard.'

'Ja, haha,' reageer ik, zo onnozel als kan.

'Ik stel voor dat we de aanbesteding als eenmalig beschouwen, Pek,' zegt-ie. 'En de ontmoeting als niet voorgevallen, begrijp je wel?'

'Maar zeker, meneer Perrer, zeker,' zeg ik. Ik krijg het walgelijke gevoel een winkelier te zijn. Zeker, heer, zeker. Voor elk wat wils. Bent u op hoerenbezoek geweest? Ik zwijg als het graf. Dat doe ik voor elke goede klant, nietwaar? Zeker! Ik wrijf me nog net niet in de handen. Broer had me vast al vervloekt, zeker. Zeker.

'Mooi zo,' zegt-ie en hij houdt stil. 'Dat is dan afgesproken. Maar waar ik eigenlijk voor kom, Pek... Die terrazzovloer, weet je nog wel? Die jullie twee weken geleden bij me hebben gelegd?'

Ik weet het goed, natuurlijk. Het leggen van een terrazzovloer vergeet je niet gauw. In zijn keuken en in zijn plee, zelden zo'n hamstervloer gezien als die vloer rondom de pispot van Perrer, de planken waren doorweekt, pal onder de pot, nog een paar keer erop zitten met die dampende reet van hem en hij zou zo met pot en al zijn beerput in zijn gesodemieterd. Totaal verrot van de urine die hij in de loop der jaren naast zijn pot heeft gesast. We waren blij ons cement over dat vloertje te kunnen uitgieten, zo stonk het daar. Namen niet eens de tijd om het te stutten of uit te breken en te vernieuwen. Hupsakee, spanlatjes erin en dichtgieten maar, er is weinig wat een mens sneller doet werken dan stank, dat gaat onbesproken. Broer en ik naast Vollemondt, bijvoorbeeld... Pure snelheid.

'Ja, meneer Perrer,' zeg ik. 'Ik weet het nog.'

Perrer kijkt me scherp aan, terwijl hij het puntje van zijn sigaar bijt en uitspuugt.

'Nou, Pek, daar hebben jullie nou eens een echte rotzooi van gemaakt, hè?' Hij grinnikt, alsof het een mop is waar-ie bijna is ingetuind, en schudt zijn hoofd. Steekt zijn sigaar aan, paft hem in gang.

'Broddelwerk, jongens,' zegt-ie. 'Werk van prutsers. Er zit al een scheur in van twee centimeter. Wat dachten jullie? Laat die Perrer maar eens lekker op de pot gaan, kijken of-ie erdoorheen zakt? In zijn blote kont?' Hij lacht hardop, tikt zijn sigaar af.

'Ik weet niet, meneer,' zeg ik... 'Misschien was de fundering niet...'

'Precies, jongen. Jij krijgt een tien. De fundering. Die was er niet. Je kunt wel zien met wie we te maken hebben, nietwaar? Slopers zijn jullie, dat gaat al ternauwernood goed. Maar in ieder geval geen bouwers, dat moge duidelijk zijn.' Hij schiet er weer van in de lach, paft nog eens en praat wat tegen de lucht. 'De fundering vergeten... Heb je ooit...' Zijn woorden wolken uit zijn mond in plukjes sigarenrook. De hemel is loodzwaar geworden. Er beginnen een paar ijzige druppels uit te vallen. Bovendien steekt de wind op. Perrer kijkt me weer aan.

'Over de betaling... Veeg die maar van je lei, dat begrijp je zeker wel? Ik laat het maar opnieuw doen, nietwaar... Nietwaar?' Hij kijkt de rivier over, de verte in, naar het dreigende onweer aan de kim, die loodgrijze lucht. Boven de Mieze spookt het al flink, de regen danst als een grauwe schim boven het woelige water...

'Bij Sprengers in Goor hebben ze een stel Italianen in dienst. Kennen jullie ze?' Hij staat even na te denken. 'Nou ja... over de kosten komen we nog wel bij elkaar terug, nietwaar?'

Ik sta er stompzinnig bij, weet niet wat te zeggen, dus ik zwijg. In de verte worden de mannen ongedurig. Vollemondt staat met zijn flesje klaar, eindelijk, zijn mooie traditie. Mannen en hun tradities... Met de grond gelijk, de dame ligt, daar mag op gedronken worden, hi, ha, ho... Maar Broerlief ziet dat er iets aan de knikker is, ik zie het aan hoe hij me van een afstand in de gaten houdt.

'Vooruit, kerel,' zegt Perrer, 'ruimen jullie het hier morgen netjes op? En als jullie ook het grondwerk keurig hebben gedaan dan kunnen we dat misschien wegstrepen tegen dit debacle.' Hij zucht, strekt zijn rug, alsof hij werkelijk door de vloer gezakt is, of alsof hij met Broerlief mee van het instortend dak gesprongen is, of gedonderd, nog beter.

'Knappe sprong trouwens,' zegt-ie, maar hij bepaalt zich onmiddellijk weer tot de ernst van de zaak, en fronst zijn wenkbrauwen.

'Nee, dat terrazzovloeren leggen moeten jullie

maar beter overlaten aan de specialisten. We moeten allemaal van onze kracht uitgaan, nietwaar? Nietwaar? Je hebt mensen die kunnen breken en mensen die kunnen bouwen. Ken je ze nou? Sprengers? Uit Goor? Die Italianen die hij in dienst heeft... het schijnen vakmensen te zijn...' Hij paft nog wat, voor het effect. En dat is dat. Laat zijn halfopgerookte sigaar op de grond vallen en trapt hem uit, het tabaksblad verkruimelend onder zijn bemodderde knoopschoenen op het grind.

'Mooi zo,' zegt-ie. 'Naar je makkers nu. En let op dat je me zoiets nooit meer flikt, kerel. In de herkansing, dus. Aan de slag. Het is dat jullie het zijn. Zonen van Louise... Ik ben werkelijk te aardig voor jullie.' Hij steekt een hand in zijn zak, de andere legt hij om de knots van zijn stok, kitst een rochel op de kiezels, bromt nog iets over 'godvergeten stoftroep' en wandelt tiktak doodgemoedereerd het erf weer af.

Het onweer barst los.

De mannen staan te schuilen onder een groot stuk landbouwplastic, waar de regen op roffelt.

'Wat is er gaande?' vragen ze als ik terug ben.

Ik trek mijn vuilfluwelen kraag op. 'We mogen het grondwerk doen,' grom ik.

De regen slaat op het plastic en tinkelt in de pleepot achter op de kar. De fles gaat rond. We proosten. Ik sla die zure wijn in één slok naar binnen en klim op de bok. In de verte gaat Perrer, op zijn clownspassen door regen en godvergeten modderland.

O, kijk, daar staat-ie ineens stil. Draait zich nog eens om, hij realiseert zich iets. Komt teruggestapt, plassend door de blubber. 'Pek,' roept-ie. Houdt zijn stok omhoog, alsof-ie ook met de kar mee wil. 'Pek! Wacht!' De pony briest en rilt en schudt haar manen als ik weer van de bok spring, plets, de modder in. Ik loop hem tegemoet.

'Meneer Perrer,' zeg ik.

Zijn pak is doorweekt, zijn gezicht en haren druipen van de regen. Zijn schoenen zijn dikke klodders klei geworden, die handgeknoopte Santoni's van hem, klompen van klei. De gouden punt van zijn stok is een donkere blubberdrol. Hij wijst ermee naar mij.

'Pek,' roept hij, tegen de regen in. 'Die gunst die ik je verleen! Ik doe het voor Louise, begrijp je? Dat begrijp je.' Hij staat nu weer vlak voor me. Zwijgt. Zoekt naar woorden. De regen slaat kletterend op het modderland.

'Ze was een mooie vrouw, moet je beseffen. Je broer heeft haar gezicht. Maar ze heeft niet al het geluk gehad. Waar of niet? Met die vader van je... Ze kreeg geen kans... En dan haar gezondheid...' Hij schudt zijn hoofd, de regendruppels rollen uit zijn haren over zijn gezicht. 'Je moet weten dat ik... dat ik altijd...' Hij twijfelt. 'Ik heb altijd geprobeerd jullie te helpen. Geprobeerd jullie mee te nemen in de vaart van de nieuwe tijd... Klusjes... Nietwaar? Ook al lag jullie prijs aan de hoge kant... Voor jullie outillage...'

'Natuurlijk, meneer Perrer,' zeg ik. 'U bent onze grootste opdrachtgever.'

Hij doet het af met zijn hand. 'Al goed,' zegt hij. 'Maar als wederdienst zou ik het op prijs stellen als je niet aan de grote klok hangt wat je vanochtend hebt gezien.'

'Wat heb ik dan gezien, meneer Perrer?'

Hij maakt een vaag gebaar, lastige kwestie... 'Er zijn wat problemen, oké? Iets persoonlijks. Ik zou het op prijs stellen als je het niet rondbazuint. Onze ontmoeting, begrijp je wel? Aan je broer bijvoorbeeld.'

We staan zo doornat in de stromende regen dat het moeilijk voor hem moet zijn mijn ogen te zien. 'Ik begrijp het, meneer Perrer,' zeg ik.

Hij glimlacht. Pakt mijn hand. – Zo vaak realiseer je je niet dat je met een afscheid te maken hebt. Je voelt wel wat, van alles, die hand op mijn hand, het kan alle kanten op, maar pas achteraf realiseer je je: dit was een afscheid.

'Slopers zijn jullie,' zegt hij. 'Goeie jongens, net als Louise. Een goed mens. Maar laat dat terrazzo nou maar over aan de Italianen, dat vraag ik je. En schilder dat bord van je over. Dat zal wat rust brengen. Er wordt toch al zoveel gepraat...'

V

De eenvoudige kerkdienst waarmee moeder werd begraven weerspiegelde niet haar bijdragen aan de collectepot, maar liet wel zien hoe het dorp over ons dacht. Het is dat de Mieze de andere kant op stroomde, anders hadden sommige boeren met genoegen de kist de rivier in geduwd om haar naar de heimat te laten afdrijven. Maar onder de bezielende en voorzichtige leiding van meneer pastoor werden toch alle gebeden netjes afgeraffeld en werd zij op het katholieke kerkhof zoals dat heet 'waardig ter aarde besteld en opgedragen aan God onze Heer'.

Broer en ik lieten het allemaal verwezen over ons heen komen. Gelaten zaten we in de overtollige wierookluchten te luisteren naar de monotone gebedsdreun. Het was een soort bezwering die over ons werd uitgesproken en die voelde niet eens onprettig. Soms is de roes te prefereren boven de stalen werkelijkheid, ik begrijp verslaafden wel, het zijn niet zelden de meest zachtaardige en gevoelige figuren die ervan afhankelijk worden, kijk maar naar onze eigen Vollemondt, die goeie strontzak.

Broer zat stil naast me, we zeiden geen stom woord. Er waren maar een paar mensen bij de dienst. Meneer pastoor natuurlijk, en ook Jo van De Gouden Leeuw, waar moeder al die tijd had schoongemaakt. Er waren nog een paar mensen van de gemeente of zo en de dokter was er, en ook Perrer zag ik de kerk binnen schuifelen halverwege de dienst. Hij bleef achterin staan. Al die mensen gaven we achteraf braaf een handje en we luisterden naar de klanken die uit hun monden kwamen, klanken van spijt en troost en medeleven, die niet echt begrijpelijke woorden wilden worden, maar we knikten toch en glimlachten flauw en staken de volgende weer een slap handje toe.

Uiteindelijk moesten wij ook uit deze roes ontwaken en dat gebeurde een paar dagen later, toen het brood op was. We waren vijftien en zestien, Broer en ik stonden er alleen voor en ik ging voor hem zorgen. Hoe doe je dat?

'Kom op,' zei ik. 'We gaan naar Perrer.'

Broer had er niet veel zin in. 'Wat moeten we bij die zak,' zei hij. Maar hij had ook niet de fut om met zijn mes te zwaaien of zelfs mij maar tegen te willen spreken.

'Hij gaat ons aan werk helpen,' zei ik.

Wij troffen hem bij de bouwput van zijn nieuwe boerderij, aan de andere kant van Mortel, aan de bosrand. De Goudkust, zoals het in het dorp wordt genoemd, de rijke wijk.

Sommigen hadden na de oorlog hun gat in de markt al wel gevonden en hij was een van hen. Hij zag ons van verre komen. 'Kijk eens aan, de jongens van Louise,' zei hij alsof hij ons wel had verwacht. Er stonden een paar metselaars te werken, die keken op en hielden ons wantrouwig in de gaten. Wat kwamen we doen? De schooiers van Pek? Hun het brood uit de mond stoten soms? Maar Perrer nam ons mee de bouwkeet in en schonk zelfs koffie. Wij zaten daar maar, hadden nog geen stom woord gezegd, terwijl hij begon uit te weiden over zijn prachtige werk, zoals je dat vaker ziet bij kerels die zichzelf goed geslaagd vinden.

Het was het jaar van de wederopbouwpot. Met dat geld ging hij de streek 'op de kaart zetten', zoals hij dat noemde. Leegstaande boerderijen waren sinds kort onder zijn verantwoordelijkheid gekomen, vanuit de gemeente, maar privé had hij er ook handel in, het mes sneed aan twee kanten. Hoe hij dat voor mekaar had gekregen, dat ging hij niet proberen uit te leggen, hij wist het zelf niet eens, zei die, met een stralende lach, maar hij was er wel voortdurend mee bezig, en steeds waren er weer nieuwe pandjes. Sommige zelfs nog verzegeld aan de deurposten... 'Bewoners geëmigreerd', liet-ie daar ijskoud bij opschrijven.

'Wie nou nog niet uit die oorlog terug is, komt niet meer.'

Ik dacht aan vader, hoe die terug zou komen, met zijn koffertje het erf op, langs de kersenboom in bloei. Die zou wel opkijken als-ie zomaar Harelbeecke in zijn boerderij zou zien zitten, cowboyhoed op zijn kanis. Eerlijk gekocht, natuurlijk, niks op te zeggen. En daarna kon-ie moeder gaan opzoeken op de begraafplaats. Maar iedereen die uit de oorlog terugkwam had wel iets om zich over te verbazen. Hoe de leeggevallen plaatsen werden ingenomen, volgens het aloude 'opgestaan is plaats vergaan'. Zo werkte Perrer ook.

Hij liet ze zo snel mogelijk afbreken, zei die, die slooppandjes, zonder pardon. Ze laten staan zou vragen zijn om conflicten, slepende eigendomskwesties en geldverslindende rechtszaken. 'Nog koffie?' Wij bedankten. 'Voor hetzelfde geld waren ze trouwens gebombardeerd geweest. Toch? Nou dan. Weg ermee.' Hij schonk zichzelf dan maar bij en wees door het vuile raampje naar buiten, naar de verte achter de bouwput. Ik zag de bouwvakkers met elkaar staan kletsen, ze rookten en leken geen haast te hebben. Perrer nam een slok en vertelde voort. Op de lege plekken ging hij het land laten herordenen. Daar moesten varkensstallen komen, voor honderden varkens. 'De nieuwe tijd, jongens. We moeten het Amerikaans aanpakken.'

Hij ging rechtop staan, in die bouwvallige keet, strekte zijn rug. 'De toekomst...' zei hij. 'De toekomst weegt zwaar voor wie er zich verantwoordelijk voor maakt. Vergis je niet, ze wilden me al tot burgemeester benoemen, kun je je dat voorstellen?' Hij lachte, soeverein. 'Maar dat heb ik van de hand gewezen. Ik ben liever hier bezig. Met mijn handen in de specie.'

Ik keek naar zijn handen, goed gemanicuurd, de zachte handen van een beleidsman.

Hij sloeg me op mijn schouder. 'Bij wijze van spreken, slimme vent. Het gaat om het principe. Weg met die bouwvalletjes! We ruimen de geschiedenis op. Voor een schone toekomst.' Hij glom als een strijkijzer. Dat kwam toen net in de mode, alles op elektriciteit. En gladstrijken maar, dat onwelgevallige verleden.

'Die pot Marshallgeld hadden ze beter de Perrer-pot kunnen noemen, trouwens. Maar ach. Komaan, jongens, ik zal jullie eens wat laten zien.' We gingen naar buiten. De metselaars waren weer volop in bedrijf, niks verdachts aan te merken. Op een veldje naast de bouwput had Perrer een paar paarden staan. Hij leidde ons die kant op.

'En vertel nu eens van die arme Louise,' zei hij. 'Heeft ze nog wat gezegd...? Ik bedoel iets... algemeens?' Hij bestudeerde onze gezichten. We wisten niet waar hij het over had. Broer haalde zijn schouders op.

'We kunnen haar niet terughalen, hè,' zei Perrer. 'Vanaf nu kijken we alleen nog maar naar de toekomst! Het verleden ligt achter ons.' Dat riep-ie, op dat graslandje van hem, met zijn paarden.

Broer keek naar de paarden, ik keek naar de grijns die Perrer trok. We zwegen.

Perrer wees langs de Mieze. De lage zon bescheen de dijk met goudglans, je zag precies het resultaat van die ideologische strijd die daar was uitgevochten: een geuzenstrijd tussen verschillende denkbeelden, een spoor van brokken en stenen en kalk was het, alle spitfires hadden er hun knalkak op uitgescheten, op dat vredige land, de hele rotzooi was de modder in geslagen, van Schenk tot Giers en terug, ruïnes in de klei, als kapotte kiezen in de rauwe mond van de Miezestreek. Daar staat het, wees Perrer, en het moet weg. Hij bekeek het vorsend met dat heroïsche smoel van hem. Zijn stok had-ie toen nog niet, maar zijn ogen glansden als knots en gouden punt tezamen. Had-ie nou tranen in zijn ogen? 'Weg ermee,' zei die.

Wij knikten. Zo doe je dat. Zo doet een schooier. Kijken, zwijgen en aanpakken. Als je zonder kansen staat hoef je niet lang na te denken. Die herenboerderij die hij daar liet neerzetten, voor zichzelf, nou, een burgemeesterswoning gelijk moest het worden. Hij liet het ons zien, de trots van een man met geld. Het zou zelfs een klein bordes krijgen. En een bord kwam erop: KONINGSHOEVE. Erachter kwamen een paar van die beroemde varkensstallen van hem. Hij wees om zich heen, over de dijk, al die slooppandjes die hij nog op ging kopen en af laten breken.

'Als die werklui maar eens wat doorwerkten... Lui stelletje...' Hij zuchtte. 'Dus Louise heeft jullie zelf gezegd naar mij toe te komen?' zei hij, min of meer voor zich uit, ogen op de ruïnes aan de dijk. 'In ieder geval is er werk zat, jongens, voor wie van aanpakken weet.' Hij haalde zijn neus op. 'In deze streek hebben wij geen behoefte aan spookhuisjes. Er moet gebouwd worden. Het is 1950, godbetert. Waar nou nog een huisje leegstaat... Opgeruimd staat netjes.'

Broer en ik keken elkaar aan.

'Komt voor de bakker,' zei ik.

'Alles tegen de vlakte,' zei Broer.

'Met de grond gelijk is de clausule,' zei Perrer. 'Wat is jullie prijs?' Hij keek ons scherp aan, van onder zijn pet, koppig. 'Boeren, pas ervoor op,' had moeder altijd gezegd. 'Handel is handel, Nederland, Duitsland, het maakt niet uit, zo was het toen en zo is het nog, zo is het altijd geweest. Wat de mensen ook beweren.'

'Vijftig,' zei ik onmiddellijk, 'en het grondwerk daarna het dubbele.'

Perrer keek mij geamuseerd aan, maar in zijn hoofd was zijn rekensommetje al gemaakt, ik zag het aan zijn ogen. Razendsnel. Echte rekenwonders, die boeren, hoe zielig ze ook staan te doen over hun oogst, het weer en dan weer de prijs die omhoog moet voor hun verzopen aardappelen en de garanties die ze nodig hebben voor afname van vlees, kaas en melk. Subsidie, dat woord is door boeren uitgevonden en zo niet uitgevonden, dan hebben zij er toch de innigste band mee. Maar ondertussen zitten ze volop in onroerend goed en land. De grondprijzen schieten omhoog, je hoort ze er nooit over. Ze weten precies over welke handel ze moeten zwijgen en over welke ze moeten klagen. Opportunisten tot op het bot, laat dic stinkboeren geen woord over moeder zeggen, stelletje oppotters, met sokken vol geld onder hun bed, onder een losliggend plankje in de vloer, biljetten stevig opgerold (dan weet je meteen dat het veel is, aan die stevigheid) in sigarenkistjes in het buffet pal onder de katholieke crucifix, de Heer zal mij beschermen en mijn oogst.

En dan laten ze een paar schooiers zo'n oud boerderijtje weghalen op een overgeërfd stukje land waarmee ze over een jaar of wat het tienvoudige verdienen aan de erfpacht... Echt, economie is een uitvinding van de boer en kapitalisme ook. En de schooiers die ervoor werken dat zijn wij, Broer en ik.

'Vijftig,' zei ik nog eens. 'Contant.'

Perrer peinsde. Deed of-ie peinsde. Glimlachte toen. 'Hand erop. Moet het met drie dagen weg zijn,' maakte die nog gauw zijn voordeeltje. Hij had wel een kar voor ons om te gebruiken. Daar moest-ie vijf gulden voor hebben, dan hadden we hem voor een maand. Wij keken elkaar aan. Schouders ophalen, mouwen opstropen. Eropaf.

Zo leerden wij slopen. In het begin hadden we er nog weinig slag van. Beukten de hele boel in elkaar, meer moed dan wijsheid, zoals je alles doet als je jong bent. Tegenwoordig hebben we een systeem, en we hebben de mannen erbij. Maar het is nog steeds: kijken, zwijgen en aanpakken.

Broer heeft de leiding aan de buitenkant. Ik heb de leiding bij het strippen van de binnenkant. Ieder zijn eigen taak. Dan loop je elkaar niet in de weg. Volcker bikt de IJsselsteentjes van de binnenmuren en de tegels van de haard. Die zijn soms wel honderd jaar oud, nog gemetseld in kalkzandsteen, allang poreus geworden, dat spul, luchtmortel noemen we het, als-ie het netjes doet heeft zo'n tegel geen schrammetje.

'Dat wordt nog eens wat waard,' zegt hij bij elke goed gelukte tegel die hij los heeft. Zijn grijns trekt zijn litteken scheef, zijn porem wordt nog afstotelij-ker. Ondanks zijn provisie heb ik de indruk dat hij altijd wel een paar van die tegeltjes achteroverdrukt. Leuke boerentafereeltjes, de Miezekant van de ne-gentiende eeuw, een knol, een ploeg, een vrachtaak, dat soort. Maar er zijn ook tegels met stichtelijke wijsheden, in Miezekantbruin. Hij neemt er een paar, nog een paar, elke dag wel een paar, dat is bij elkaar nog heel wat. 'Als my Fortuijn tot hoogheydt voert, soo laet ick gheen dreck ongheroert'. Hij verkoopt ze op 't Zand, denk maar niet dat wij er niet van weten, Broer en ik, het levert heel wat meer op dan de provisie die wij hem bieden, zoveel is zeker.

'Dat wordt nog eens wat waard, Scharrelaar,' riep ik een keer naar hem toen-ie onhandig, zwaar, verzwaard op zijn fiets probeerde te klimmen. Ik hoorde de tegels onder zijn trui over elkaar schuren. Iets te veel ineens opgeladen...

Hij deed net of-ie niet wist waar ik het over had. 'Last van schavende knieën, zeker?' riep ik.

Hij trok zijn verongelijkte grimas. Ach wat, ieder zijn eigen spaarpotje, Broer weet het ook, we laten het.

Na de tegels doet Volcker het metaal, verzamelt de leidingen, koper en zink. Vollemondt en ik doen het hout, de balken, massief eikenhouten deuren, kozijnen, dorpels, er zit soms heel wat in zo'n boerderij, je moet er oog voor hebben. En de moed het er allemaal uit te trekken en daarna weer op te doffen natuurlijk. Je moet van aanpakken weten, dat is net alles.

Als de boerderij leeg is ('De dame is leeg!' roept Vollemondt) gaan we het dak op. Dakpannen netjes van bovenaf afstapelen, stapeltjes van vijf stuks, anders laat Tinus ze uit zijn poten vallen. De rieten schoven die niet al te zeer zijn vergaan binden we op het dak al bijeen. Alles wat we kunnen hergebruiken wordt verzameld en thuis op de plaats gesorteerd en schoongemaakt voor de verkoop. De balken verzagen we tot planken, die bundelen we, en het resthout gaat in jutezakken op de handkar en verkopen we op zaterdag als aanmaakhout aan de deuren van de Goudkust, de Churchilllaan en de Trumandreef. Dat

doen Broer en ik zelf, samen. Altijd samen. Tijdens
de handel kijken we een beetje binnen rond. Wat je
ziet moet je goed opslaan, zodat je het ook in het
donker nog terug kunt vinden. Je maakt als het ware
een kaart aan in je geheugen. Op een gegeven moment wordt dat een handigheid, een automatisme.

Als het dak is leeggeraapt gaat Broer de boerderij in
en controleert de verbindingen. Waar nodig breekt-ie
ze open of zaagt ze los. Tot alles loshangt. Dat is link.
Als-ie verkeerd inzet stort de hele boel in. Kwestie
van gevoel, zegt hij altijd. Zoals alles bij hem. Kwestie van gevoel.

Een keer moesten we hem onder het puin vandaan
halen. Het liep goed af. Een vermolmde balk, maar
wel een drager. Hij porde er met de koevoet in en
het plafond kwam naar beneden. Vermolmde troep.
Ik kreeg de volle laag, had volgens hem de stempels
niet goed geplaatst. Maar die troep stond al op inzak-
ken, uit zichzelf. 'Dan ga je er zeker gaten in steken,
idioot,' riep ik. Hij spuugde naar me, dus trapte ik
tegen zijn enkel. Hij jankte van de pijn. Die boerderij
hebben we afgebrand. Broer keek ernaar, in zijn ogen
de gloed van het vuur.

Ik vraag me af wat ik zou doen als ik klem kwam
te zitten... Ik zou flink van me af trappen, denk ik.
Net zoals ik vlak voor mijn geboorte moet hebben
gedaan in de voedselarme, benauwde ruimte waarin ik mij tot stikkens toe bevond. Ik trapte mij met
beide hakken een opening naar onderen toe, waarna
ik volgens de overlevering met mijn kont naar voren
en pimpelpaars van zuurstofgebrek naar buiten gela-

zerd kwam, en recht voor het geschokte gezicht van moeder aan mijn benen zwabberend omhoog werd gehouden, als een haas losgetrokken uit zijn val. Ik gaf geen kik.

'Heeft u nog meer kinderen,' vroeg de arts, terwijl hij met zijn vrije hand geluid uit mij probeerde te tikken.

'Ik heb nog een zoon,' moet moeder verbouwereerd hebben geantwoord.

'U moet er maar niet te veel op rekenen.' En weg was ik, nog voor moeder me had kunnen vasthouden om op die manier dat prachtige intieme moeder-zoonverbond aan te gaan, een band die zo essentieel schijnt te zijn voor een heel mensenleven. Niets daarvan, daar werd in die tijd nog niet zo over gedacht, ik mocht van geluk spreken dat ik het überhaupt had overleefd, prematuurtje, hup hup, de couveuse in met dat protesterende paarse scharminkel.

VI

Wat de allesbrander ook allemaal brandt, toch niet het hout dat ik erin heb gestoken. Het wil niet opvlammen. Te nat. Ik pook erin, maar het blijft smeulen. Broer zei het nog, toen ik het stond af te laden.

'Vergeet het,' zei hij. 'Het moet drogen.'

Maar ik was eigenwijs. Zijn voorbehoud is mijn aansporing, uiteraard, net als andersom.

Nu zit ik voor de haard en pook het onwillig smeulende vuur op. Vuur dat zich beetje bij beetje opvreet. Bah, ik ben zelf vuur dat zich beetje bij beetje opvreet. Ik scheur de zoveelste krantenpagina en prop hem in de rokende holte onder mijn bouwwerkje, maar de stervende zwam op een van de planken pist huilend een enkel opflakkerend vlammetje uit en ik pook niets tevoorschijn dan rook, die wit en scherp de ruimte in drijft.

Met de rookwalm mee kijk ik onze leefkeuken in, waar we alles doen: wonen, koken, eten, en 's ochtends drinken we koffie met de mannen en bespreken de dag die komen gaat. Werkoverleg! Zelfs slapen doen we hier, voor de allesbrander, in die twee uit de sloop gesleepte tuinstoelen van ons, dichterbij naargelang het seizoen.

Er is wel een slaapkamer, de oude slaapkamer van moeder, maar die is alleen voor wie een meisje heeft, een ongeschreven regel. Tussen ons zijn veel ongeschreven regels. Meestal is het Broer die van die kamer gebruikmaakt, trouwens. Eigenlijk altijd. Zoals ook vanavond.

Van achter de deur komen de doffe geluiden van hem en zijn afspraakje. Zijn meisje is een van de dochters van Van Poppel, die stierenboer van de andere kant van het dorp, dezelfde die jaren geleden die dolle koe dat afrasteringspaaltje tussen de ogen ramde. Sindsdien heeft hij alleen maar dochters gekregen over wie hij met die enorme handen van hem waakt. Hoe Broer dat meisje nou weer zo ver heeft gekregen met hem de slaapkamer in te gaan...? Want het mag onze ongeschreven regel zijn, maar ik neem aan dat het niet de ongeschreven regel van zo'n meisje is. Hij moet ze er toch toe brengen, niet? Binnen gaat het er bepaald niet stil aan toe.

En ik zit aan de haard en pook, mijn eigen starre project. Smeulen doet het wel, maar branden niet. Net als ikzelf. Broer, die brandt wel. Dat is goed te horen.

Het meisje moet om negen uur thuis zijn. Ze heeft haar vader gezegd dat ze met vriendinnen naar de dancing is in De Gouden Leeuw, de jaarlijkse fuif op de avond voor de kermis, en haar vader heeft haar bezworen op tijd thuis te zijn, dus Broerlief wil er wel voor zorgen dat ze niet per ongeluk in slaap zullen vallen. Of, nou ja, hij heeft mij gevraagd ervoor te zorgen. Subtiel verschil. Of ik om half negen op de deur kan kloppen. Anders zal die kerel met die kolenschoppen zijn dochter komen zoeken, en dat zijn nou precies de dingen waar Broerlief zich zorgen over maakt. De dochter van Van Poppel is niet de enige met wie hij scharrelt. Hij is er vaardig in dit soort geheimpjes te laten voortbestaan. 'Projectjes,' noemt hij zijn meisjes. Hij weet met hen te laveren of-ie op zijn sloopdak staat, even vaardig houdt-ie de boel in evenwicht. De truc is ervoor te zorgen dat de projectjes er van elkaar niet achter komen, en dat is nog best lastig. Daarvoor put-ie zich uit in attenties en lieve woordjes en cadeautjes ook. Ik heb hem eens bezig gehoord, tussen de lieve kusjes door. 'Wie zegt dat? Mireille? Wie is Mireille? Och, dat meisje, och arme, mocht ze willen... Nee hoor, ik ben toch met jou? Kom mee, dan gaan we zwemmen in de Lije...' Lief zijn is voor Broerlief geen enkel probleem. Ik hoor ze bezig achter de slaapkamerdeur. Af en toe klinkt haar lichte stem uit boven het tikken van de regen op de dakpannen en de goot.

De avond is ruisend met de vroege herfst over ons gekomen. Sinds de bui is losgebarsten vanmiddag is het niet meer droog geweest. Volcker had al geen goed humeur vandaag, met die scherven die hij had willen zoeken en het borstelen van de pony van Tinus, maar toen het maar bleef regenen en hij ook nog zijn jas in Schenk bleek te hebben laten liggen, was de maat vol. We stonden buiten op de plaats, ik was klaar om naar binnen te gaan, waar Broer al met zijn meisje was, Vollemondt borg de touwen op en Tinus was juist op zijn pony naar huis geschommeld, over de dijk de regen in, stoïcijns als altijd, door geen stof of regen te raken. Maar Volcker zuchtte en mopperde en vloekte. 'Mijn jas, nondeju...' Ik bood hem aan een jas uit de sloophandel te zoeken, maar hij keek me argwanend aan, zijn blik gleed over mijn jasje.

'En dat gaat dan zeker van mijn weekloon af?' zei hij. 'Geef me mijn geld nou maar, of op zijn minst dat van vorige week, we hebben toch gebeurd vandaag? Anders is het straks allemaal weer op aan die Broer van je en zijn grietjes.'

Ik haalde onmiddellijk uit. Daar had-ie eindelijk zijn langverwachte klap op zijn smoel dan toch, die klootzak, vlak voor het einde van de werkdag. Hij verbleekte en greep zijn neus, keek mij geschrokken aan, trok met zijn litteken.

'Er is geen "we",' zei ik. 'Begrijp je dat? Scharrelaar? Ik gooi je er vandaag nog uit!' Ik stond te trillen op mijn poten. 'Morgen heb je je loon, heb ik je gezegd. Is dat niet goed genoeg? Dan zwem je de rivier maar over, naar waar je vandaan komt. Kijken wat ze je daar willen betalen voor dat getreiter de hele dag. Ik smijt je er eigenhandig in.'

'Kom op nou, baas,' deed hij meteen klein. 'Het was toch maar een geintje.' Hij probeerde zich eruit te draaien, te sussen, zijn hand over zijn zere neus. Je congé krijgen een dag voor de kermis begint is natuurlijk geen goed moment. 'Ik dacht dat...'

'Je denkt te veel, Scharrelaar. Je moet werken, hoor je? Morgen hebben we een drukke dag. We beginnen een uur eerder. Zorg dat je op tijd bent. Anders kun je de kermis vanaf de overkant van de rivier bekijken. Er is geen "we", onthoud dat goed.'

Vollemondt kwam erbij staan. 'Waar gaat het over?' zei die. 'Wil ik nog iemand bijschenken voor ik ga fietsen?'

'Morgen om zes uur binnen zijn, Beer,' zei ik. 'Dan zijn we misschien voor de kermis klaar.'

'Ah, baas, ik ben een ochtendmens, hè?' Hij begon vettig te grinniken en keek naar Volcker voor bijval. 'Wat heb jij met je neus?' Volcker schokschouderde, draaide zich om en stapte op zijn fiets.

Vollemondt keek hem met opgetrokken wenkbrauw na. 'Zonder jas de regen in. Wat is er met die jongen?'

'Hij heeft geldzorgen,' mompelde ik.

Nou, daar schoot hij nou eens goed van in de lach, die gulle Vollemondt. 'Geldzorgen! Ha!' riep hij uit. 'Wie niet?' Hij kon niet meer. Schuddebuikend stapte hij op zijn fiets en reed slingerend weg, door de regen. Je kon hem in de verte nog horen schateren. Den vrolijken dronck.

Vanuit de slaapkamer klinkt een zacht en hoog geneurie. Zingt ze nou voor hem, dat lieve kind? Ik luister even mee. Ze neuriet inderdaad, al wil het niet echt een melodietje worden, meer de herhalende aanzet van de eerste tonen. Broerlief laat zijn meisje zingen. Ik breek nog een plank van het drijfnatte sloophout en probeer die aan de allesbrander te voeren.

Vanaf de schouw kijkt vader me stralend aan, tegen de zon in. Hij zwaait naar me, links naast hem de kersenboom in zijn eeuwige bloei en rechts naast zich op het erf zijn reiskoffertje voor zijn oneindige reis... De foto is geel uitgeslagen, dus we hebben hem in een op sloop gevonden fotolijstje geschoven, en vanuit die nieuwe glazen behuizing staat hij lachend op ons toe te zien, op ons familiebedrijf, op ons leven, een barst over zijn brede lach. Naast vader in

87

zijn lijstje staat die tegel van ons, onze huisspreuk. Over alle dreck die we aan zullen pakken om het fortuin te maken dat ons tot hoogheid zal voeren, dat ons zal bevrijden...

Pa heeft de bevrijding niet eens meegemaakt... Maar moeder heeft er toch ook niet meer dan een paar jaar van meegemaakt. Alleen Perrer gaat al die tijd al mee. Je moet nooit over rechtvaardigheid nadenken. God neemt en geeft, zonder haat in Zijn keuze. Alleen voor de mensen moet je oppassen. Dat verhaal van de eerste steen, dat meneer pastoor nog zo uiterst toepasselijk op de begrafenis van moeder voorlas: 'Al wie zonder zonde is, werpe de eerste steen'... dat gaat in het echt nooit zo. Als er één met laster begint, pas dan maar op. Dan kun je je beter verborgen houden. Laat je niet horen, nog geen neurietoon...

Ik sta op en stap uit mijn klompen, loop op kousenvoeten naar de slaapkamerdeur en probeer door een kier te zien wat er daarbinnen precies gebeurt.

Het was de dag van de bevrijding dat Broer en ik achter het dichtgetimmerde huiskamerraam op onze hurken door de kieren naar buiten gluurden, naar die bevrijding midden op straat. Elf en tien jaar waren we, precies de mooie leeftijd voor het opdoen van onuitwisbare herinneringen.

De Canadezen waren gekomen. Daar stonden ze met hun machtige tanks, de hele dijk vol, een lange colonne. De vierentwintigste divisie. Eromheen waren onze buren en allerlei anderen, midden op straat.

Onze bevrijders! werd er geroepen. De soldaten

zaten bovenop. En maar lachen en chocola uitdelen. Een van de dochters van de buurman had zich ook op een tank laten trekken, ze zat op schoot bij een Canadees. Zijn baret stond net zo scheef als zijn gebit, hij lachte voluit, zijn bruine tanden vrij, en zij at chocola uit zijn hand.

De mensen rolden met hun ogen en trokken hun monden open in een grijns, je zag de kapotte gebitten. Vrij! riepen ze, met hun grauwe smalle gezichten, hun hoofden dansend op hun pezige nekken, en ze lachten, hun strottenhoofden klokten op en neer alsof ze aan het drinken waren, zo gulzig, en daar kwamen weer die tanden tevoorschijn, lachen, chocola eten, en kraaien en dansen op hun spillepoten, zoals we ze nog nooit hadden zien dansen, zoals we nog nooit iemand hadden zien dansen. Ze sprongen op en neer op hun klompen en grepen zich aan elkaar vast.

Wij mochten de dijk niet op van moeder. De oorlog was voorbij, maar niet voor ons. Was het voor de boeren Bevrijdingsdag, voor ons zou het bijltjesdag zijn... Dat woord hadden wij al vaak horen zeggen, echt een woord om van te smullen. Op het schoolplein hadden we die verwensingen al toegefluisterd gekregen. Ze zouden ons wel krijgen, ons en onze moeder, landverraaiers. Theo Rooyakkers fluisterde dat bijvoorbeeld, een van de kinderen van de banketbakkerij, en hij fluisterde het ook het hele schoolplein rond. Broer sloeg hem recht op zijn neus. Dat gaf een gedoe, want hij was meteen gebroken, zeg, één stomp was genoeg, dat stuk fondant, met zijn broze banketbakkersneus... Broer moest zijn excuses gaan aanbieden, ook al riep-ie tegen moeder dat die Theo dat zelf maar moest komen doen. Maar naargelang de bevrijding dichterbij kwam waren de zaken grimmiger geworden, groter dan een schoolplein en een paar bakkeleiende jochies.

En op die Bevrijdingsdag zagen we toen voor het eerst Perrer bezig. Hij was nog een jonge kerel, maar voor ons was-ie groot en angstaanjagend genoeg in zijn blauwe overall, met leren koppelriem en pistool. Hoofd van de BS was-ie en hij liep daar rond in die feestende dronken massa met een heel andere blik dan de meesten. Zijn ogen stonden vastberaden. Hij was aan het vergelden. De dochter van de slager was al uit haar huis gesleept en kaal geschoren, dat zagen wij gebeuren, Broer en ik, midden op de dijk voor ons huis, tussen de Canadese bevrijders in, met hun repen chocola. De stoot van Mortel was zij, we hadden er al flink op los gefantaseerd, maar dit hadden we toch nooit verwacht. De BS, de burgerclub, hoe die zich liet gaan, het bracht een nieuwe angst bij ons aan, opgesloten achter onze raambetimmering. Die BS'ers gingen volledig op in hun rol, gedroegen zich helemaal naar Duits voorbeeld, ze hadden het vijf jaar lang mooi af kunnen kijken.

Ineens zag je nu ook volwassenen hun andere gezicht laten zien. Zoals meneer Bakels, de meester van de vijfde klas, die anders zo keurige man. Hij was het die met Perrer de slagersdochter kaalknipte. Precies zo'n blauwe overall als Perrer had-ie aan, ook met koppelriem en pistool. Dat zag er op een of andere manier ongelukkig uit. Ik kon me nog herinneren hoe hij altijd met zijn nietmachine zat te hannesen. De nietjes schoten los onder zijn prutsende vingers. Zo iemand kon je beter niet voor de loop komen. Hij had de klassenschaar meegenomen, dat kon ik zien aan het rode etiket dat om het handvat zat. Klassenschaar van klas 5, stond daarop, dat wist ik, we kenden dat ding, die schaar kon je gaan lenen als er iets te knippen viel. Nou, dat viel er nu zeker. Alle blonde lokken van die mooie meid gingen eraf. Zo naast Perrer kwam er een wraakzuchtig genoegen bij meester Bakels los, zoals hij met dat blikkerende ding tekeerging, gulzig happend, ik zag het om nooit te vergeten.

Moeder kwam geschrokken met ons meegluren. 'Pas op voor mensen,' zei ze. 'Ze zijn gek op wraak. En ze hebben het gelijk aan hun kant, zelfs God hebben ze bij zich ingelijfd.' Op zondag hadden we inderdaad bij meneer pastoor ook al eens gezien hoe die in de kerk tekeerging. 'God zal wreder zijn dan de vijand want God is een Wrekende God,' riep-ie van de kansel. Hij vond dat zelf ook machtig mooi, denk ik, dat wreken, zoals hij daar stond te galmen: 'Dag der Wrake, Wraak der Wraken!' Dat was allemaal toen de Duitsers al tot achter de Mieze gedreven waren, natuurlijk, niet lang voor de bevrijding.

Moeder kende Perrer wel. Hij was ooit een aanbidder geweest, vertelde ze. Ze bloosde bij dat woord. Aan de slagersdochter konden we goed zien wat hij van plan was met de meiden die hij niet had kunnen krijgen, dat hoefde geen betoog. Verder waren er een hoop boeren omheen komen staan, die waren allemaal eens komen kijken naar deze kroon op het bevrijdingsspektakel, ze kwamen van alle kanten rustig aangeslenterd op hun klompen, handen diep in de zakken, hun kaken goed strak op elkaar, om te zien hoe dit vuil schaap geschoren werd...

En wij zaten daar te gluren van achter onze houten betimmering naar de straat, min of meer te wachten tot ze onze kant op zouden komen, met hun kappersschaar, om 'wreder te zijn dan de vijand', dan wij dus... Het was onwerkelijk, die zachte septemberdag, net een droom, en de mensen waren buiten zichzelf, met glanzende ogen.

We konden in ieder geval geen kant op in onze betimmerde schaapskooi. Voor ons het dorp, achter ons de rivier. Het was ons goed duidelijk gemaakt, de afgelopen maanden, toen de moffen zich begonnen terug te trekken. Ze hadden zich tegen ons gericht, de kinderen precies als hun vaders en moeders, handen in de zakken, een strootje tussen de tanden en met ogen schitterend van haat.

'Laster,' siste moeder wel eens. 'Niks dan laster!' Ons huis was al tientallen keren onder de dorpelingen verdeeld, dat zag je wel aan de zelfverzekerde koppen van die rotjongens, we waren het gesprek van de avond, reken maar, in allerlei huiskeukens onder de eetkamerlamp, boven een samenzweerderige maaltijd, in de damp van wraak en aardappelen – die er in deze streek altijd meer dan genoeg voorhanden zijn geweest. Ons huis was al over het hele dorp verdeeld, de gerechtigde beloning voor alle dappere en heldhaftige wrekers en rechtschapenen, want met het naderen van de bevrijding bleek ineens iedereen in het verzet te hebben gezeten, ook dat is niks nieuws. 'Boeren zijn opportunisten,' zei moeder. 'Een dorp vol katholieke windvanen.'

Daar had je Treesje, die normaal zo keurig en ge-reserveerd voortstapte en nooit opzij keek, al floten de vrijers haar na. Ze liep met een Canadees, zwierde om hem heen en haar rok zweefde haar na. Ineens drukte hij haar tegen het raamkozijn van de buren en begon haar te kussen, tussen al die mensen in, midden op de dag. Precies aan de zijkant was het, de boerderij van Donkers. Broer stootte mij aan, toen hij met zijn hand onder haar rok ging, en zij het hem gewoon liet doen. 'Kijk dan,' siste hij, maar ik had het allang gezien. 'Sst,' zei ik.

En toen was er het bombardement. Een vergelding van de mof of een vergissing van de Engelsen, zoals later werd beweerd, die dachten dat ze al in Duits-land waren. Voor het resultaat maakte het niet uit. De straat stond nog vol met Canadese tanks. De men-sen liepen buiten en lachten en dronken en dansten, maar uit Schenk dreef het geluid van het luchtalarm onze kant op. En ineens was er de paniek.

'Back off!' riepen de Canadezen. 'Back off!' Ze pro-beerden iedereen bij de tanks vandaan te krijgen. 'These are fuel bombs!' Ze wisten ze nog net van de dijk af te manoeuvreren, de wijk in. Iedereen moest naar binnen. Broer en ik verscholen ons met moeder onder de trap in het keldertje, de veilige plek in huis. Als ze nu de dijk zouden raken, zouden we zeker ver-zuipen.

Eén bom viel op het dorp en kwam terecht op een huis in een straat in de wijk, dat van de familie Rooyakkers nog wel. Toen het voorbij was zijn Broer en ik naar buiten geslopen om te kijken. De lucht was donker van het stof en er waren zwartgeblakerde steenhopen. Het huis van de familie Rooyakkers was van boven naar beneden doorgebroken, je kon in de uitgebrande kamers binnen kijken. Een voltreffer. Ik weet nog dat ik dacht: nu hebben wij het zeker ook weer gedaan. Broer dacht vast precies hetzelfde, zo stil stond hij naast me te kijken.

De verstikkende lucht van verbranding was overal, resten smeulden na. In een van die afgebroken kamers stond een halfverkoold kinderbureau, in de hoek lag een verbrande knuffelbeer en op de muur zag je het behang nog zitten, roze bloemen, aan de randen zwartgeblakerd. Het was de slaapkamer van het zusje van Theo. Uit het zolderraam hing een grijze deken, maar toen we beter keken was het geen deken, maar een mens. Doodstil hing dat lichaam daar, grauw, je kon niet zien of het een man was of een vrouw, maar op een of andere manier begrepen wij dat het mevrouw Rooyakkers was, ik weet niet waarom.

Moeder kwam ons halen. Ze was niet eens boos dat we naar buiten waren gegaan. Ze keek bleek naar dat huis dat daar als een levensgroot verbrand poppenhuis te kijk stond, met die dode uit het dakraam. Datzelfde uur nog zijn we weggegaan, we maakten gebruik van de paniek om ons heen. Aan de blinde zijde van de Miezedijk renden we naar de Lije en daarlangs naar het zuiden, richting Frankrijk. Broer verzwikte zijn voet en verloor zijn schoen in de drassige grond, maar hij mocht van moeder niet teruglopen om hem te pakken, ze liet onze hand niet los, trok hem voort, hij hinkelde struikelend mee. Ze

was bezeten van angst. Toen we eindelijk uitrust-
ten was het net voorbij De Wel aan de Schatersdijk,
bij de oude steiger, nauwelijks drie kilometer buiten
Mortel. We waren flink omgelopen op onze wereld-
reis. We dronken water uit de Lije, dat smaakte naar
ouwe put, en Broer had pijn aan zijn voet. Zijn enkel was gezwollen. Hij zat te vloeken en janken van
pijn. Haar schuld! Maar moeder was overstuur. Ik
hielp hem zijn voet in de ijskoude Lije te dompelen,
hij zat te jammeren en trillen van pijn. Ik probeerde
beiden te helpen, weet ik veel, troosten, kalmeren,
maar moeder was in haar paniekwereld en schrok
van me en Broer grauwde naar me: 'Donder op!'

Toen het begon te schemeren bedaarde haar angst.
De avondvogels kwinkeleerden hun eeuwige riedel
alsof er nooit oorlog was geweest, alsof er nooit bevrijding was geweest... Het water lag er roerloos bij,
moeder probeerde haar adem laag te krijgen, tranen
in haar ogen. Ze stak haar handen in het water en
waste haar armen, steeds weer. 'Ik ben schoon,' her-
haalde ze maar steeds. Ze mompelde het voor zich
uit, net zoals wanneer ze aan het bidden was. 'Zal ik
voor Uw aangezicht verborgen zijn?' hoorde ik haar
prevelen. 'Ik zal zwervende en dolende zijn op de
aarde, en het zal geschieden, dat al wie mij vindt, mij
zal doodslaan.'

Het begon koud te worden en Broer bleef maar jammeren en mokken. Daaraan merkte je dat het wel
meeviel met die voet, maar hij wilde het zelf nog niet
toegeven. Toen zijn we teruggegaan, ik ondersteunde
hem. En nog voor de nacht was gevallen, waren we
weer in Mortel, terug van onze potsierlijke vlucht...

'Moge God vergelden wat onschuldige mensen wordt aangedaan,' zei moeder. Ze sloeg een kruis. Maar God liet zich natuurlijk niet horen, of het moest zijn in de kerkklok, die onverschillig zijn gonzend uur sloeg over het bevrijde dorp, waar het rook naar verbrande zwavel, naar kruit, naar dood.

In de slaapkamer is het stil geworden. Negen uur. Ik zet een paar voorzichtige stappen achteruit, pak de pook en smijt hem tegen de slaapkamerdeur. Als hij zwaar op de vloer terugvalt zit er een put in het hout, naast en onder een stel oude. Ik zou die stok van Perrer moeten hebben. Die zou een mooie put slaan, met zijn verzwaarde gouden punt. Gemompel en gestommel van binnen. Ik raap de pook op en ga er weer mee bij de haard zitten.

Als de slaapkamerdeur opengaat dwaalt het meisje bedremmeld naar buiten, roezig, kijkt mij verbaasd aan, ik wijs met mijn duim naar achteren. 'Wc,' zeg ik. Ze glimlacht gegeneerd en trippelt die kant op.

Als ze later helemaal piekfijn weer tevoorschijn komt en haar jas met gemompel, gestommel en gegiechel uit de slaapkamer heeft gehaald, kijkt ze me opnieuw verbaasd aan, misschien vergeten dat ik daar zat.

'Jazeker,' zeg ik. 'Wie heeft er anders op jullie deur gebonkt?'

'Heeft er iemand op onze deur gebonkt?' Zo dwaalt ze de deur uit, de regen in, kan ze wat ontnuchteren, op haar fietsje naar huis, naar pappie met zijn grote handen.

Een minuut later komt Broerlief tevoorschijn. Hij

ziet er behoorlijk tevreden uit. Voor ons allebei heeft-
ie een biertje en een deken, maar die hoef ik niet, die
seksdeken van hem... Ik ging tenslotte het vuur aan
krijgen, waar of niet, iemand moet zich hier ergens
zorgen over maken... Hij kijkt verbaasd als ik kortaf
weiger en me weer aan het poken zet.

'Ook prima,' zegt hij en het einde van het liedje is
dat-ie nu heerlijk in zijn slaapstoel zit, diep in slaap,
onder twee dekens en een mooie herinnering. Prinsje.

Geen mens hoeft zich door zijn verleden te laten bepalen, dat was vaders geloof, volgens moeder. We zitten niet vast aan onze afkomst. We kunnen zelf kiezen! Ha! Daar denk ik dan toch een tikkeltje anders
over, met zijn welnemen... Wij kiezen niet, het leven
kiest ons. We belanden. Meer niet. Ik hoef maar om
me heen te kijken in dit stinkhok hier, geen hond die
hiervoor zou kiezen.

Broer ligt ondertussen zwaar te snurken met de
totale overgave van de diepslaper. Af en toe kijk ik
om, hoe hij slaapt, terwijl ik mijn enkels krab boven
mijn klomp. Dan sta ik op en schik de dekens onder
zijn kin, een gebaar waarin ik me plotseling moeder
weer herinner, zoals ik hen bespiedde, 's nachts, terwijl zij hem door zijn haren streelde en de deken van
zijn gezicht terugsloeg en onder zijn kin schikte, die
pragmatische moederliefde. Heeft Broerlief zijn gezicht van haar, zeker zoals nu in slaap, zo ontspan-
nen en wit, ik heb het slechte slapen van haar. Bij het
minste of geringste geluid ben ik wakker. Noem het
alertheid.

'Slecht slapen, slecht geweten,' zegt Broer dan. Hij heeft met slapen nooit een probleem. Binnen een paar seconden is-ie weg, zeker na een projectje. Daar slaapt hij op als een ander op een fles rum. Maar ik ben liever wakker. Ik ben gewoon liever een wakker persoon. Met slapen is nog nooit iets voor mekaar gekomen.

Door de halfopen deur kan ik de slaapkamer in kijken. De lakens liggen flink door elkaar gewoeld. Ik kan me eigenlijk niet herinneren dat ik er ooit ben geweest, met een meisje dan. Een projectje...

De klok wijst nu half twee, maar het vuur blijft smeulen. Vuur dat zichzelf opvreet. Ik smijt de pook erin. Hij kinkelt tegen de achterwand van de haard en de rook slaat terug de kamer in. Ik keer mijn hoofd af en hoest in mijn mouw.

'Laat het,' mompelt Broer van onder zijn dekens.

'Help me liever,' zeg ik.

'De kamer ziet blauw, we zullen stikken.'

'Stikken in het een of stikken in het ander,' zeg ik. Ik sta op en trek met een ruk een raampje open. Het glas klettert in zijn sponning. Ergens slaat een alerte waakhond aan. De witte rook trekt de natte nachtlucht in en danst naar buiten, waar hij voorbij de dakrand door de regen wordt doorzeefd.

'Waarom maak jij je geen zorgen over de toekomst,' vraag ik.

'Wat?' zegt hij. 'De toekomst?' Hij mompelt. 'Laat me niet lachen.'

'En hoe moet het dan over een paar jaar? Wat denk je daarvan?'

Hij kijkt me slaperig van boven de dekenrand aan.

'Over een paar jaar? Wat ik dan denk?'

'En je meisje? Denkt zij daar niet over? Dat is nog-al lastig voor te stellen. Ze wil misschien wel een kind van je.'

Nu barst hij in lachen uit. Helemaal wakker. Grijpt naast zich naar zijn half opgedronken biertje, maar hij zit zo te lachen dat het over de rand gutst. 'Broertje! Pas toch op! Mijn bier. Het slaat dood!'

'Jij kunt je makkelijk geen zorgen maken,' zeg ik. 'Ik zorg voor je.'

'Dat hoef je niet te doen,' zegt hij en hij neemt rustig een slok.

'Maar ik doe het.'

'Dus heb ik geen zorgen.'

'Misschien heb je haar wel zwanger gemaakt.'

'Tss...!' Hij wuift het weg. 'Ze heeft zich toch gespoeld? En anders gaat ze achter op de motor... Over een hobbelig bospad...'

'Je bent een idioot. En we hebben geen motor.'

'Man, neem zelf eens een meisje, zeurpiet. Dat zal je goed doen. En mij ook. Al dat geloer en afgeluister...'

'Wel verdomme,' spring ik naar voren, pook in de aanslag. 'Ik loer niet en ik luister ook niet af, klootzak!'

Broer kijkt me meewarig aan en haalt zijn schouders op. 'Jij zal het weten.' Hij drinkt zijn biertje.

Ik ga zitten en bepaal me weer tot de haard.

'Laat het gaan,' zegt hij. 'Gaat het over Perrer? Hij is een sukkel, oké? Dus hij wil niet betalen? Fijn voor hem, met zijn knotsstok. Neem een deken van me. Ga slapen. We moeten vroeg op.'

'Fijn voor hem?' zeg ik. 'Een volledige sloop, bo-
ven- én grondwerk, waar we Volcker, Vollemondt en
Tinus op hebben gehad, én een terrazzo, onbetaald?
En waar wou jij de mannen van betalen? Idioot.' Het
zit hem blijkbaar minder dwars dan mij en dat irri-
teert me.

Hij haalt zijn schouders op. 'Volcker schrijft het
maar in zijn aantekenschrift, die scharrelaar.' Hij
schiet in de lach. 'Of we verrekenen het met de tegels die hij heeft meegeratst. Dat zal een verrassing
zijn.' Die zachte ogen van hem, in dat smoezelige
smoelwerk. Schooiertje. Dat is waar de meisjes ook
voor vallen. Ik kijk hem vermoeid aan.

'Nou ja, weet ik veel,' zegt hij. 'Ga morgenochtend
naar de beurs. Laat hem vooruit betalen. Sla zijn ballen eraf. Verzin iets... En laat me slapen. Wie weet
hoe het loopt. Wie weet, bijvoorbeeld, wat we straks
ophalen.'

'Nooit geld uitgeven...'

'...voor je het hebt verdiend. Nee, ma. En nu ben
ik moe. Ik heb andere projectjes aan mijn hoofd. Ik
ben nog aan het nagenieten!' Hij probeert zich af te
draaien, wat niet gaat in een ligstoel, doet zich pijn,
vloekt en trekt de dekens weer over zijn kin.

Ik kits een dikke fluim tegen de achterwand van
de haard, die sissend en kokend in de smeulende
molm zakt. De wekker op de grond tussen de twee
tuinstoelen, kwart voor twee, geeft-ie aan, tikt dwin-
gend en doezeligmakend de tijd vooruit. Ik wrijf
mijn vuisten door mijn ogen. Kan niet helder meer
denken.

Ik heb heus wel eens een meisje gehad. Het is lang geleden, een paar jaar na de oorlog, moeder leefde nog, ik was veertien. In september van dat jaar verscheen ze ineens in het dorp. Joana. Ze was een van de dochters uit een familie van kermisklanten. Die kwamen uit de buurt van Madrid, met hun attractie, een soort paardenrodeo met één paard, een ouwe versleten knol, en daar gingen ze Europa mee rond. Omdat de zaken nogal slecht liepen, waren ze nu al helemaal afgedwaald naar de koude kermissen in het noorden. Maar hoezeer ze ook bij ons in het hoge noorden zaten, ze namen hun gewoontes mee uit het diepe zuiden. Het was Broerlief die ze het eerst had ontdekt.

'Moet je nou eens komen kijken wat ik heb gevonden,' riep hij mij toe. Zijn lok zat woest en hij had een kegel ook.

'Hoe kom jij aan drank?' vroeg ik direct.

Broerlief vertelde me wat er was gebeurd. Hij had aan de rand van het dorp bij het ven een stel woonwagens zien staan. Daar stond ook een paard, dus was-ie eropaf gestapt en had gevraagd of-ie mocht paardrijden. Een ventje van vijftien. En het mocht! zei hij. Ze hadden hem zelfs wat uitgedaagd, of-ie wel zonder zadel durfde? Met gebaren hadden ze hem dat duidelijk gemaakt. En lachen dat ze deden. Dat zag je niet bij kermisvolk uit het oosten of uit eigen land, die stugge types met hun vermoeide bleekblauwe ogen. Dit was een heel ander slag mensen. Vooral toen Broerlief een natuurtalent bleek. Hij reed zo weg op dat paard, dat vonden ze prachtig. Hij mocht zelfs mee bier drinken met die mannen. Dat bleek-ie ook al te kunnen, ze lachten zich kapot. Canalla, noemden ze hem. Schooiertje.

Toen is-ie mij gaan halen. Moest je die meiden horen toen ik daar verscheen. Nog zo'n schooiertje! Die zachte blonde haren van mij, ze wilden er steeds aan voelen. En joelen en klakken met hun tongen. En maar lachen en praten in dat schelle taaltje van ze, Broer en ik konden niet ophouden met grinniken. Ze wilden weten wie de oudste was, hoeveel we scheelden. We legden het met handen en voeten uit, zo goed we konden, het duurde even voor ze het begrepen. Maar toen ze het eenmaal doorhadden was het gejoel en geklak helemaal niet m eer van de lucht.

'Temperamento vuestra madre!' riepen ze, sloegen een kruis, hielden hun handen dramatisch tegen hun buik en lachten dubbelzinnig naar elkaar. Eigenlijk precies als onze meesters en juffen destijds, alleen dit was veel vrolijker, we geinden er zelf hartelijk over mee, over die hitsige moeder van ons!

's Avonds bij het kampvuur roosterden ze cavia's die ze zelf hadden meegebracht, die fokten ze ook. Ze hielden die beesten als huisdier en als voedsel, heel praktisch. Dat scharrelde daar allemaal door elkaar, rond die woonwagens van ze. *Cui* noemden ze ze, ze heetten naar hoe ze riepen. Die cavia's zelf hadden feilloos door of ze werden opgepakt om te worden gestreeld of om te worden gegeten. Dan gilden ze als bezetenen. Koe-i! Koe-i! Hoog en hard. Eén klap met het mes en hun kop was eraf. Dat moment was doodstil.

Er was dat meisje, Joana, dat zich speciaal over mij ontfermde. Ze was een paar jaar ouder dan ik en ze

liet me zien wat voor werk ze deed. Ze hakte de cavia's de kop af en stopte ze in een grote pot kokend
water om de haren ervanaf te koken. Daarna stak ze
een stok in de reet van zo'n beest en konden de mannen hem in het vuur houden, als een marshmallow...
Ze liet het allemaal precies zien en genoot ervan me
te zien schrikken als ze zo'n beest de kop afsloeg...
Ze lachte om mijn grote ogen.

'Pequeño,' noemde ze mij, Kleintje. Zo noemde ze
haar cavia's ook. 'Pequeño...' Dan maakte ze lokge-
luidjes met haar lippen, 'Vien, Pequeño. Vien...' ze
zoog de lucht erdoorheen. Die zachte haren, dat roffelende hartje eronder, hoogademige paniek, inderdaad precies ik.

'Pequeño Pequeño,' zong ze. En lachen, lief maar
ook dubbelzinnig. Mijn hart klopte hoog in mijn keel
als haar zachte hand mijn broek in gleed. Dan zat
ik te trillen van schrik en opwinding tegelijk, geen
houden aan, en zij schaterde het uit. Het volgende
moment greep diezelfde hand een cavia en sloeg hem
de kop af.

Ik heb haar maar een week gekend, Joana, een
kermisweek lang. Toen is de familie verder getrokken, naar het oosten. Jaren later heb ik haar broer
nog eens herkend, hij kwam weer met een andere
kermisattractie mee. Ik heb hem naar haar gevraagd,
maar hij was nors en stug. Uiteindelijk zei hij dat ze
in Roemenië werkte.

'Wat doet ze dan,' vroeg ik. Hij schoot in de lach.

'You want to know?' vroeg hij en hij stak een sigaret op. Blies de rook uit.

Kom op zigeuner, dacht ik.

'Ze werkt in een café, laten we het daar maar op houden. Een nachtcafé.'

Ik trap mijn klompen aan, open de buitendeur en ga de plaats op, tuur de miezernacht in. Verderop slaat die hond weer aan, hees en moedeloos blaffend, de ondoorgrondelijke nacht in, gealarmeerd door wat er nu weer door het duister rondsluipt. Een konijn, vast, of een inbreker, of de dood. Op de plaats liggen de sloopmaterialen, netjes soort bij soort in de druipende regen. Onder het afdak de slijptol voor het terrazzo. Ik trek er een jutezak overheen om hem te beschermen tegen de regen. Maar zo'n ding roest toch wel onder zijn eigen gewicht vandaan. Aan het hek hangt ons naambord, scheef. De regen druppelt erop, rolt eraf. Ik haal mijn neus op.

Gebroeders Pek, in sloop en terrazzo... Ik krijg opeens het rotgevoel dat Perrer er ons met die plee van hem heeft ingeluisd. Dat er iets anders aan de hand is. Het moment schiet me nog eens door mijn hoofd, vanmiddag, toen we wilden wegrijden, dat-ie me nog een keer wenkte. Al dat gehakkel over moeder. En toen... Pakte hij nou mijn hand? Perrer?

'Slopers zijn jullie,' had hij gezegd, 'realiseer je dat. Goeie jongens, net als Louise. Een goed mens. Maar laat dat terrazzo nou maar over aan de Italianen, en schilder dat bord van je over.'

Ik rammel wat aan het bord, maar krijg het niet recht, ik laat het los. Het was een opzetje. Met die Italianen van Sprengers, vast en zeker. Hebben zij misschien een barst in dat terrazzo van Perrer geslagen? Ik zie hem nu ineens overal voor aan. Dat bord van ons ga ik dus zeker niet overschilderen. Dat-ie zijn eigen bord maar overschildert. De Koningshoeve... Wat denkt-ie wel? Ik geef een trap tegen het hek. Die hond zet het op een joekelen, stom beest. Zo dadelijk zal de boer zijn stee uit kruipen en hem met zijn klomp een lel verkopen, dat overijverig mormel.

Die nachtrondjes van Broer en mij, die hebben we ook aan Joana te danken. We zijn een nachtje met haar en haar broers meegeweest, na de kermis. De kermis bracht ook hun allang niet meer genoeg op, met dat ene vale paard, hun rodeo was volkomen uit de gratie, niet alleen in Zuid-Europa, ook in Nederland kwam er geen boer meer kijken naar een aftandse knol en wat slappe circuskunstjes van die Spanjolen, zoals ze in het dorp werden genoemd.

Maar ze begrepen wel heel wat meer van het platteland dan het platteland van hen, dat werd ons die nacht duidelijk. We lachten ons kapot, Broer en ik. Dat bijvoorbeeld niemand ooit de achterdeur op slot doet, dat wisten zij allang. Ook Joana. En zij was het ook die ons leerde hoe je zo'n boerderijhond om je vinger moest winden. Ze was goed met dieren. Ze kon een hond naderen, met haar lipgeluidje zijn aandacht vangen en voor-ie wilde aanslaan had ze hem al een gebraden stuk cavia toegeworpen. Zo'n hond was meteen vriend voor het leven. Net als ik eigenlijk.

Zelf had ze wel een lievelingscavia. Het was haar amigo, zei ze. Ze had hem op schoot, kriebelde in zijn nek en kuste op zijn snuit. Die mocht niet worden opgegeten, iedereen wist dat en wie zich vergiste merkte het wel. Haar tong was snel en scherp, net als haar nagels.

Joana. Ik had er meer dan genoeg aan om naast haar te zitten, bij het kampvuur, als de kermis was gesloten. Haar broers en ooms en alle combinaties daarvan hielden zich bezig met het vuur, met drinken, met tokkelen op de gitaar, met ruziën. Ik zat naast Joana en zij had haar cavia op schoot, krabbelde in zijn nek.

Later in de nacht, als het vuur doofde en de schaduwen groeiden lang en donker op de slapende gezichten van broers en ooms, voelde ik haar hand op de mijne, haar vingers tastend, zacht en voorzichtig, haar nagel hakend aan mijn nagel, een terloopse aanraking, maar zeer groot en allesomvattend, ze reikte zomaar mijn melkwitte binnenwereld in, mijn hart stampte als een baggerschip in mijn borst, alle zintuigen alert. Met alle gemak had ik daar mijn leven kunnen doorbrengen, in het halfduister, met alleen maar die hand van Joana, die terloops peuterende nagel aan mijn nagel, een paar tastende vingers, een geweldige woordeloze ontmoeting, een belofte van puur geluk. Als ik er nog aan denk, groei ik. Diep vanbinnen groei ik dan. Ik word... ja, wat... een mens! Volledig. Van een vale sloper, een schooier, een ritselaar, altijd voorzichtig, altijd gedienstig, altijd benauwd, tot een held, een koning! Van het duister in het licht! Mijn longen vol lucht. Ik zou lief kunnen hebben.

Word wie je bent, zei meneer pastoor in de kerk. Moeder kwam ermee aan. Ha! Zij vooral...

Ik ga weer naar binnen, klop mijn klompen af tegen de deurpost en stap eruit, neem Broer voorzichtig een deken af, sla hem om mijn schouders en ga ermee aan de haard zitten.

Achter me hoor ik hem wakker worden, overeind komen, en als ik omkijk zie ik hem naast zich tasten en loom, met mes en duim, een fles bier openen.

'Hé, Broertje...' Reikt het mij aan, opent er ook een voor zichzelf. 'Nog bedankt voor het wakkerkloppen, trouwens.'

Die stomme prikrook. Natuurlijk huil ik. Waarom niet. Hij is niet de enige overgevoelige hier, die strakgespannen veer. Familiebedrijf van strakgespannen veren.

'Jankerd,' zegt hij, knipoogt en zet de fles aan zijn mond. 'Neem eens een meisje van hier. Ik regel het wel. Zo'n zwijmelaartje, dat is wel iets voor jou.'

'Vergeet het.'

'Als we straks nou eens bij Perrer langsgingen,' zegt-ie. Hij kijkt me aan. Rustig nu. Peilend. Dan schiet hij weer in de lach. 'Maarschalkplan,' zegt hij. 'Is dat geen idioot woord?'

God, die glimlach. Ik spuug in de gloeiende as. De meisjes vallen ook voor zijn glimlach. Ze zwijmelen. Maar hij heeft geen behoefte aan zwijmelaarstertjes. Die zijn voor jou, zegt hij altijd.

'Hij zal weten dat wij het waren,' zeg ik.

'Ben je gek! Al dat kermisvolk op de been... Verdachten genoeg, van 't Zand!' Hij boert en mikt zijn lege flesje in het vuur. De laatste druppels sissen en klimmen in een sliertje op. 'Als het glas knapt,' zegt hij. 'Het vuur beslist.'

Dan springt hij op uit zijn stoel, schiet in zijn klompen en rent de deur door de plaats op. Ik hoor hem rommelen. Daar komt-ie aangesleept met een zak droog aanmaakhout.

'Hoe kom je daar nou aan?'

'Van Tinus,' zegt hij. 'Het is droog.'

'Van Tinus? Zijn jutezak met sprokkelhout?'

'Het is droog, het lag onderop. Probeer het.' Hij kruipt weer in zijn stoel, trekt de deken over zijn oren.

Als ik die zak oppak voel ik dat het waar is wat hij zegt. Het hout is lichter. Dat gaat wel fikken. De regen begint weer te roffelen op het dak en in de goot, door het raam is het te zien, een gordijn van druppels. Ik sla de kou uit mijn armen en hoest net zo'n wolk als eerder door het raam de ijzige nacht in ontsnapte, mijn ziel is het, zo is het maar net, hij volgt de route van de ziel van moeder, toen ze stierf, hupsakee, door het open raam de lucht in, vervlogen.

– Zul je voor hem zorgen? Beloof je dat? Ja mama, dat beloof ik.

Broer ligt alweer diep in slaap. Ik schik de deken onder zijn kin en schud dan zachtjes het hout uit de jutezak in de kachel, boven op de smeul-rokende rommel. Het vat bijna direct vlam. Ik schiet in de lach, gooi mijn deken af en zet de fles aan mijn mond.

'Joana,' zei Joana. 'Do you want to know what means my name?'

Ik haalde mijn schouders op.

'God is gracious,' zei ze.

'O,' zei ik.

Ze schaterde het uit en zette haar nagels in mijn hand.

Mijn hand gloeide. Ik gloeide. Ik wilde me best door haar laten openkrabben. Kom maar op. Vreet me maar op. Als een marshmallow. Gracieuze God.

VII

Groot en zwart steekt de herenboerderij van Perrer af tegen de nachtelijke stormlucht. Een kolos van een bouwwerk is het, stevig op zijn metersdiepe fundament, daar hebben wind en regen maar weinig vat op. De Koningshoeve. Dubbelspouwmuren, in cement gemetselde klamp op elke hoek, ik sta ervoor stil. Dit is niet een dijkboerderijtje met een halfsteens muurtje waar we Vollemondt tegenaan kunnen laten leunen. Zoiets krijg je heus niet tegen de vlakte met een pony en wat bravoure. Ineens is er de nieuwe tijd, die dreigend voor ons opdoemt, een grote en donkere schaduw is het, hoog boven ons uit. Het is niet meer genoeg te overleven alleen, ons bedrijfje, ons handje geld. We moeten mee, groter worden, om niet te worden verpletterd, om niet te stikken.

'We hebben een bulldozer nodig,' zeg ik.

Broer kijkt me geamuseerd aan. 'Wou je het slopen dan?' vraagt hij, terwijl hij met me mee tegen dat immense gebouw omhoogkijkt.

'Het is te groot,' zeg ik. 'Dit kunnen we niet aan.'

Hij legt zijn hand op mijn arm. 'Rustig ademen, broertje. De weg naar binnen gaat stap voor stap. Als je voorbij de hond komt, ben je binnen, dat is wat ik zeg bij elk projectje.'

Hij heeft het nog niet gezegd of we horen aan de achterkant van de deel de hond van Perrer opstuiven tegen de afrastering van zijn hok. Altijd die honden in een dorp...

Joana had nog een andere truc om voorbij de hond te komen. Met een levende cavia. Die hield ze dicht tegen zich aan, onder haar trui. Als zo'n joekel het op een janken zette en de boer kwam de boerderij uit gestommeld om te zien wat er gaande was, gooide ze die cavia naar voren. Zo'n beestje zat een moment doodstil, verdoofd van schrik, dat iedereen hem goed kon zien zitten, om vervolgens in twee, drie haken weg te schieten, zo'n hond uitzinnig blaffend en schuimend in zijn hok achterlatend. De boer gaf zijn hond op zijn lazer en ging weer zijn stee in. Joana ging dan op die hond af met haar gebraden cavia. Een compleet pakket, met afgebekt worden door de een en een beloning van de ander, welke hond is er niet gevoelig voor.

Maar vooralsnog hebben wij geen gebraden cavia bij ons om die hees blaffende woesteling mee te bekoelen. Dus we houden ons koest achter een struik in de schaduw van de Koningshoeve. Maar wie er ook vanaf twee belendende boerderijen uit het raam brult en de luiken kletterend dichtslaat, uit de statige herenboerderij van Perrer komt niemand. Hij is niet thuis.

'Dat is ook wat,' fluistert Broer. 'Heb je zo'n huis, ga je er niet slapen...'

'Hij slaapt in De Gouden Leeuw,' fluister ik terug.

'Echt? In die vlooienmijt?'

'Kamers per uur.'

We gaan de hoek om en voelen aan de achterdeur. Geen breekijzer nodig, weer eens.

Broer stapt voorzichtig naar binnen, op zijn hoede, de koele, donkere bijkeuken in. Daar blijven we staan. Doodstil, onze oren gespitst. De hond buiten is weer gaan liggen. Precies de dorpelingen met hun in de oorlog verdwenen dorpsgenoten. Uit het oog, uit het hart. Lekker verder slapen. Heeft er ooit een naar vader gezocht? Meneer pastoor bijvoorbeeld? Heeft-ie ooit iets anders op touw gezet dan dat monument op het kerkplein, op kosten van Perrer zijn wederopbouwpot? Dat monument waar vader niet op mocht? Die vader van jullie zetten ze in Duitsland maar ergens op een monument, zeiden ze tegen ons.

Geen enkel geluid klinkt in de nacht in het huis. Perrer is er echt niet. Ik schiet in de lach.

'Sst,' doet Broer. Hier binnen komt er ineens iets serieus over hem. Alsof het hier om een heel speciale zaak gaat. Nou ja, dat gaat het ook, natuurlijk.

Hij gaat voorzichtig de trap op naar boven, naar de slaapkamer, kijken onder het matras en zo. Maar mijn interesse is eerst maar eens de wc. Ik trek de deur open in de hal, waar we een paar weken geleden nog zo toegewijd op onze knieën lagen. Toen liet Perrer ons het huis niet verder in, niet voorbij de hal in elk geval. Hij is heus niet gek. Maar als je een huis niet in mag valt er iets te halen, dat begrijpt elke schooier.

Terwijl Broer boven de boel overhoophaalt, trek ik de pleedeur open en tik het licht aan. Stralend wit als een glimlach op een reclame lacht de pleepot mij toe, keurig netjes rechtop op zijn glimmende gloednieuwe terrazzovloer. Onze terrazzovloer, om precies te zijn, nog net zo nieuw en onbetreden als toen we hem afleverden, na de laatste natte lap eroverheen te hebben getrokken. Geen barstje te bekennen. Ik kijk eens goed. Een scheur van twee centimeter moet niet moeilijk te vinden zijn in een splinternieuwe terrazzovloer, maar het is echt zo: geen schrammetje. Of die barst is uit zichzelf geheeld, wat op zijn minst wonderlijk is.

Broer komt de trap af. Hij ziet bleek. Aangedaan. 'Wat is er,' wil ik vragen maar hij kijkt woest naar de vloer en spreekt als eerste.

'Dat is onze vloer.'

'Ja.'

'Wat zeurt-ie dan?'

'Dat vraag ik me ook af.'

'Ik zal hem iets te zeuren geven,' zegt Broer, pakt zijn breekijzer en geeft een enorme klap op de wc-pot. Er slaat een scherf uit zo groot als een ontbijtbord. 'Smakelijk eten!' roept Broer en begint met volle kracht op de vloer in te hakken.

Ik kijk verbaasd toe. Een terrazzovloer laten versplinteren met een breekijzer is niet niks. De kracht die er uit Broerlief omhoogkomt...

'Godverdomme,' hoor ik hem grommen, tussen zijn tanden.

'Wat heb je boven gezien,' vraag ik.

Maar hij geeft geen antwoord, gaat door met het hakken op die terrazzovloer, ik zet een paar stappen achteruit, de splinters vliegen in het rond, tikken tegen deur, en spiegel en pleepot, het maakt hem alleen maar woedender.

Ik ga naar boven. In de slaapkamer van Perrer is het een ongelofelijke bende. Zelfs de klerenkast is opengerukt en de kleren liggen eruit. Zocht Broerlief soms iets om aan te trekken? Ook de laden van de commode hangen open. De onderste is er helemaal uit getrokken. Alles wat erin zat ligt verspreid over de grond. Fotoalbums, ze lijken te zijn opengerukt en verscheurd. Broer heeft hier als een wildeman rondgeraasd. Ik voel onder het matras, macht der gewoonte, en stuit meteen op een sok vol papiergeld. Heeft hij die over het hoofd gezien, op de meest voor de hand liggende plaats? Ik steek die sok in mijn zak en ga de trap af. Daar zit-ie naast de pleepot. De wc van Perrer is een slagveld. Ook de spiegel heeft het niet mogen overleven en het fonteintje hangt schuin naar beneden, onder een druppelende kraan. Zit-ie nou in tranen, die rare broer van mij? Midden in de pleepot, als een vlaggenstok, staat het breekijzer rechtop. Rectaal, zogezegd.

Buiten is de hond ook alweer door het dolle heen. Ik pak Broer bij zijn lurven. 'Opstaan,' sis ik. 'We moeten hier weg. Alle buren zijn wakker...' We nemen gewoon de voordeur, meteen de eerste deur die we opensmijten en open laten staan. Halsoverkop smeren we hem, de weg af, gevolgd door hysterisch geblaf en tientallen ogen van achter gordijnen uit de slaapkamers van de buren. We kunnen nog net niet horen hoe overal de deuren op slot gaan, maar ik stel het me voor. In mijn hoofd een geklik van allerlei sloten, een orkest van sluitende sloten. Ik snap er helemaal geen zak van, zoveel is zeker.

Aan de horizon achter de Mieze wordt het heel voorzichtig licht, een pastelroze gloed boven de einder.

Ochtendrood, regen in de sloot, zei vader vroeger. Straks zal het licht in de lucht klimmen en alles zijn kleur krijgen, het gras van de uiterwaarde aan de blinde zijde van de dijk, waarop we vlak aan het water liggen uit te hijgen, zal van grauw naar groen kleuren, en ook onze gezichten, met nu nog de diepe schaduwen waarin we ze verbergen, zullen zichtbaar worden en kleur bekennen.

Godverdomme zeg, dat was op het nippertje. Broer heeft een snee in zijn voorhoofd. Een stroompje bloed loopt over zijn kaak, donker als inkt over het bleke gezicht.

'Wat is dat voor iets raars,' zeg ik. 'Was je bezorgd dat niet iedereen je kon horen, tot op 't Zand aan toe?'

'Die pleepot heeft me gesneden,' gromt hij en hij bet zijn wond met zijn hand, spoelt die in het rivierwater af.

'Wou je zeggen dat je die sok niet kon vinden? Hij lag onder het matras.'

Broer zegt niks. Zit zijn hand te spoelen, bet weer zijn voorhoofd. Hij begint me op mijn zenuwen te werken.

'Zeg op,' zeg ik. 'Zocht je soms naar geld in zijn fotoalbums?'

Hij haalt zijn schouders op.

'Niks ervan!' zeg ik. 'Niks schouderophalen. Geef nu maar eens gewoon antwoord. Stommeling.'

'Wie is hier een stommeling,' zegt hij.

'Nou? Nou? Dat wil ik ook wel eens weten. Begin maar. Begin vooral bij een geldsok die je niet kon vinden.'

'Heb je dat fotoalbum nog bekeken?' vraagt hij.

'O ja, in de herrie van verbrijzelend glas- en terrazzowerk zeker? Nee, daar zat ik niet rustig genoeg voor, nou goed? Om fotootjes te kijken...'

'Moeder stond erop.'

Ik zwijg.

'Moeder stond erop. Op die foto's. Niet op één foto. Op zeven foto's. Tien...'

'Waar zijn die foto's?'

'Ik heb de bladzijden eruit gescheurd.'

'Ik dacht dat er geen foto's van moeder waren?'

Hij maakt aanstalten om weg te lopen. Ik zie hem kijken, over zijn schouder. Hij klautert al overeind. Naar het vreemdelingenlegioen zeker weer? Lekker paardrijden? Maar zo dus niet, deze keer. Ik ren op hem af en geef hem een flinke zet, dat hij weer het dijkgras in lazert.

'Ik heb beloofd om voor je te zorgen, klootzak, en dat zal ik doen ook!'

'Jij voor mij zorgen? Man, dat kan me niks schelen!'

'Precies!' schreeuw ik terug. 'Niks kan jou iets schelen, maar ik heb het beloofd. Dus daarmee uit.'

'Zorg maar voor jezelf,' zegt hij en hij trapt mijn benen onder me vandaan. Ik rol door de modder. Het wordt een worstelpartij, ik klauter overeind en schop hem, hij schopt mij, op het laatst zien we zelf niet meer wie wie is, zo volgekoekt met Mortelse klei zijn we. Er vliegen een paar meeuwen verschrikt op, verontwaardigd krijsend.

'Ik zorg voor je poen, hoor je!' schreeuw ik zo hard ik kan en zwaai die sok voor zijn gezicht. 'Zeg maar eens dat dat niet belangrijk is, klootzak! Ik zorg ervoor!'

Plotseling staat Broer stil. Eindelijk dringt er iets tot hem door. Hoe hard moet je schreeuwen om te worden gehoord?

'Dus jij denkt dat het over geld gaat?' zegt hij. 'Sukkel...' Hij pakt die sok van me af, loopt naar de rand van het water en smijt hem met een enorme zwaai de Mieze in. 'Ik hoef zijn geld niet! En nu ben ik weg. Ik heb straks een afspraakje...'

Ik sta verbijsterd. Wel godverredomme, ren naar hem toe, mijn klompen zwikken in de drassige dijk, maar nou heeft-ie geen dak om in te klimmen en zal ik hem hebben ook. Ik grijp hem bij zijn lange lokken, die schooier, flierefluiter, geldsmijter. Ik schop hem waar ik kan. 'Kijk maar eens hier,' snuif ik, briesend. 'Nog een die door kan draaien. Ik kan ook heus wel doordraaien, hoor. Kijk maar!' Ik trek hem aan zijn haren en sleur hem rond. 'Ho! Ik draai door! Hoor je? Ik draai door!'

Hij snuift en hijgt en stompt wat terug, maar geeft niet echt tegenwerk.

'Stommeling,' hoor ik hem tussen het gehijg en gesnuif door mompelen.

'Wat zeg je nou weer? Wie is hier de stommeling?' Ik zal hem zijn mooie slaapkamerogen eens dichtkloppen. Maar ik laat hem schieten. Hij struikelt weg en gaat een eindje verderop zitten. Veegt zijn natte haren naar achter en voelt nog eens aan zijn wond. Zijn hele gezicht en overall zitten vol modder. Ik zie er vast precies zo uit. We zijn twee stukken Mortels pleisterwerk. Hij steekt zijn handen in het water en begint zijn gezicht te wassen, zijn haar, de modder en het bloed druipen er donker uit. Hij snuift. Die ogen van hem, jongemeisjesslaapkamergeluk, ze staan treurig.

'Stommeling,' zegt hij nog eens. Hij steekt een sigaret op, met trillende handen. 'Nou, hou je kop en luister.' Hij hijgt, haalt zijn neus op, strijkt zijn hand over zijn voorhoofd om het stroompje bloed en water weg te vegen, om het omhoog te vegen. Het bloed terug de wond in. Stroomopwaarts.

'Weet je dat vader en moeder trouwden omdat zij zwanger was?'

Ik kijk hem aan.

'Dat was ik. Zorgenkind!'

Ik schiet in de lach, ondanks mezelf. 'Zorgenkind? Jij het zorgenkind? Laat me niet lachen, klootzak.'

Maar hij kijkt serieus, snuift, zijn gewonde wenkbrauw net zo ernstig gefronst als zijn niet gewonde.

Eén moment denk ik eraan hoe ik hem daar wel mee had kunnen aftroeven, vroeger, als hij me weer eens begon te plagen met die pannen op tafel. 'Och gut, het moetje heeft wat te zeggen!' Daar had ik hem wel mee stil gekregen, toen, vast en zeker. Het komt erop aan de juiste dingen te weten. Daar ligt de sleutel van je voordeel op een ander. Maar meestal denken we te laat aan de dingen die het meest voor de hand liggen, dat is zo jammer.

'Onze boerderij heeft nooit genoeg opgebracht. Ook niet toen vader er nog was. Mam wist niet hoe ze de eindjes aan elkaar moest knopen.' Broer praat voor zich uit, zijn blik over het water van de Mieze, naar het oosten, waar de dag nu echt begint te gloren, in brede stroken roze lucht. Een sprookjeslucht bij een sprookjesvertelling.

'En Perrer had een oogje op haar. Ze had wel meer aanbidders. Hij bood aan haar te helpen.'

Ik zit met open mond naar hem te kijken, die broer van mij. Zoveel zinnen heb ik hem nog nooit horen uitkramen... Daar komt ineens een totaal andere vent naar boven, uit de modderklei gewassen.

'Wat, wat?' zeg ik. 'Perrer heeft wat?'

'Mam heeft zijn hulp geaccepteerd. En daarvoor gaf zij hem wel eens wat hij nodig had.'

Ik kijk hem stom aan. 'Wat had hij dan nodig?'

'Was je gezicht en luister,' zegt hij.

Ik ben te beduusd om daar iets tegenin te brengen, kruip naar de waterkant en steek mijn handen in de Mieze. Sla het koele water in mijn gezicht, in mijn haar, was me. Ergens in dat water drijft die sok met geld. Geldwater... Geld als water. Hoe laat is het eigenlijk? De mannen... Het bedrijf... Ik ben te moe om te denken. Mijn armen, mijn benen, alle kracht trekt eruit. Een geweldige moeheid overvalt me, zakt in mij onderuit. Ik sla nog eens water in mijn gezicht.

'Bedoel je dat mam met Perrer...'

'Het was simpel. Hij hielp haar, zij hielp hem.'

'Godverdomme, Broer...' Ik stel me Perrer voor met moeder, maar dat is te walgelijk. Ik trek mijn smerigste gezicht...

'Misschien hield ze wel van hem. Weet jij veel. Hij gaf haar wat hij had, zij gaf hem wat zij had. Sommigen noemen dat liefde.'

Ik ben te stomverbaasd om iets te zeggen. Heb ik Broer ooit het woord liefde horen zeggen?

'Pa heeft dat nooit willen zien. Hij was meneer de heerboer en daarmee klaar. Door de oorlog geknakte held. Punt. Daar was hij tevreden mee. Die Arbeitseinsatz was niet zijn schuld. Meneertje Kop-in-het-zand. Sommige leugens zijn nou eenmaal makkelijker te verdragen dan sommige waarheden. Daar zit de kerk toch ook vol mee. En maar biechten met z'n allen. Schoon op haar ziel. Ha! Laat me niet lachen. Waarom denk je dat ze de foto's van zichzelf niet kon verdragen? Schoon op haar ziel, ja. Minder op haar lichaam, misschien.'

Ik kijk hem verbijsterd aan. 'Klootzak.' Ik wil hem nog eens een trap verkopen, maar hij ontwijkt me en geeft me een por. 'Sukkel. Je bent al net zo'n kletser als pa. Je houdt jezelf al net zo voor de gek. Met je familiebedrijf... Kijk eens goed! Die vuilnisbelt! Je noemt het handel, maar er komt nooit iemand. Je loden buizen? Niet eens voor het gewicht!' Hij snuift en veegt zijn lok opzij, bet zijn voorhoofd.

Nee, jij weet waar we het geld vandaan moeten halen, zou ik willen zeggen. Jouw ideeën zijn goud waard, zeker! Maar ik zwijg.

'Na de oorlog raakte moeder in paniek. We hebben hem toch zelf bezig gezien, die Perrer. Ze dacht dat-ie wraak op haar zou nemen, op ons, op mij.'

'Hoezo op jou?'

Broer spuugt een fluim de Mieze in. Flats. Daar ligt-ie. Als een punt. Als de waarheid. Dijt traag uit, zich verwijdend in kringen. 'Perrer kan een kleinzielig figuur zijn, rancuneus, dat moet je niet vergeten.'

'Hoe weet jij dit allemaal?' vraag ik. Maar ineens zie ik ze weer voor me, 's nachts, zij schikt de deken onder zijn kin, streelt hem door zijn haar, prevelt zacht, biechtprevelen. Hun speciale band. Broerlief, moeders prinsje. Waar praatten zij over als ik er niet bij was? Ineens zie ik het. In een flits zie ik het. Die gestalte van hem, dat rijzige. Mama's liefde.

'Ben jij een kind van Perrer,' vraag ik. Mijn hart stokt in mijn keel. 'Godverredomme. Zeg op. Wat is dat voor spelletje dat met mij wordt gespeeld?'

Broer kijkt me meewarig aan. 'Het heeft niks met jou te maken, sukkel.'

Ik neem mijn klomp in mijn hand en spring op hem af, probeer hem te raken waar ik kan. Op dat mooie hoofd van hem, zo evenwichtig, die rechte neus, ik zal hem verdomme wel eens even breken, ik sloop hem, die dakdanser, met zijn zachte ogen, die klootzak, die... die liefdesbaby!

'Stinkerd,' roep ik. 'Schoft!' Ik probeer hem de Mieze in te flikkeren. Ik scheur zijn overall. 'Je gaat dat geld opvissen, klootzak.' Ik ram met die klomp op zijn kop, bats, op zijn oog, zijn wond, trap hem op zijn enkel. Hij schreeuwt.

'Ik hoef zijn stinkgeld niet,' roept hij. 'Ik heb het nooit gewild!'

Jankt-ie nou? Hij jankt. Die onaanraakbare, die luchtzwever, die godenzoon. 'Ik moet zijn gore centen niet!' roept hij. 'Waarmee hij maar denkt de mensen te kunnen kopen. Ik hoef het niet. Het interesseert me niet. Ik schijt erop, hoor je! Ik spuug erop!'

Een moment sta ik stil. Ik kijk hem aan, hij staat gebukt, zijn zwarte lok hangt als een donkere fluim aan zijn kop. Daar zal ik eens even mijn schaar in zetten.

'Heb jij geld aangenomen?' schreeuw ik.

'Nee, zeg ik toch!'

'Van Perrer?'

'Ik hoef het niet, zeg ik toch! Ik hoef zijn stinkgeld niet!'

Ik pak hem bij zijn kraag, sjor hem overeind, snoer die kraag over zijn keel, grijp hem in zijn haar. 'Hoeveel geld heb jij gekregen van Perrer?'

'Ik schijt erop, nou goed! Ik koop er cadeautjes voor!' Hij worstelt zich los, valt. Ik vlieg hem nog eens aan, met zijn openbaringen aan de Mieze... Hij koopt er cadeautjes voor. Voor zijn meisjes. Die minnaar! Die economische minnaar! Met zijn zachte ogen en zijn gulle hand! Dat is er een die ik ga verzuipen, let maar eens op. Ik, de zorgzame sukkel, goed genoeg om zich door Jan en alleman te laten beliegen en belazeren. Maar dat is nu voorbij! Het is over!

De vroege binnenschipper die daarginds op de Mieze voorbijvaart, zijn kopje koffie drinkend op het dek, kijkt verbaasd naar ons, twee ruziënde schooiers die hier op de wal staan te springen en schreeuwen. Een vreemd element in de stille ochtend moet dat zijn, in de mysterieus opkomende zon, onze schaduwen lang over de dijk. Moddergevecht. Kleigevecht. Een wonderlijk tafereel, vast en zeker. Maar hij moest eens weten wat-ie nu aan kapitaal uit de rivier zou kunnen vissen. Hoeft zijn schepnetje maar in het water te hangen. De schat van Mortel.

'Wie ben je eigenlijk,' zeg ik, als we hijgend aan de rand van het water zitten. 'Ik ken je niet.'

Broer graaft met zijn hand in de klei, knijpt die als stront tussen zijn vingers door en laat dan weer los. Graven, knijpen, loslaten. Grijze blubber. 'En jij wou voor mij zorgen?' zegt-ie. 'Je bent net Perrer, die moet ook steeds voor me zorgen.'

'Je bent een leugenaar.'

Hij haalt zijn schouders op. 'Ik heb met niemand iets van doen.'

'Wat heeft moeder je dan verteld? Je bent een kind van Perrer? Zei ze het zo?' Ik rochel een fluim los in mijn keel en kits hem zo ver mogelijk de Mieze in. Flats, daar is mijn punt, ik heb ook wat op te schonen hier. In de golven van de binnenvaarder maakt-ie warrige kringen. Kind van Perrer, mijn kop tolt.

Broer schudt zijn hoofd. 'Je weet toch hoe ma de dingen vertelde? Zaniken over haar schone ziel. Dat gedoe. Ik luisterde maar half. Dan dacht ik aan iets anders.'

'Aan paardrijden,' schamper ik.

'Zat ze door mijn haar te aaien. "Het leven is niet wat je hoopt dat het is," zei ze. Om knettergek van te worden, dat schuldgevoel van haar. Ik ben allergisch voor schuldgevoel.'

'En toen vond je ineens die fotoalbums.'

'Mijn meisje zei dat ze eens een fotoalbum had gezien met foto's van mijn moeder, toen ze met haar vader bij Perrer over de vloer was voor zaken. Hij kwam met dat album de trap af en bracht het ook weer naar boven, zei ze. Dus ben ik gaan zoeken, toen we er toch waren, een paar weken geleden. Maar ik vond ze niet. Toen zag ik die ladekast, maar Perrer kwam de trap op. Ik hoorde zijn stok op de treden en ben uit het raam gegaan, het dak op.'

'Natuurlijk,' zeg ik. 'En dat allemaal terwijl ik...'

'Jij was aan het polijsten, ja. Dat konden we toch moeilijk met zijn tweeën doen, op die stinkende vierkante meter...'

Ik laat me achteroverzakken, in het natte gras. Verkoeling. 'En pa...' begin ik, maar ik weet niet meer wat ik wil vragen. Ik ben te moe.

Broer schampert. 'Pa...' zegt-ie. 'Heb jij ooit zijn overlijdensbericht gezien?' Hij knikt de verte in, naar het oosten.

'Wat bedoel je,' zeg ik.

'Weet jij veel, voor hetzelfde geld zit-ie daar, pal over de grens...'

We kijken samen die kant op, de Mieze over, stroomopwaarts, Duitsland in.

'Denk je dat hij...' Ik krijg het woord overgelopen niet over mijn lippen.

Broer haalt zijn schouders op. 'Volg de rivier, zou ik zeggen... In De Gouden Leeuw zeggen ze dat de oorlog hem goed is uitgekomen. Je moet je kans grijpen als-ie zich aandient, wie wil dat nou niet. Uit die troep hier, de blubber...' Hij drukt zijn handen tegen zijn slapen. 'Hoe ver zijn wij helemaal gekomen toen we probeerden te vluchten? Op Bevrijdingsdag met mam? Nou?'

'Jij verzwikte je voet.'

'En ikzelf dan? Naar het vreemdelingenlegioen?' Hij schiet in de lach.

'We zijn allemaal stom als we jong zijn,' zeg ik.

'Janken om eten.'

'Dat is normaal voor een baby.'

Verderop aan de waterkant staat een paard te grazen. Rustig vreten, bries in de manen, die hoeft niet weg, hij heeft het goed. Hij hoeft geen poen. Vreten zat, de hele dijk vol. Er is meer dan genoeg... Hij staat er middenin!

Ik kijk Broer aan. Die zit te grinniken. Begin ik me daar ook, zeg. Kijk eens aan, hoe aanstekelijk dat is... We grinniken de tranen in onze ogen. We lachen ons een bult. Een kriek. Een beroerte. Wiens problemen zijn het eigenlijk? Niet de onze, toch zeker? Lachen is misschien wel het beste. Onverschillig worden. Waarom niet? Wat kunnen wij veranderen aan wat is gebeurd? Het is gedaan. Niks aan te doen. Een grap is het, en we lachen erom. Als om een jochie met een granaat in zijn mond. Smakelijk eten! Om je te bescheuren. En hup, weg ermee. We gooien het van ons af. Overboord ermee, de Mieze in. Gebeurd is gebeurd. Op naar de toekomst.

Het paard briest, schudt, een insect misschien? Springt opzij, staat dan weer stil, graast rustig door. Laten we ook gras gaan vreten... Dan hebben we geen poen meer nodig. Kunnen we hier blijven liggen en hoeven onze hand maar uit te steken of er zit vreten tussen. Dat paard heeft geen kermis nodig om te worden bevrijd. Hij staat in zijn eten, onmetelijk, de hele rivier langs, tot waar je kijken kunt. Hij is vrij.

We zitten bij elkaar tot de zon definitief opkomt. Het moet zeker zeven uur zijn. De mannen zitten vast al te wachten in de keuken. Ik haal mijn schouders op. Broer waadt met zijn hand door het water. Het bloeden is gestopt. Ik was mijn handen nog eens, mijn gezicht – was ons schoon, Heer, ons handelen is besmet door eigenwaan. Ik poets wat over mijn met klei besmeurde jasje. Kijken of het rood weer wat wil opkomen.

Boven ons aan de hemel formeren zich hoge wolken. Meeuwen zwermen rond, laag over het water, krijsen naar elkaar, waarschijnlijk is de vuilnisboot van Schenk in aantocht, vers vuilnis.

'Weet je dat die meeuwen er alleen maar zijn als er vuilnis is?' zeg ik. 'Het zijn de ratten van de lucht. Vliegende vuilnisvreters.'

'Net als wij,' zegt Broer.

We zetten het weer op een grinniken.

Dichterbij nu. Melkwit is de omgeving, de stilte ruist, het gekrijs van de meeuwen verdwijnt naar de achtergrond. De tijd staat stil. Moeder zit een tijdschrift te lezen en ik zit bij de kachel en denk aan Joana, probeer me het tempo van haar ademhaling voor te stellen, in haar tempo te ademen. Ook probeer ik me de geur te herinneren van haar haar. Ik heb mijn ogen dicht.

Als ik mijn ogen open staat moeder ineens voor me.

'Zie je wel,' zegt ze. 'Zie je wel?' Ze wijst op een bladzijde in haar tijdschrift. 'Hier staat het. Amerikaans onderzoek.' Ze straalt.

Ik lees de titel van het artikel dat ze me voorhoudt. 'Moeders van couveusebaby's'.

Ze lacht en schudt haar hoofd. 'Ik heb het altijd geweten. Dat ik je pas twee dagen na de bevalling mocht zien...' Ze schudt haar hoofd. 'Die dokter...

"U moet er maar niet te veel op rekenen," dat had-ie gezegd. En nu nam-ie me ineens mee, diezelfde man, naar een zaal met wel tien couveuses. "Dat is hem," zei hij en hij wees jou aan. Hij had net zo goed een andere baby aan kunnen wijzen...'

Ze lacht opgelucht. 'Hier staat het: ik kón nou eenmaal niet van je houden, het is normaal.' Ze lacht nog eens, een schuldgevoel van jaren lost zich op, pal voor mijn ogen. 'Ik wist het,' zegt ze. Haar stem trilt. 'Ik heb het altijd geweten...'

Zoals moeder rondkijkt in de keuken, net alsof er een heel nieuw licht in de ruimte valt, ze kijkt er verbaasd naar, *Margriet* in de hand, katern 'Moeder en kind'. Alles valt op zijn plek.

Dan kijkt ze mij weer aan. Ze heeft met me te doen. 'Je wou ook altijd precies op schoot als het niet uitkwam,' zegt ze. 'Of je het voelde!'

Ze steekt haar hand naar me uit, alsof ze me door mijn haar wil strelen, maar dat past ons toch niet, geaai, dus ze trekt hem weer terug. 'Maar kijk nou eens,' zegt ze. 'Wat je geworden bent. Echt een vechter. Een leider. Jij hebt niemand nodig. Jij bent een overlever. Een held!'

Ik ontwaak uit mijn witte droom, open mijn ogen en schiet me daar weer in de lach. Een grap. Het is klaar. Ik laat het los. Spuug nog eens een fluim in het water. Een punt.

'Wat gaan we doen?' vraag ik.

Broer haalt zijn schouders op. 'We gaan doen wat we altijd doen. De mannen halen, sloopje, een afspraakje. Wat wil jij doen?'

'Ik moet poen hebben om ze te betalen,' zeg ik.

'Altijd dat stomme geld,' zegt Broer. 'Ik wil leven in een wereld zonder geld.'

'In een wereld zonder geld was jij niet geboren,' zeg ik.

Hij snuift. 'Maar nou ben ik er toch. En wil ik wel paardrijden.' Hij klautert overeind. 'En jij moet een vriendinnetje. Dat ga ik voor je regelen. Vanavond nog. Op de kermis, oké? Een zwijmelaartje.'

'Ik dacht dat jij de slaapkamer had?' zeg ik.

'Vanmiddag,' zegt-ie. 'Vanavond is-ie voor jou.'

Hij begint op zijn klompen potsierlijk door de klei naar dat paard te rennen. Maar dat beest kijkt wel uit, het heeft geen zin zich te laten berijden, een projectje te worden van Broerlief. Het springt weg en galoppeert een halve kilometer verderop, met hoge staart. Broer rent erachteraan, zijn armen maaiend door de lucht. Ik hoor hem lachen. En schreeuwen. 'Waaaah!' roept hij. De meeuwen, net neergestreken op hun om de hoek verschenen vuilnisboot, vliegen verontwaardigd op.

VIII

'Hoe zit het nou met dat geld?' zeg ik, als we het marktplein over lopen. De kermis is nog in grauwe zeilen gewikkeld, met daarbovenuit stekend al de skeletten van de attracties, het reuzenrad, de draai- molen, alles nog in diepe slaap. Straks, later vandaag, zullen de aggregaten worden aangetrapt en zal het leven erin komen, de lichten gaan aan en het mun- tenvretende monster zal beginnen te ronken en grommen, en ademen, tot leven komen. De muziek zal spelen en de zeilen worden er in allerijl vanaf ge- wikkeld. De boeren zullen toestromen, zoals boe- ren altijd en overal toestromen, slenterend, kaken op elkaar, strootje in de bakkes, handen gebald in de broekzak, om hun rolletje geld, afwachtend, eerst maar eens zien die bevrijding, maar algauw zullen de lichten zich in hun ogen nestelen, ze zullen gaan stralen als de kermis zelf, ze zullen worden opgetild en het terrein over zweven, hun oren vol muziek van alle kanten, van het draaiorgel midden in de carrou- sel, dat blaast als een scheepsorkest, tot de tienermu- ziek uit de speakers van de nieuwe attractie, de La- ragna, een hels apparaat, een enorme spin met twaalf poten waar aan de uiteinden kuipjes vastzitten, voor wie jong is en nog alles durft. Net iets voor Broer, dus, dat ding. Ik bekijk hem van opzij, terwijl we langs die stille kermis voortstappen, onze klompen kinkelend op de kasseien. Zoon van Perrer... Toch is er gek genoeg ook niets veranderd. Hij is gewoon Broer. Wat zou hij denken? Ik ben er ineens niet meer zo zeker van wat hij denkt. Misschien heb ik het nooit geweten. Mijn hoofd tolt. Het zit me niet lekker.

'Wat?' vraagt Broer. Hij kan nauwelijks zijn irritatie verbergen.

'Heb je nou geld gekregen van Perrer?'

Hij haalt zijn schouders op. 'Geld is onbelangrijk, zeg ik toch.'

'Geld is alleen maar onbelangrijk voor wie het heeft,' zeg ik.

'Dan zal jij het wel weten. Je hebt toch gebeurd, gisteren?' Hij wijst naar mijn kontzak.

Onmiddellijk voel ik erin, graaf erin, verwacht min of meer dat het weg is.

'Je dacht dat ik het had gejat, is het niet?' zegt Broer fijntjes.

'Godverdomme, lul.'

'Geld interesseert me niet, dat zeg ik toch. Hoe vaak moet ik dat nog zeggen.'

Ik zwijg en kijk het plein over. De kermis is mooi rondom het monument gebouwd, dat er onwrikbaar middenin geplant staat. Dat de gevallenen een beetje kunnen meegenieten van hun eigen bevrijding. En helemaal achterin die Laragna, nog gewikkeld in splinternieuwe zeilen. Het is een behoorlijk robuust apparaat en helemaal uit Roemenië onze kant op gesleept, dat gevaarlijke dier. Op de borden eromheen wordt ze aangekondigd in verschillende Europese talen tegelijk: FÜR KINDER Y PARENTES, DE TOUTES PAYS. De nieuwe tijd... Daarin zullen we pas goed door elkaar worden geschud, rondgezwierd en weggesmeten. Dat staat allemaal te gebeuren, straks, let maar op. Aan deze dag zal het niet liggen. De ochtend is zacht, pastelrood, een mystieke ochtendlucht, en windstil, al verzamelen zich hoog in de lucht de donkere wolken voor het onweer. Maar dat kan de kermis alleen maar beter maken. Een kermis in de storm, dat is pas echt de dag des oordeels.

De kerkklok wijst verdorie half zeven. De mannen zijn al een halfuur binnen, Vollemondt als eerste, hij is echt een ochtendmens. Het zal er flink stinken.

In de verte bij De Gouden Leeuw gaat de deur open en stappen een paar figuren naar buiten. Er klinken wat woorden, gescheld. Is dat Perrer? Met zijn stok? Ze komen onze kant op. Broer en ik gaan wat naar achteren staan, in de schaduw van het bushok. Dan komen ze vlak langs ons voorbij. Tiktak. Het zijn die Italianen van Sprengers uit Goor. Wat doen die op dit tijdstip op de Klei, de pont gaat niet voor achten. Ze praten luidruchtig in dat drukke taaltje van ze, alsof ze altijd ruzie hebben. En wat moet die ene met de stok van Perrer?

Broer en ik houden ons gedeisd achter de bushalte en laten ze voorbijwandelen. Flarden van hun gesprek drijven onze kant op.

'La prossima volta gli chiedo il doppio. E scommettiamo che paga lo stesso?'

'Ma stai zitto.'

'Hai la chiave?'

'Certo.'

'Had hij daar nou een sleutel?' vraagt Broer mij. Een vraag die geen antwoord behoeft. Ik heb hem ook gezien, die sleutel, dat ding waar we twee weken mee hebben rondgelopen, de sierlijke namaakkasteelsleutel, voordeursleutel van de Koningshoeve.

'Ze gaan naar het huis van Perrer,' zeg ik.

Broer knikt. 'Zouden ze aan het terrazzo gaan?' Hij schiet in de lach.

'Ze gaan die sok halen,' zeg ik.

'Denk je?'

'Ik weet het zeker. Perrer heeft ze de sleutel gegeven om die sok te gaan halen.'

Broer snuift. 'Dan zullen ze nog op hun neus kijken. Op hun nozze...!' Ik kijk hem aan, Broerlief. Op zijn snijwond zit een korst.

'Je zult een litteken overhouden,' zeg ik.

Hij glimlacht. 'Dat vinden meisjes juist mooi, let maar op.'

Net zo mooi als ze het litteken van Volcker vinden, zeker, wil ik zeggen, maar ik zwijg.

Waar haalt hij toch dat zelfvertrouwen vandaan, vraag ik me af. Maar ach, wat zullen we vragen stellen bij zaken waar we toch niets aan kunnen veranderen. Het zal wel weer moederliefde zijn, vast. Dat zit bij iedereen zo diep als de vaargeul in de Mieze. Laat daar maar eens een Amerikaans onderzoek naar komen. En als ze de resultaten publiceren in een damesblad hang ik aan mijn scheepstoeter. Zie je wel! roep ik dan. Toet! Toet! Ik wist het!

In De Gouden Leeuw is het licht aan. Broer en ik sluipen tot onder het raam en hij gluurt over de vensterbank. Ik ben niet verbaasd als hij me toefluistert: 'Het is Perrer...'

'Zijn zijn veters los?'
'Zijn veters? Dat kan ik niet zien. Waarom?'
'Ze zijn los, ik weet het zeker.'

Als de deur openvliegt zien we Perrer naar buiten rennen. Struikelend, als iemand die op de vlucht slaat. We kijken hem na tot voorbij de bushalte. Hij zit achter die Italianen aan, zoveel is zeker. Misschien net op tijd bij zijn positieven gekomen, zich realiserend dat het een vergissing kan zijn om mensen de sleutel van je huis te geven...

'Kom op,' zegt Broer. Hij wil de achtervolging inzetten. Maar ik kijk op de kerkklok. 'We moeten naar huis,' sis ik, 'naar de mannen...' Een dodelijke vermoeidheid overvalt me weer. 'Ik heb ze eerder laten komen. We hebben een drukke dag...'

Waarom blijf ik altijd die duffe agenda van me opnoemen aan een wie dat helemaal niets kan schelen. Perrer is een eind vooruit. Broer zet het op een rennen, achter hem aan, klepperend over het dorpsplein. En ik weer achter hem aan. Maar de moeheid begint ondertussen mijn benen over te nemen. Een nacht niet slapen en dan al dat gerol over de dijk en gehol door het dorp... Ik zou even moeten gaan liggen... Dat zou me goed doen, zeker met zo'n dag voor de boeg...

Maar Broer is een flink eind vooruit. En ook Perrer rent als een hazewindhond, zeg, op die ongestrikte Italianen van hem...

Ik hijg even uit tegen een melkbus. Rennen, een van de hoofdzonden uit het Oude Testament, toch, of niet? Gulzigheid, hebzucht, haast...? Weet ik veel, ik adem hoog en diep en hap naar lucht...

Wat riep moeder altijd, als ze ons naar die kerk van haar wilde hebben? Dat we ons gezicht moesten laten zien, ons zondagse nog wel, in ons goeie goed. Altijd hetzelfde liedje. Ze wilde dat we ons zouden voegen. Wie zich opvallend gedraagt kan het krijgen, zei ze. Pas op voor de mensen. Ze wilde dat we meegingen naar de hoogmis en op feestdagen zelfs naar de Grote Kerk in Schenk. Zelfs onze schoenen moesten we poetsen, die tijdverspilling.

Broer wist er vaker onderuit te komen dan ik. Hij zat achter de schuur, waar ze hem niet wist te vinden, of hij sloot zich op de plee op en liet haar rustig smeken en briesen. Die deur bleef op slot. Hij wist heus wel dat ze niet een bijl zou gaan halen, moeder. Ze kon hem niet aan, dat was alles. Dat wist hij en hij gebruikte het. Volgens meneer pastoor misten we een vader in huis. Dat zei die als-ie zag dat ik wel in zijn kerk was en Broerlief niet. Hij zei het altijd tegen mij, idioot genoeg.

Zat ik daar vroom mezelf te vervloeken naast die nijdige moeder van ons in de zalvige halfzang die die kerel aan de collecte liet voorafgaan. Ik hield me zo stil mogelijk en probeerde mijn witte wereld in te treden, waarop de stemmen konden verdwijnen en de tijd en de strijd. Waar alleen werd geademd, diep en vol, in de geur van wierook en kaarswas... Ik zette mijn gedachten op Joana en probeerde me haar voor de geest te halen, haar halfdonkere huid, haar ruwgewerkte handen en haar glanzende nagels. Halverwege werd ik opgeschrikt door de collecteschaal. Moeder porde me dan venijnig wakker. Op enig moment was

134

de collectezak veranderd in een schaal, een groot en open eetbord, zodat ik er niet meer een knoop in kon smijten en het dubbeltje dat we van moeder 'voor de missie' kregen voor mezelf kon houden om er sigaretten van te kopen. Als het voorbij was trof ik Broer achter de schuur, rustig rokend. 'En?' glunderde hij dan. 'Was het een mooie preek?'

Maar kom, ik schud mijn kop. Wakker blijven. Ik loop op een half drafje voort en kom uiteindelijk aan de andere kant van het dorp midden in een ruzie terecht, dat wil zeggen, ik houd mij op een veilige afstand schuil achter de gevel van het huis van de notaris. Op de veranda van de Koningshoeve staat Perrer. Zijn voordeur open, met in de deuropening een van de Italianen, druk gesticulerend, of hij het is die daar woont. Maar Perrer laat zich ook gelden. Hij heft zijn handen ten hemel. Die Italiaan staat tegen hem uit te varen. Misschien vraagt-ie hem waar de grappa staat, het zou natuurlijk kunnen, in dat drukke taaltje van ze... Als je een taal niet verstaat kan elk woord klinken als een scheldwoord of als een gerecht. De Italiaan wijst met een driftig gebaar naar binnen en geeft Perrer een duw. Die verheft zijn stem en hij probeert de ander weg te duwen en binnen te gaan. Het wordt een worstelpartij. Wordt er geslagen? Die belangrijke Perrer, ineens in een straatgevecht beland. Hij krijgt een klap op zijn gezicht en staat daar als een klein jongetje zijn neus vast te houden, precies Theo Rooyakkers destijds, alleen maakte die niet van die gekke sprongetjes. Ik kan het allemaal niet heel goed zien op deze afstand. Waar is Broer?

Daar verschijnen de andere Italianen. Nog meer

geschreeuw en gescheld en geduw. De buren hangen nu met zijn allen uit de ramen en laven zich aan deze ochtendopera, voorproefje van de kermis straks.

Maar Perrer heeft zich hernomen en zet een hoge borst op, begint ook iets te beweren, zijn vinger wijst hoog, naar boven. Het ligt boven, zo wijst hij. Hij is verontwaardigd, hij bijt van zich af.

Daar zie ik Broer. Die zit gehurkt achter dezelfde struik als waar we eerder deze nacht zaten. Ik sluip naar hem toe, mijn hart hoog in mijn keel, ik neem de grasborder waar het kan, probeer mijn klompen niet te laten knarsen op het grind en voeg me struikelrennend bij hem.

'Kom op,' zegt hij. Hij maakt aanstalten. 'We gaan ernaartoe.'

'We maken dat we wegkomen, zal je bedoelen,' zeg ik. Ik probeer hem aan zijn mouw mee te trekken. 'Wat denk je dat ze daar niet gaan vinden, daarboven?' Ik probeer hem recht aan te kijken. 'Die sok, man... Die sok!'

'Ik moet de foto's hebben,' zegt hij. Hij rukt zich los. Maar op dat moment stort een van die Italianen zich op Perrer. Ze vallen beiden op de grond, voor de deur, op het bordes. Het lijkt wel een worstelaarspodium. De hele buurt kan het prima zien. Uit een van de ramen klinkt zelfs gefluit en aan de achterkant van het huis begint de hond van Perrer opnieuw volkomen daas tegen het gaas van zijn hok op te springen en te kieuwen, zijn ketting rinkelend over de stoeptegels. De andere Italianen komen eromheen staan. Staan ze nou te wedden? Zie ik daar geld van hand tot hand gaan? Als bij een hanengevecht?

Ik zie hoe Perrer worstelt, rood aangelopen, hij ligt duidelijk onder en de ander heeft een arm om zijn nek geklemd. Die Italiaan met zijn stinkende lange haar, dat in Perrers gezicht hangt als hij zijn greep verstevigt.

Een andere Italiaan tilt een mes hoog op en gooit het hard naar het bord aan de deur. Het blijft er met een klap trillend in staan. De Koningshoeve.

'Godverdomme,' hoor ik Broer naast me zeggen. Hij denkt hetzelfde als ik: wegwezen.

We springen op en maken ons uit de voeten. Maar Broer rent de andere kant op dan ik.

'Nee, klootzak,' fluisterschreeuw ik. 'Wegwezen!'

'Ik moet die foto's hebben,' sist hij terug en hij rent in de richting van het huis. Ik sluit mijn ogen en begin ook te rennen, weg van hier, langs de dijk, langs de Lije, vliegende paniek. Ik durf niet achterom te kijken, mijn voeten zakken zwikkend in de drassige grond, weg, weg, als een dolle koe jakker ik voort, als een die op zijn hielen wordt gezeten door weet ik wat, door het hele dorp, zwaaiend met messen en scheldend in een taal die ik niet kan verstaan. *Voltagabbana! Fifone!* Overloper! Lafbek!

Het moet al over half acht zijn als ik eindelijk de plaats op strompel. Het bord klettert aan het hek, het hangt losser dan voorheen, lijkt. Eerdaags zal het eraf lazeren, de modder in. Ik tril van de slaap als ik de deur openduw en min of meer binnenstruikel. Binnen is het muf. Vollemondt zit onderuitgezakt aan tafel en Volcker zit op een stoel die tegen de klink van de slaapkamerdeur geklemd staat.

'Zo!' roept Vollemondt lodderig, 'Napoleon is uit zijn beerput geklommen.' Hij haalt zijn neus op. Op tafel zie ik twee lege wijnflessen. 'Ik heb geprobeerd de haard aan te krijgen... Maar dat hout...' Hij veegt breed door de lucht. 'Veel te nat.'

'Er wordt niet gedronken voor sloop,' zeg ik.

'Maar hoe láng voor sloop mag er niet gedronken worden,' zegt hij leep. 'Dát is de vraag...' Het lukt hem niet op me scherp te stellen.

Ik kijk om me heen. Volcker zit verdacht zwijgzaam op zijn stoel.

'Waar is Tinus,' vraag ik.

Volcker kijkt me waakzaam aan.

'Waar is Tinus, Scharrelaar...'

'Hij draaide door, baas,' zegt hij voorzichtig.

Uit de slaapkamer klinkt geluid, of iemand met te zware schoenen rondstommelt.

'Wat hebben jullie uitgevreten?' zeg ik. 'Laat me naar binnen.'

'Hé, ho!' zegt Vollemondt. Hij maakt een lodderig gebaar naar Volcker: ik heb er niks mee te maken. 'Hij,' zegt-ie. Hij wijst hem priemend aan. 'Hij moest zonodig een strijkijzer...' Hij raakt zijn zin kwijt. Dan weet-ie het weer. 'Een strijkijzer, ja. Aan de lul van Tinus...' Hij begint schokschouderend te giechelen, hoog en geknepen.

Ik lazer Volcker met stoel en al opzij en gooi de deur open. 'Verrekte Scharrelaar...' Het nachtkastje is voorovergevallen, het matras ligt half op de grond geschoven. Tinus ligt er zwaar ademend op, zijn broek op zijn knieën. Hij heeft zich op zijn tong gebeten. Er zit bloed op het matras. 'Volcker, klootzak,' zeg ik en ik begin Tinus over zijn bol te aaien, door zijn dunne haren. 'De koning van Wezel,' fluister ik.

Volcker is opgekrabbeld en staat stom in de deuropening, trekt zijn bek verontschuldigend scheef. 'Er is toch niks gebeurd, baas...' zegt-ie en hij haalt zijn schouders op. 'Hij kreeg alleen een driftaanval... door dat gepruts aan zijn broek en aan zijn ding.' Dan giechelt hij. 'Maar ik kreeg hem er niet eens aan vast... Toen werd-ie al knetter. Daarom hebben we hem maar opgesloten. Kon-ie even uitrazen.'

'Ho ho,' roept Vollemondt. 'Ik heb er niks mee te maken, Scharrelaar. Niks "we". Er is geen "we". Ik zat hier!' Hij laat een klinkende boer om zijn woorden te onderstrepen.

'Ik werd er knettergek van, man,' zegt Volcker weer. 'Die mongool leek wel een fabrieksfluit. Ik wou hem eruit laten als-ie wat gekalmeerd was...'

'Godverdomme, Volcker...' zeg ik. Ik help Tinus overeind, sjor zijn broek omhoog en gesp zijn riem vast. Tinus laat het gebeuren, twee handen op mijn schouders, zijn wenkbrauwen gefronst, snikkend, een groot kind.

'Zo doen ze het in het gekkenhuis anders ook, hoor,' zegt Volcker. 'In de isoleer laten uitrazen. Dat is heel normaal. En ik kan het weten, ik heb er een tante zitten.'

'Toch niet de moeder van dat granatenneefje van je?' roept Vollemondt schaterend uit.

'Precies, strontbroek,' bijt Volcker hem toe. 'Ze heeft nooit afscheid kunnen nemen. Daar draait een moeder van door. Dan stoppen ze haar in de isoleer.'

'Tinus,' fluister ik. 'De koning van Wezel.'

'In de isoleer zijn wel alleen maar zachte muren, dat ze zich geen pijn kunnen doen,' hoor ik Volcker nog tegen Vollemondt zeggen, maar die geeft hem een duw. 'Lazer op, krankzinnige.'

Ik ondersteun Tinus naar de keuken, help hem te gaan zitten op het bankje voor de haard.

Volcker houdt het strijkijzer voor me omhoog. 'Dit lag gewoon hier, hoor baas... Dat je niet denkt dat-ie daarmee heeft rondgezwierd...'

Ik heb niet eens zin om hem met dat strijkijzer de kreukels uit zijn scheve smoelbakkes te slaan. Hoe moe ben je als je zelfs Volcker niet meer op zijn bek wil rammen. Ik zou wel even willen gaan liggen.

Op dat moment stapt Broer binnen, het glas klettert in de sponning van de deur. We kijken hem allemaal aan. Zijn gezicht is zo grauw als poetskatoen en hij heeft geen fotoboeken bij zich. Iedereen is stil, maar hij zegt geen stom woord, gaat op de vensterbank naar buiten zitten kijken, met zijn gedachten ergens anders.

'Wat heb je gedaan?' vraag ik, maar hij antwoordt niet.

'Hé,' lalt Vollemondt tegen hem, 'heb jij je ook gestoten, baas? Ook aan een strijkijzer?' Hij begint te snuiven, maar Broer gromt, trekt zijn mes achter zijn riem vandaan en slaat het met een klap voor Vollemondt in de tafel. 'Ik sla je ballen eraf, sukkel.'

Vollemondt trekt geschrokken zijn handen weg. 'Ho, ho,' zegt hij. 'Ik vroeg het maar...'

Ik gooi een paar scheppen extra op de koffie, godverdomme, die zatte bende, en Tinus overstuur. Het is een troep. Mooie orde heb ik, in mijn bedrijf...

'Werkoverleg!' bries ik als ik de koffiekan op tafel zet. Boem. Vergadering geopend.

Vollemondt en Volcker zitten me lodderig aan te kijken, waarbij Volcker vast iets schuldigs bedoelt, denk ik, zoals-ie met zijn litteken zit te trekken, die neuroot. Maar ik heb geen fut om er wat op te zeggen. Is het trouwens zo warm hier? Mijn gezicht is klam van het zweet. Mijn hand trilt. Tinus zit verdoofd voor de haard. Heeft-ie wel door dat de kachel niet brandt? En Broer zit grauw uit het raam te kijken, volkomen afwezig en nog ondoorgrondelijker dan een aardappel in de klei...

'Gezien de omstandigheden stel ik voor dat we ons opsplitsen,' begin ik, maar mijn stem klinkt hees en onvast. Ik bal mijn vuisten, schraap mijn keel en ga verder, zo bars als ik kan. Zoals dat hoort bij de directeur van een volwassen sloopbedrijf. Een directeursstem. 'Scharrelaar, Beer en Tinus gaan vooruit. Eerst langs de schuur van Van Montfoort.... Daar kan Beer met de moker het fundament wegbreken.' Ik praat snel, probeer geen ruimte te laten voor lodderig commentaar.

'Scharrelaar en Tinus rijden door voor het puin in Schenk, en terug om Beer op te pikken. Dat gaat allemaal direct naar de steiger van de vuilnisboot. Regel het ter plekke met Schoonen. Zeg maar dat ik hem compenseer.'

Volcker schampert, maar ik ga door. 'Zorg dat je het haalt. Die schuit ligt er tot twaalven. Dan binden jullie bij het laatste perceel hier in Mortel de touwen aan. Het gaat om een dijkboerderijtje voor De Krent.'

Zo. Dat waren de woorden van de directeur. Duidelijke woorden, zonder angst. Ik zoek de verfrommelde contracten bij elkaar, strijk er ook eens over, net als Perrer dat gisteren deed. Het zou wel wat voor me zijn, bedenk ik, zoiets als wat Perrer doet. Een beetje orders geven, regelen... Organisatie... Dat strenge... Misschien iets voor over een paar jaar, als we een bulldozer hebben. Logistiek en organisatie... De nieuwe tijd... Mijn oogleden zijn zwaar.

'Adressen zoek je op in de contracten. In Mortel wachten jullie tot Broer en ik er zijn. Dan trekken we de boel samen om en gaan naar de kermis.'

De mannen kijken me dreigend aan, of het is gewoon bezopen, zoals ze onder hun wenkbrauwen naar me zitten te loeren, roerend in hun veel te sterke koffie, hun lichamen wiegend als een kat die zijn sprong meet... Als een zatte kat die zijn sprong meet...

'Het laatste puin laten we tot maandag.' Ik por Volcker tegen zijn schouder. 'Eerst maak ik je in bij de schiettent!' Een baas die zich een grapje veroorlooft. Ik heb het benauwd.

Broer zit precies op de plek waar moeders bed voor het raam stond. Hij zit te piekeren. Ik kijk steels naar de foto van vader op de schouw. Tot ziens, zwaait hij, glimlachend, zon op de bakkes. Alle herinneringen zijn zonovergoten en vol kersenbloesem, zo kijkt hij. Tot ziens. Adieu, ik ben ervantussen...

'Hé, baas, en jullie dan?' zegt Vollemondt, maar het komt er lodderig uit. De l'en blijven aan zijn gehemelte plakken...

'Ik heb besogne in De Gouden Leeuw,' zeg ik. 'Later in de ochtend ben ik er weer bij.'

'Besogne?' mompelt Vollemondt. 'Hoezo besogne? Het is toch beurs vanochtend? Heb je besogne op de beurs?'

'Later? Hoezo later?' valt Volcker in. 'We gaan vanmiddag toch de kermis op? Dat lijkt me besogne genoeg!'

Hij begint schril te lachen, staat wankel op en komt vlak bij me staan. De geur van een kegel heeft iets heel bedreigends, dringt zich aan je op, omwalmt je, palmt je in, snoert je de adem af, wil je vergiftigen, verstikken... Ik duizel.

'Het zal allemaal van jullie afhangen,' zeg ik. Praat ik nou zo hoog, hijg ik nou? 'Net hoe snel je bent met het puinruimen. Hoe snel je de kabels hebt aangebonden en hoe snel je klaarstaat. Hoe nuchter je bent!'

'En het loon?' zegt Volcker. 'Wanneer staat dat ingepland...' Hij probeert slim te kijken, maar zijn ogen drijven af.

Ik kijk voor hulp naar Broer, maar die zit volkomen in zijn eigen wereld, kijkt niet op of om. Het is gaan regenen. Ook steekt de wind op, ik hoor het bord klapperen aan het hek.

'Als het werk gedaan is, Scharrelaar, voor de zoveelste keer. Die vuisten op je bek maken je niet sneller van begrip, is het wel?'

'Of heb je het niet?' gaat hij treiterig door. 'Heb je daarvoor besogne op de beurs?'

'Geld?' zeg ik, iets te hoog. 'Geld als water, nou goed?' Ik voel me werkelijk doodmoe. Die klootzak van een broer van mij. Als het hem allemaal niks kan schelen, laat-ie dat ongeïnteresseerde ook eens op de mannen overbrengen... Hem vallen ze er in ieder geval niet mee lastig, dat is duidelijk. Wie is er hier nou eigenlijk laf?

Volcker zet nog een wankele stap naar voren, zijn tronie nu vlakbij, dat afschuwelijke litteken. Hij wil me eens van dichtbij beloeren zeker, ik kan de zwarte punten van zijn poriën tellen.

Ik doe een stap achteruit, tegen de tafel aan.

'Laten we het eens over een andere besogne hebben,' zegt Vollemondt en hij begint zich nu ook hijgend en puffend op te richten, zijn strontlucht verspreidt zich in de ruimte.

Pas toch op, jongens, straks is er geen zuurstof meer, straks is er geen plaats meer voor zuurstof... Ik doe een stap in de richting van het raam om het open te trekken...

'Hé,' schreeuwt Tinus ineens vanaf zijn haardbankje. 'Dat is míjn zak!' Hij pakt de lege jutezak op die naast de allesbrander ligt. 'Mijn zak,' zegt hij. 'Van Tinus.' Hij steekt zijn grote hoofd er diep in en komt er met een ongelofelijk vertrokken mombakkes weer uit omhoog. 'Mijn zak!' schreeuwt hij. We kijken allemaal verbaasd op.

'God, daar hebben we die mongool weer,' zucht Volcker en hij zakt weer terug aan tafel. 'Dan zullen we zeker snel klaar zijn, als ik op pad moet met die imbeciel...'

'Dief,' bromt Tinus. Smeulend kijkt hij naar Volcker. 'Dief!' Hij begint zijn rondjes te lopen en te mompelen. Idioot moment, maar wel mijn redding, deze bliksemafleider, bovenstebeste Tinus.

'Ik heb er niks mee van doen, halve gare,' schreeuwt

Volcker naar Tinus. 'Zie je nou!' roept hij dan naar mij. 'Zie je nou dat ik hem wel moest opsluiten in de isoleer? Hij draait door. Hij draait weer eens door. Wat heb ik daarmee te maken? Kom op, ik wil gaan!' Hij drukt zijn vingers op zijn ogen en kreunt. 'Ik wil de opening niet missen, godverju. Ik moet die show zien.'

Vollemondt is ook weer terug gaan zitten op zijn stinkgat en bekijkt Volcker meewarig. 'Die show van de Dame met de Twee Geslachten, bedoel je?' vraagt hij fijntjes.

'Jazeker, ja,' zegt Volcker grimmig.

Ik pak Tinus bij zijn hoofd en zorg dat ik hem recht in zijn ogen kan kijken. 'Stoppen nu!' roep ik met mijn meest barse directeursstem.

Tinus staat meteen stil en kijkt me geschrokken aan. Kijk, dat werkt. Dat is niet de koning van Wezel, nee. Ik ben de koning van Wezel niet meer. Ik ben de directeur en ik maak hier de dienst uit, godverju.

'Beuren doen we om drie uur precies,' zeg ik. Een order als een oordeel. 'In De Gouden Leeuw. Daarna kun je de kermis op.'

Vollemondt, Volcker en Tinus gaan morrend de plaats op, verzamelen het gereedschap, spannen de pony in. Volcker probeert Tinus nog pootje te lappen. Die stuift op. We horen zijn stem over de plaats bassen. 'Dief!'

Broer en ik bekijken ze door het raam. Ze lopen alle drie hetzelfde, zwaar, onvast, net of er een sterke tegenwind staat. Maar ze komen toch die kar op geklauterd. En daar gaan ze, hortsik, die zatte bende, de dijk op. Het lijkt wel of zelfs de pony loopt te zwalken.

Broer zit maar wat uit het raam te staren. Niet echt de houding van mouwen opstropen en eropaf, zo lusteloos.

'Waar zijn die foto's nou?' vraag ik.

Hij haalt zijn schouders op.

Zoals hij daar zit, in zijn lok zit nog een korst modder of bloed of allebei. De vegen over zijn gezicht. Heeft-ie gehuild? Ik zie er misschien wel net zo uit, vol vegen klei.

'Dus nu zijn we halfbroers,' zeg ik.

'Klinkt al net zo stom als Maarschalkplan...'

'Moest je zijn ballen er niet afslaan?'

Hij glimlacht vermoeid.

Ik bekijk hem eens goed. Ik weet niet wat ik wil zien, wat ik zoek. Kenmerken... Ik kijk nog eens naar het portret van vader. Die vergelende lach... Het leven bepaalt je. Je verschijnt. Je hebt het niet voor het willen. Al dat willen, hooguit ben je daarmee iets eerder, een vroeggeboorte op zijn best, maar aan je afkomst is niks te doen. Je bent samengesteld. Daar valt niets aan te veranderen. Je bent een voldongen feit. Het enige wat je wel zelf kan doen is slopen. Je kunt jezelf niet bouwen, wel slopen.

'Wat ga jij doen?' vraag ik.

Broer haalt zijn schouders op. 'Ik denk dat ik mijn afspraakje vast ga ophalen,' zegt hij lusteloos. Hij staat op en sjokt de deur uit, de regen in.

Ik ga de slaapkamer in. Tinus heeft hier flink staan rondmaaien, hij zal nog eens een volwaardig sloper worden. Ook de gordijnen, ze zijn nog door moeder opgehangen om geen bekijks te hebben vanaf de dijk,

zoals zij het noemde, hangen gescheurd aan hun verbogen rails. Verbogen gordijnrails, gescheurde gordijnen. Ik zie weer mevrouw Rooyakkers, hoe ze grijs
en doodstil uit haar raam hing.

Mijn hoofd tolt. Ik schuif het matras terug op het
bed en ga even liggen, in mijn modderkleren, mijn
hoofd op het door Tinus bebloede kussen. Even mijn
ogen sluiten. Tien minuutjes. De verantwoordelijkheid weegt zwaar... Ik zak onmiddellijk weg in een
diepe slaap...

Perrer als lijk. Daar ligt-ie, in de diepte, tussen twee
dakspanten door naar beneden gelazerd. Plof. En
Broer staat er weer eens bij alsof hij met niemand
iets te maken heeft.

'Trek de muurankers los,' schreeuwt hij, 'dan laten we het dak boven op hem vallen!' Hij trekt met
zijn voet.

'Dit gaat geen ongeluk lijken,' roep ik, 'met een
mes in zijn ballen.'

'Best,' schreeuwt hij terug. 'Trek jij dat mes eruit,
laat je daarna het dak boven op hem vallen.'

'Klootzak,' roep ik.

'Jankerd,' roept hij terug.

Ik wil hem een schop geven, maar een wolk wit
stof beneemt me het zicht en ook het geluid. Ineens
is hij het zelf die daar ligt, met een gipsen kop, tussen de leeggeraapte spanten op de grond. Hoe kon hij
nou nog praten? Verderop staat moeder, schim in de
gruismist.

'Zullen jullie wel schoon zijn op je ziel, jongens?'
Ze wappert met het wasgoed. Maar ze ziet er moe

uit. Ze heeft wel genoeg meegemaakt.

'Wees maar gerust, mama,' zeg ik. 'We doen goed ons best. En we blijven altijd bij elkaar. Dat hebben we toch beloofd?' Ik laat haar het mes zien. 'Hij heeft niet gestoken, zie je wel? Hier heb ik het. Ik zal wel op hem letten.' Ik stel haar gerust. Dat ze weer rustig kan sterven. Teruggaan naar de doden. Ze heeft kringen onder haar ogen. Haar handen zijn al aan het vergaan. Bij het donkere plekje op haar huid, haar moedervlek, zie je het bot erdoorheen.

'Ga nou maar,' zeg ik. Ze jammert. Klaaglijk, kelig. Ik krijg het ineens heel benauwd. Dan schrik ik wakker.

Godverdomme. Half negen. Niemand die een pook tegen de deur heeft gesmeten. De beurs... Ik schiet in mijn klompen en ga de plaats op naar de pomp, begin me te wassen. Slaaf van het loon van de wekloners. Slaaf van de afspraakjes van Broer. Slaaf van de driftbuien van Tinus, slaaf van alles en iedereen. Slaaf van het familiebedrijf. Slaaf van mijn eigen gedienstigheid. Eigen baas? Vrijheid? Slaaf van ons lot, van onze afkomst en van onze toekomst tegelijk. Krijg het dan eens niet benauwd...

Ik trap tegen het bord. Het bungelt kletterend aan het hek, maar het laat niet los. In de keuken droog ik mijn gezicht en handen met een vuile handdoek. Dan ben ik weg. Kijk nog eens om, die leefkeuken van ons, de gedoofde alles- of nietsbrander, de grauwe tuinstoelen ervoor... In de slaapkamer de puinhoop van Tinus.

Straks zal Broer hier weer zijn, zijn meisje laten

zingen, het vuur oppoken, in hem, in haar.

En wat is er voor mij? Poet verzorgen voor die jongens? Die zatte idioten? Is dat het?

Joana kon het dronken gezang van al haar broers en ooms en vaders rustig van zich laten afglijden. Kriebelde haar cavia in de nek en zweeg. Haar hand zocht in het donker en in stilte mij, mijn hand. Dat was alles, en het was genoeg. Het zou me nog genoeg zijn. Het zou me weer in één keer, zonder een woord, uit de blubber trekken. Me verheffen, bevrijden uit dit moeras.

Maar komaan, weg nu. Op tafel liggen nog de twee lege flessen, maar het mes van Broer, dat hij met een klap voor Vollemondt in de tafel sloeg, is weg.

IX

Vooruit, in looppas het plein over, voor de derde keer vanmorgen, maar nu met knallende koppijn. Ondertussen begint er leven in de kermis te komen. Hier en daar worden attracties gezekerd, bij het reuzenrad klinken de slagen van ijzer op ijzer, ze galmen door in mijn hoofd alsof ik door de kerk ren. Verderop speelt muziek van onder een loshangend zeil en de manvrouw van de snoeptent zet tierend en scheldend op weet ik wie haar handel klaar, zweet op d'r bovenlip.

Ik ben duizelig en misselijk tegelijk, alsof ik al een rondje kermis heb gedaan, en werkelijk veel te laat, de wijzers van de kerkklok staan tevreden glimmend op een onverbiddelijk vijf voor negen. Me verslapen, godverju. Dat zal Perrer wel voor me innemen, als ik hem nog even op de valreep, vijf minuten voor sluiting van de beurs, om een vooruitbetaling kom vragen. Mijn passen dreunen door in mijn hoofd.

Zo lamlendig als Broer vanochtend was. Hij, die met niemand iets te maken wil hebben. Ha! Hoogmoedige... Alsof we niet kwetsbaar zijn als, als weet ik veel, als pissebedden, krioelend op hun kleine donkere plekje onder een dun stuk aardappelplastic. Alsof we niet bij de eerste windvlaag de Mieze in geblazen zullen worden, alsof we niet bij de eerste de beste wanbetaler failliet gaan. En wie zal ons dan ons dagelijks brood komen brengen? Toch niet meneer pastoor.

God, mijn hoofd ontploft. De buien zullen me goed doen, het zal de lucht eens wat klaren hier en de boel schoonwassen. Laat maar waaien, zeg ik, laat maar stormen.

Als ik puffend en struikelend de veranda van De Gouden Leeuw op gestommeld kom, zie ik door het raam dat het binnen nog een drukte van jewelste is. Zou de beurs zijn uitgelopen? Moeilijk voor te stellen. Is Perrer soms ook even gaan liggen en heeft hij zich toen verslapen, net als ik? Hij heeft tenslotte ook niet zulke mooie ononderbroken nachten als zou moeten. Acht uur aan een stuk, dan blijft een mens kerngezond, dat zei de dokter altijd tegen moeder, zijn vaste riedel, toen-ie haar ziekte nog helemaal niet zo serieus nam, en voor-ie zich er met dat praatje over die bloedwaarden van hem moest zien uit te redden, die blunderaar.

Maar binnen in De Gouden Leeuw is commotie, ik zie het door het raam. Het biljart staat opzijgeschoven, zeker, en voor de tafel midden in de cafézaal wacht een rij mannen, precies even bedremmeld als altijd. Maar achter die tafel zit niet Perrer, maar de hoofdagent van politie, brigadier Schaminée.

Ik blijf buiten staan, gealarmeerd, tweede natuur van elke schooier. Even pauzeren op de veranda, kijken of ik erachter kan komen wie ze zoeken. Mijn hart klopt in mijn slapen.

De eerste die buiten gestoven komt is Van Poppel, de stierenboer. Ik schrik van hem, van de deur die openvliegt, slecht geweten dat ik heb...

'Heb je het gehoord?' barst hij meteen los. Precies als zijn stieren, die houden ook niet van dralen. 'Heb je het gehoord? Van Perrer?'

Ik sta hem bescheten aan te kijken, waarschijnlijk. 'Ingebroken...?' zeg ik voorzichtig.

'Hij is vermoord.'

Boem. Dat galmt... Ik zie er vast uit als een koe die een paaltje tussen haar ogen heeft gekregen.

'Perrer!' roept hij. 'Jullie doen toch zaken met hem?'

Ik hap naar lucht. 'Is-ie...?' Ik probeer zonder trillende stem te spreken. Hoe kun je je stem laten ophouden met trillen? 'Is-ie... Had-ie... Een mes? Tussen zijn...?' Ik wijs naar Van Poppels kruis.

Hij kijkt me bevreemd aan.

'Vermoord is-ie,' zegt-ie nog eens, duidelijker articulerend. 'Dood. Goddomme. Maakt het uit hoe? Ik weet niet hoe. Bij zijn eigen voordeur, godju!' Hij schudt zijn grote boerenhoofd. 'En dat hier, in zo'n gat. Wie had dat ooit gedacht.'

Hij kijkt peinzend uit over het kerkplein, over de kermis in opbouw. 'Die drommel.' Schudt nog eens zijn hoofd en wil weglopen, maar draait zich dan om naar mij.

'Zeg, heb jij Lotte gezien? Ze zou hiernaartoe komen, met haar vriendinnen, maar ze is er niet. De waard zegt dat ze bij jullie zit. Dat zal toch zeker niet?'

Ik schud al nee voor ik heb kunnen nadenken. Ik moet er lijkbleek uitzien. Van Poppel veegt zijn enorme hand door de lucht. 'Zomaar weggeraapt. Die kerel...' Hij zucht. 'Dat gun je niemand. Toch?

Hierbinnen zeggen ze dat het roofmoord is. Tjonge, jonge... Roofmoord... Er schijnt vannacht bij hem te zijn ingebroken. Ze zijn het allemaal aan het uitzoeken.' Hij mompelt nog wat half verstaanbaar voor zich uit. ''t Wordt ook maar steeds erger... Die lui van 't Zand... En de kermis is nog niet eens begonnen...'

Ik maak aanstalten, moet weg, het is plotseling stikbenauwd geworden hier op de veranda voor het café.

'Je zict wit, jongen,' zegt hij. 'Trek je het je zo aan? Dan moet je zeker niet in de stierenfok gaan, hè? Als je een overgevoelige bent.' Hij bekijkt me eens even goed, mijn rare jasje, mijn bleke gezicht. 'Je bent toch geen homofiel, hè?'

'Ik had nog geld van hem te goed,' zeg ik.

Hij peilt me. 'Nou...' wijst-ie met zijn duim achter zich, het café in. 'Daar zijn er meer van. Godju...'

Dan bepaalt hij zich weer tot zijn eigen onderwerp. 'Maar mocht je haar tegenkomen, Lotte, zeg haar dat ze als de duvel thuis moet komen.'

De paniek welt in me op, een golf, ik adem diep in. Weer het huis van de familie Rooyakkers, mevrouw Rooyakkers als een grijze deken uit het raam. Weer moeder in paniek. Onze vlucht, halsoverkop aan haar hand over de soppende dijk met het hoge vlijmende gras van de Lije. Al die halmen die ons wilden tegenhouden, neerhalen, opensnijden. Overlopers! De dood zat achter ons aan. Ik hap naar lucht. Sta zo te trillen op mijn poten dat ik niet meer scherp zie. Die klootzak van een Broer van me. Die godvergeten idioot.

– Jullie moeten altijd samen blijven. Beloof je dat?

– Ja, ma...

De molensteen! Ik sta te trillen op mijn poten en richt mijn ogen ten hemel, waar de storm rustig zijn wolken aan het stapelen is. In de verte het silhouet van de kerktoren, met zijn hautaine zwijgen. Bah. Ik heb het toch geprobeerd, of niet dan? Dat zou ik wel kunnen schreeuwen naar die vinger in de hoogte, uit de hoogte. Ben ik soms niet tot het uiterste gegaan? Met die onverantwoordelijke? Die puber? Zou ik zonder hem in de sloop zijn gegaan? Vast niet! Zou ik dat familiebedrijf hebben opgezet? Vast niet! Als ik niet aan moeder beloofd had om voor hem te zorgen? Aardige, gedienstige, schuldgevoelige ik? Misschien was ik wel gaan studeren! Wie weet! Filosofie! In Parijs, godverdomme, nou goed? Volg de Lije tot de bron! Of economie. Handel! In Duitsland, nou goed? Net iets voor mij. In plaats van me de hele dag rot te moeten schrikken van de rotzooi die hij achter zich laat, Broerlief, alles wat moet worden rechtgepraat en vergoelijkt, waar ik medeplichtig aan word gemaakt, ook nog. Altijd dat 'jullie dit, jullie dat'. Nou vandaag toch niet! Ik wilde de andere kant op. Ik heb hem geroepen. Maar hij luisterde niet! Dat riep jij toch ook altijd, moeder? Je luistert niet, riep je. Als je in je hemel zit dan ben je mijn getuige. Waar of niet? Dat zou je toch moeten aanspreken. Ik heb hem destijds ook niet opgejut hoor, met dat weglopen. Dat waren de koffieplaatjes! Ik zweer het! Ik had er niks mee te maken. Hij heeft het allemaal in zijn eigen kop bedacht en uitgevoerd. Ik wist er niet van. Ik ken hem niet eens! Dat blijkt wel! Had ik het geweten dan had ik hem misschien wel tegengehouden! Die koppige ezel! Maar luisteren doet-ie ook niet naar mij. Net zomin als naar wie dan ook, net zomin als naar jou. Met zijn onbezonnen geschreeuw en zijn vechtpartijtjes. Theo Rooyakkers met zijn gebroken neus? Niks dan zorgen, godju. Een molensteen. En wie weet waar-ie nou zit. Zeker weer onderweg naar het vreemdelingenlegioen! Komt de politie hem morgen weer terugbrengen. Nou, kijk maar goed vanaf je stormwolk, want ik doe het niet meer. Ik ben toevallig zijn moeder niet! Hij zoekt het maar uit!

De klok slaat negen. Ik scheur mij los uit mijn bevende woede, haal diep adem en stap De Gouden Leeuw in.

Binnen in het café is het een bedompt geroezemoes. De hoofdagent van politie, brigadier Schaminée, zit fronsend en zwaar rokend aan de tafel boven een stapel contracten, kauwend op zijn snorpunt. Het zijn de contracten van Perrer waar hij zo geconcentreerd boven hangt. Heel wat anders dan het bier waar hij normaal zijn snorpunten zo graag in doopt. Hij is de zaak aan het uitpluizen, zo te zien, maar wel met iets te slechte ogen, zo dicht als hij erop zit te loeren. Zal hij me daar zomaar de eerste in de geschiedenis zijn die die contracten leest. Wie leest er ooit die contracten? Ik voel me licht in mijn hoofd. Moet uitkijken om niet tegen de vlakte te gaan. Daar is de bar. Houvast. Een andere agent staat ertegen te leunen.

Half en half verwacht ik dat die zich op mij zal richten en beginnen te roepen: 'Dit is hem! Deze hier! Hij en zijn broer!' – Mijn broer? Ik heb geen broer. Dat zal ik hem antwoorden. Enig kind ben ik. Altijd geweest!

Maar hij staat suffig voor zich uit te kijken en ook in de zaak gonst het onverminderd door, iedereen heeft het erover, maar niemand kijkt om zich heen. De agent begroet mij vermoeid en knikt in de richting van zijn chef. 'Dat gaat nog wel even duren...'

Ik knik met hem mee, zo neutraal mogelijk, gedienstig, altijd gedienstig. En ineens herken ik hem. Hij is die agent die ons destijds zo goed heeft geassisteerd met het opblazen van het klooster. Die kerel met zijn even-vergeten-de-buurt-in-te-seinen-calamiteitenfonds. Hij kijkt me wantrouwig aan. Toch niet weer een springvergunning, denkt hij misschien. Of hij verbaast zich over mijn bleke tronie. Alsof ik de dood in de ogen heb gezien, zeker. Ik voel me duizelig.

'Is-ie doodgestoken?' vraag ik. Ik realiseer me dat ik hijg. Zuurstofgebrek. 'Zijn ballen...?'

Ik kijk met zijn wantrouwende blik mee naar mijn jasje... Het met modder bepleisterd jasje van de circusdirecteur, oorspronkelijk rood velours... Heb ik me daar even door de klei liggen rollen... Echt een goed moment om mezelf hier verdacht te maken, om een modderfiguur te slaan...

'Meneer Perrer is hedenochtend levenloos aangetroffen bij zijn woning,' zegt hij stijfjes. 'Voor een misdrijf wordt gevreesd.'

'Wat is er gebeurd?'

'We hebben onze vermoedens. Die worden onderzocht.'

Ik probeer zijn blik te peilen, maar hij wil niks

meer zeggen. Kijkt weer voor zich en gaat verder staan gapen op zijn post. Veel van het politiewerk bestaat uit wachten, dat wordt wel eens onderschat.

'Je ziet bleek, Pek,' zegt de waard van achter zijn toog. 'Zit je broer weer in de penarie?' Hij wrijft zijn glazen en hoort ondertussen alles, zoals dat een goede waard betaamt. Zweetdruppels parelen op zijn voorhoofd, maar daar is hij aan gewend. Het is zijn overgewicht, hij heeft het altijd warm.

Ik voel een golf van misselijkheid opkomen. 'Heeft hij... Weet je of er...' Dat moest een keer gebeuren, dat ik vol over de glimmende schoenen van de wachtende agent zou kotsen. Kijken wat het calamiteitenfonds daarmee kan...

Maar de waard haalt zijn schouders op. 'Er zijn vanochtend figuren bij zijn hoeve gezien.' Hij ademt tegen een glas en wrijft het verder op, terwijl hij mij met een half oog gadeslaat. Ik probeer mezelf te herpakken.

'Figuren? Wat voor figuren? Italianen?' vraag ik, van de prins geen kwaad, maar mijn stem klinkt vreemd hoog. Ik schraap mijn keel. Nog eens. 'De Italianen?' Het lijkt wel een zangoefening, zo geforceerd sta ik 'de Italianen' te zeggen, hoog, laag, ik hou me aan de bar vast.

'Perrer had al langer met ze te kampen,' zegt hij.

'De Italianen uit Goor?' vraag ik – of mijn neus bloedt.

Hij lacht en kijkt me verstoord aan. 'Uit Goor, ja. Welke anders, kerel? Welke anders.'

'Ik dacht dat dat zijn beste werknemers waren...'

'Het was eerder andersom.'

Ik schud mijn hoofd, niet begrijpend, maar de waard kijkt mij indringend aan, legt zijn hand op de bar, op de plaats waar een glas hoort. 'Zeg eens... Drink je wat?'

'Nee, nee. Ik heb geen geld. We moesten nog van hem krijgen...'

'Van Perrer?' Hij kijkt me spijtig aan. 'Die is failliet.' Knikt met zijn hoofd naar de mannen die in de rij staan voor de tafel van de hoofdagent. 'Achteraan aansluiten...'

'Perrer failliet?' zeg ik. Mijn adem stokt. 'En de Marshallpot dan?'

Hij schudt zijn hoofd. 'Die was leeg! Tja, als je er je koningskasteel van bouwt is het snel op, natuurlijk... Heb je het niet gehoord? Wanbeheer, zeggen ze.' Hij veegt de glazendoek over zijn zwetende voorhoofd en voor hij hem in een nieuw glas steekt wappert-ie ermee in de richting van de rokende en turende hoofdagent met z'n hoofdbrekens aan de tafel midden op de cafévloer. 'De brigadier is in ieder geval aan het onderzoek begonnen.'

'Tegen Perrer...'

'Het schijnt dat hij dat beetje geld dat er nog was thuis bewaarde. En die Italianen hadden nog wat van hem te goed. En net toen-ie ze vanochtend zijn sleutel gaf om het te gaan halen, was er ineens ingebroken.' Hij lacht hardop. 'Is dat nou geen sterk verhaal? Al het geld weg...'

Ik kijk die kerel stomverbaasd aan. Niet dat hij het postuur of de conditie heeft om net als wij bij nacht en ochtendgloren door het dorp te rennen, van de ene naar de andere kant, met zijn pens en zijn glazendoek... Heus niet! Hoe weet die kerel dit allemaal? Ziet-ie het in zijn glazen, soms? Heeft-ie vogeltjes voor zich spioneren?

'En hij zat hier!' roept-ie triomfantelijk uit. 'Perrer! Die zat hier. Met die ene Italiaan, je weet wel, die verwijfde, met dat lange haar. Dan zeg ik: dan maak je het je inbrekers wel heel gemakkelijk.' Hij lacht nog eens smakelijk. 'En weet je waar hij het geld bewaarde? Volgens hem? Onder zijn matras! Hoe verzint-ie het, zo'n slechte smoes... Da's net zoiets als "de brug stond open". Nietwaar?' Hij grinnikt. '"De brug stond open en ik was met de fiets!" Of: "De brug was dicht en ik was met de boot!"' Hij lacht weer, diep in zijn keel, zijn lijf schudt.

Waar is mijn broer, zou ik willen vragen, maar het is me niet helemaal duidelijk wat die waard me nou zit te vertellen. 'Iets te goed?' vraag ik dus. 'Iets te goed waarvoor?'

Hij zucht en pakt een nieuw glas, houdt dat tegen het licht, controleert het. 'Dat liep hier hoog op, vanochtend. Hij gaf die jongens zijn mooie knotsstok. En daarna zijn sleutel. Ze mochten zelf onder zijn matras gaan kijken, dat het geld er was, dat zei die. Met handen en voeten zat-ie te praten, met de paniek op zijn gezicht. Dat ze zelf maar moesten gaan kijken. Dat-ie ze niet voor de gek hield.' Hij lacht nog eens. 'Ha! Onder zijn matras...'

Ik word weer misselijk. 'Wat hadden ze dan te goed. Waarvoor?'

De waard kijkt mij meewarig aan. Heb ik het nog niet begrepen? Hoe de wereld in elkaar zit? Hij komt met zijn gezicht dichtbij. 'Hij had schulden, begrijp

je. Perrer kwam hier nogal regelmatig. In de late uurtjes, hè. Die verwijfde, die ontvangt er wel meer.'
Dan gaat hij weer rechtop staan, twee handen op de toonbank. 'Och, als ik zou vertellen wat ik hier allemaal zie...' Hij haalt zijn schouders op en gaat weer druk aan het poleren. 'Iedereen moet iets verzinnen om een grijpstuiver bij te verdienen, toch? Je moet iets. Mij hoor je niet oordelen. Ik leg alleen mijn oor te luisteren... Da's mijn rol...'

Ik probeer te verwerken wat ik allemaal hoor. Perrer... De waard staat met zijn porem van alledag, zijn glimlach van oor tot oor, zijn glas te boenen. Voor hem is de wereld glashelder. Hij kijkt erdoorheen, wasemt ertegenaan, veegt: als kristal. De mens en zijn motieven. Zo helder dat-ie er niet eens een oordeel over heeft. Daar zou meneer pastoor wat van kunnen opsteken, van deze polerende mensenkenner.

'De laatste tijd begon het uit de hand te lopen. Je kon erop wachten. Perrer zat hier elke nacht. De pot was leeg, of ze zijn duurder geworden, dat weet ik allemaal niet. Die Italianen hadden hem goed in de tang, in ieder geval. Ik heb ze bezig gehoord. Hij beloofde ze van alles, klusjes, noem maar op. Hij beloofde zelfs klusjes terug te halen die hij al aan anderen had uitgeschreven. Maar ze hadden geen trek in klusjes. Dat had ik hem zelfs wel kunnen vertellen. Je hoeft alleen die goedgemanicuurde nagels van die jongens maar te zien. Daar passen geen klusjes bij, tenminste niet die Perrer ze wilde aanbieden. Nee hoor, wat dat betreft zijn het net vrouwen, die jongens, met hun haren en kleren en nagels en geurtjes... Duidelijk een ander slag...' Hij laat een flinke boer. 'Maar het ging er hier vanochtend wel fors aan toe, hoor, en met een hoop gebaren. Perrer was flink uit zijn doen. Hij probeerde ze duidelijk te maken dat-ie heus wel geld voor ze had. Dat ze het konden gaan halen. Toen hebben ze zijn stok en zijn sleutels alvast meegenomen.' Hij schudt zijn hoofd. 'Ja, jongen... Zijn stok en zijn sleutels... Een kerel die zijn waardigheid verliest, dat is altijd een rotgezicht...'

Even peinst-ie voor zich uit. Buigt dan ineens weer naar voren. Ik schrik van zijn plotselinge nabijheid, dat dikke zweethoofd. Hij snuift. 'En raad eens waar-ie dat in gestopt zou hebben? Dat geld? Raad eens?' Triomfantelijke blik, koning van de dorpspomp...

Ik heb geen idee natuurlijk.

'In een sok!' Hij proest het uit. 'Marshallgeld in een sok onder je matras! Hoe verzin je het! De hele wederopbouwpot van Mortel... Dat wil zeggen: wat er van over was, hè...'

Hij heeft het niet meer, staat te schuddebuiken met dat glanzende glas, dat hij voorzichtig wegzet, hè, hè, tranen in zijn ogen. 'Hoe verzin je het...' Even uitpuffen... 'Oeioeioei...' Hij bet zijn ogen met zijn glazendoek en herneemt zich. 'Maar niks van waar natuurlijk. Geen stuiver. Het schijnt dat die Italianen alles in mekaar hebben getrapt, tot de plee aan toe.' Hij schudt zijn hoofd bij de gedachte.

Ik probeer me koortsachtig te bedenken wat ik eigenlijk heb gezien. Wat heb ik gezien? Broer sprintte ernaartoe. Ze waren aan het vechten. Sprong hij ertussen? Ik weet het niet. Ik rende de andere kant op. Soms weet je niet wat je echt hebt gezien en wat niet. Soms weet je niet wat waar is of wat je hebt gehalfdroomd. Tol van het slechte slapen. Broerlief... Heeft hij...? Ik glimlach naar de waard. Niks aan de hand, vriend.

'Perrer is hier vanochtend weggegaan,' zegt hij. 'Ik heb alles aan de adjudant verteld, hoor. Ze weten ervan.' Hij knikt naar de barleuner, ernstig nu. 'Hij ging zijn noodlot tegemoet.' De waard schudt zijn hoofd, geraakt door de dramatiek van zijn eigen woorden. Hij haalt zijn schouders op en zucht nog eens diep, kijkt mij aan. 'Volgens de buren is er ruzie geweest op straat. Tja, jongen. Pik en poen, daar is het al om te doen. Al dat driftenvolgen. Ik heb er mijn nering aan, 't is waar. De zwakke mens... Maar het leidt tot niks goeds. Het leidt tot geheimen en chantage. En kijk nou eens. Op de ochtend van de kermis...'

'Had-ie een messteek?' vraag ik nog eens op de man af. 'In zijn, nou ja, in zijn buik? Onderbuik...?'

De waard peilt mij van onder zijn zware wenkbrauwen, rimpels in zijn natte voorhoofd. 'Er zijn er die menen ook jullie te hebben gezien. Jou en je broer. Rennend over het kerkplein, vanochtend, kan dat? De melkboer, op zijn melkbussenrondje.'

Ik maak een ongedefinieerd geluid, bedoel een schamperlach, maar het komt er toch meer geschrokken uit. 'Wij zaten thuis,' zeg ik. 'Met onze weekloners... In werkoverleg! Hier over het kerkplein, dacht-ie dat, die melkrijder?' Ik hijg als een stier van Van Poppel.

'Klompen maken een hoop kabaal,' zegt de waard en hij richt zich weer op een nieuw glas. Hij zucht. 'Het is toch goddomme wat. Arme vent. En waarom?

Om een sok geld? Omdat-ie het wel spannend vond met een Italiaan? Is dat alles? Zijn geheimpje? Daar zet een man zijn geld en zijn waardigheid voor op het spel. Begrijp jij het? Hoe lang zijn die Italianen trouwens al in de streek? Eén jaar? Twee? Maar ze spreken nog geen woord Nederlands, hoor, die jongens.' Hij veegt zijn handen aan zijn schort. Komaan, over tot de orde van de dag. 'Ze hebben ze nog niet kunnen verhoren. Maar dat komt vanzelf. Daar zorgt Fritz hier wel voor.' Hij geeft me een knipoog, schenkt een kop koffie in en poot hem op de bar voor onze vriend de calamiteiten-agent, die onbewogen blijft staan wachtleunen. We schieten er allebei van in de lach, ik geef toe, ik meer van de zenuwen dan hij.

'Geef me nou toch maar wat te drinken,' zeg ik. 'Ik kan het wel gebruiken...'

'Ha, nee hoor,' zegt de waard, vriendelijk maar beslist. 'Vandaag niet op de pof. Want wie gaat dat betalen dan? En de opdrachtgever ligt zeker op het kerkhof...' Hij moet er zelf om grinniken, om zijn mopje, zijn woordspeling.

Ik haal mijn schouders op. Dan maar niet. Godverdomme, zeg, die broer van mij... Die hele grote stommeling... Met zijn grote bek. Wie is hier nou de driftenvolger... Zo vader, zo zoon...

'Zeg, ik weet niet waar die broer van jou zit,' zegt de barman. 'Maar hij moet zijn meisje terugbrengen. Van Poppel stond hier net.'

X

Er zitten in het café doorgaans wel meer piekeraars aan de bar, niemand die me vreemd aankijkt. Een goeie plek dus om eens wat zaken te overdenken. Ten eerste het geld. Hoe kom ik aan poen? Ten tweede Broer. Ik moet naar hem toe, moet ik naar hem toe? Zeker met die waard pal voor mijn neus die alles weet en hoort en ziet. Voorlopig maar even blijven zitten. Ik moet mijn gedachten ordenen. Maar het liefst zou ik er eens goed de brui aan geven. Wat als ik ook zou zeggen: ik laat het zitten. Goddomme... Lekker pierewaaien. Prachtig toch? Geld? Geen idee! Broer? Lang niet gezien!

Broer zou zeker zeggen: daar ben je te schijterig voor. En te gedienstig. Je bent een laffe zak en dat zul je altijd blijven. Nou, hij zoekt het maar uit, nietwaar? Met zijn brokken. Zijn onvolwassen gedoe. En ik maar rechtbreien. Handenwrijvend als een winkelier, wij menen het niet zo, heer, zeker niet, zeker niet, kan ik u een korting bieden? Die onbehouwen idioot met zijn stoere mes. Nou zie je wat ervan komt. Godver. Dan draagt-ie de gevolgen van zijn handelingen maar zelf. Niks 'jullie', niks 'ons', er is geen 'wij'. Precies wat meneer pastoor zegt. Naar onze daden worden we beoordeeld. Individu voor individu. Hij zoekt het maar uit. Oog in oog met de voorzienigheid. Gaat-ie toch bij moeder uithuilen,

Prinsje. Dan kan ik hier ook eens lekker blijven zitten, geen geld, geen problemen, gewoon een beetje kijken naar de kermis, altijd wat te zien!

Ik denk aan het bombardement. Sommigen beweren dat het een wraakactie was van de Duitsers. Anderen in het dorp zeggen nog steeds dat het de Engelsen waren die te vroeg op hun knopje drukten, maar Broer en ik weten zeker: het bombardement was bedoeld voor ons, overlopers, zonen van een overloper, voor ons en voor niemand anders, maar de bom was per ongeluk op het huis van de familie Rooyakkers gevallen.

Met die overtuiging stonden wij naar dat huis te kijken, naar de kamer van het zusje van Theo en naar die grauwe lap, die zijn moeder bleek te zijn. En precies zo stond ook moeder te kijken. Het was daarom dat ze in paniek raakte, dat we het op een rennen zetten, dat ze ons over de dijk door de blubber van de uiterwaarden sleurde: die bom was bestemd voor ons, God zelf had hem gesmeten van hoog uit Zijn hemel, maar ons rakelings gemist. We waren op de vlucht voor God zelf.

Dus dat Broer me een paar dagen nadat we terug waren van onze idiote vlucht 's nachts wekte om me medeplichtig te maken aan zijn zeer geheime plan om juist dat opengereten huis binnen te gaan, om te gaan zoeken naar een 'schat', zoals hij dat noemde, was niet minder dan de hoogste vorm van godsverachting. Een gebombardeerd huis, en dan nog wel een om onzentwille gebombardeerd huis, waar de wrekende dood nog in rondwaarde... Het was alsof hij voorstelde om in te breken in de grafkelders onder de sacristie van de Grote Kerk in Schenk, en de heilige ringen van de beendervingers van ontslapen geestelijken te gaan peuteren. Mocht moeder van ons plan op de hoogte zijn gekomen, ze zou zich driehonderd dagen voor Zijn Aanschijn hebben gegeseld en ons in een jezuïeteninternaat hebben gedaan en jarenlang in het zwart zijn gaan lopen, als moeder van twee jonggestorven kinderen.

'Je bent gek,' zei ik toen dus tegen Broer, maar hij stapte al de deur uit. En het einde van het liedje was dat ik achter hem aan door die grote scheur in de muur stapte en de verbrande en nog smeul-stinkende grond van de hel zelf betrad, trillend van spanning en ongehoorzaamheid, een smaak die Broerlief allang te pakken had, maar die voor mij nieuw en ongeproefd was, de smaak van misdadigheid, van zonde tegen God zelf.

'Misschien ligt er wel een lijk,' zei Broer terwijl hij grimmig door het puin stapte. 'Van Theo...'

Ik huiverde en bleef als een schaduw achter hem.

Zo stapten wij onze eerste doodzonde in, Broer nog mank van de verzwikking, maar vastbesloten deze stappen te zetten, voorbereiding op zijn latere weglopen van thuis, op het losweken van de beklemmende liefde van moeder, zijn manke passen de volwassenheid in.

Wat we vonden was niet spectaculair, tot er op een goed moment, in de kamer van het zusje van Theo, iets opblonk uit het puin, net genoeg aangelicht door de gaslampen aan de dijk om de glans te doen opspringen, tegelijk met ons avonturenhart.

Daar, in die nieuwbehangen en nieuwverbrande

meisjeskamer vond Broer tussen de stenen en rommel zijn behangersmes. Het kleine handvat en het grote glimmende lemmet. Scherp was het mes niet, maar de schat was het wel en Broerlief fluisterde de plechtige woorden: 'Ziehier ons geheim, en al wie er iets van aan moeder verraadt sla ik zijn ballen eraf.' Hij wiekte er stoer mee door de lucht, voelde tevreden het gewicht en stak het achteloos achter zijn riem, als een ervaren piraat, als de schooier die vanaf dat moment definitief in hem was ontwaakt, die altijd al diep in hem had gezeten, daar hadden ze in het dorp natuurlijk gelijk in, en die ook diep in mij geworteld zat en eens zou ontwaken. Schooiers waren we, eens een schooier, altijd een schooier, en hier was de bestendiging ervan, de schat van Mortel.

Onnodig te zeggen dat moeder het mes vond en ons ter verantwoording riep. 'Heb ik me dan een moordenaar in huis?' brieste ze. In de kerk was haar voor de voeten geworpen dat een van ons 's nachts op straat was gezien. De verontwaardiging waarmee ze die krenking had gepareerd kwam nu op ons terecht. We zaten aan tafel, maar gegeten werd er niet. Broer en ik aan de ene, moeder aan de andere kant en midden op tafel lag het mes.

Het was lang geleden dat we haar zo fel hadden gezien, sinds het voortsluimeren van haar ziekte was het niet meer voorgekomen dat haar ogen zo fonkelden, haar huid strak, het was niet moeilijk ons voor te stellen hoe ze als jong meisje een schare bewonderaars moest hebben gehad.

Broer en ik zwegen als het graf. Broer keek op zijn

vingers en krabde vuil van onder zijn nagels vandaan en ik keek naar beneden, naar mijn klompen op de plankenvloer met daarop de vlekken van ons en van alle vorige bewoners van dit krot. Iedereen zet zijn eettafel altijd op dezelfde plek, dacht ik.

Het viel oorverdovend stil. Het mes blonk schitterend, als bewijsstuk nummer één.

'Wie heeft dit gestolen!'

'Ik heb het niet gestolen,' schreeuwde Broer uit. 'Ik heb het gevonden!'

'Gevonden!' kaatste moeder. 'Een fonkelnieuw mes! In welke winkeletalage moet dat zijn geweest waar je dat midden in de nacht moest vinden?'

Broer barstte in tranen uit, maar het waren de woedende tranen van iemand die ten onrechte wordt beschuldigd en zich tegelijkertijd schaamt voor zijn tranen. Al die tijd zei ik geen stom woord. Ik keek naar mijn klompen.

'Ik heb het eerlijk gevonden. In het huis van Rooyakkers! Het is van mij!'

'Ben jij in het huis van Rooyakkers geweest?!'

Ik sloot mij af en verdween in mijn melkwitte zwijgen, de witte wanden sloten zich om mij heen, de schreeuwende stemmen van moeder en Broer werden dof en verdwenen naar buiten, ik concentreerde mij op mijn adem.

Ontwaken deed ik pas toen Broer opsprong en de tafel een duw gaf. Moeder wankelde op haar stoel en viel bijna achterover. 'Hoer!' schreeuwde hij. Hij veegde zijn mes op de grond, sprong op en stormde de deur uit, die opensloeg en piepend nawiegde in zijn scharnieren. Ik zat ernaar te luisteren, misschien

168

net zo geschrokken als zij, die ook in stilte bleef zitten, en voor zich uit keek. Ze had rode ogen, haar lip trilde. Ze streek haar rok glad, knipperde, wreef haar vuist over haar arm.

We zijn samen in het huis geweest, wilde ik zeggen, maar ik zweeg. Het was toch ook zijn idee geweest, dacht ik nog, maar ik schaamde me voor die gedachte.

Alle energie, die zo-even nog in haar gevaren was, was weg, ze was veel ouder plotseling, doodmoe. 'Ik ga naar bed,' zei ze, maar ze stond niet op.

'Ik ga hem wel zoeken,' mompelde ik, maar ik geloof niet dat ze me hoorde toen ik opstond en de deur uit sloop, zacht op mijn klompen over de planken, zacht met de deur, alles gedienstig aan mij, mijn hoofd bonkte. Bij de drempel raapte ik het mes op en ging ermee naar achter de schuur, waar Broer zat, op de grond, met opgetrokken knieën.

'Verraaier,' zei hij. 'Lafbek.'

Ik heb toch niks gezegd, wilde ik zeggen, maar ik zweeg. Verraad is niks hebben gezegd. Laf is zwijgen. Ik gaf hem zijn mes. 'Hier,' zei ik.

'Ik moest je ballen eraf slaan,' mompelde Broer. 'Jou vertrouw ik in ieder geval nooit meer.'

Achter me begint het café nu goed vol te stromen. Het is de eerste lading kermisvierders, die met de vroege pont van 't Zand zijn overgestoken. De grote oversteek, hier is een jaar lang voor gespaard. De stemmen zijn opgewonden, de bestellingen triomfantelijk. Elke boerenzoon, hoe karig ook de aardappeloogst van het seizoen, heeft een jaar bij elkaar gespaard, het geld in de broekzak. Hij is op missie. Het is pure investering, hier gaat de boerenzoon zijn bruid zoeken met wie het bedrijf zal kunnen worden voortgezet, boerin en koters, tot in lengte van hectaren. Hier gaat een jaar sparen worden ingezet, het is hoog spel. Alles of niets. De kinkels hebben zich in hun zondagse pak gehesen, al is het pas vrijdag, en zullen daar niet meer uit stappen tot zondag vlak voor de biecht, en liters drank verder. Hier zal wat moed worden ingezopen, voor het jaarlijkse bal, de kans van de boerenzoon op een meid, op een toekomst, het is die droom waarop de kermis tiert, waarop De Gouden Leeuw tiert, waarop het geld rolt. De waard poleert gelaten zijn glazen en velt geen oordeel.

Over een uur of twee zal dit café een grote dampende lichamenmassa zijn, wat zeg ik, één groot stomend lichaam, dat host op oorverdovende muziek uit de grote speciaal voor de kermis neergezette speakers. De paringsdans van Mortel, bier en plezier per meter. De brigadier heeft zijn bullen gepakt en gaat waarschijnlijk op het bureau verder met zijn onderzoek. Het wordt hier te onrustig. De tafel is weg, het biljart wordt afgedekt met een zware plank en een dik bierdicht zeil. De komende dagen wordt er niet gebiljart. Er wordt gegokt, met geld, en geschaakt, met mensen.

Ik kijk om me heen en denk aan Perrer. Hoe vluchtig alles is. Daar staan de boerenkinkels, hun kaken gladgeschoren, opgedoft als strontbloemen, vol verwachting en zenuwen, klaar om hun kansen te grijpen, als ze maar genoeg moed bij elkaar gezopen krijgen.

En ik zit hier zonder poen. Dat zal me wat gedoe geven met die jongens, straks, maar hé... Dit is toch werkelijk overmacht, of niet soms? Een moord! Daar zou het calamiteitenfonds zelfs mee instemmen, hadden we de afgelopen jaren contributie betaald. Ik schiet in de lach. Maar het is toch een melancholieke lach. Die Perrer... Godverdomme zeg.

De waard schuift me ineens een Beerenburg toe. 'Voor de tranen, kerel,' zegt hij. Hij geeft me een vaderlijke knipoog. Vaderlijk, vaderlijk... Ach wat, hij heeft van de eerste serie bootpassagiers al genoeg omzet voor twee maanden nering. Op drie dagen kermis maakt hij zijn volledige jaaromzet, dat is bekend. Daar kan best een Beerenburg vanaf. Ik proost naar hem, die krent, en sla dat glas in één keer achterover. Zo. Die komt aan. Op tien minuten slaap en een lege maag... Zat ik blijkbaar te janken. O ja? Dacht-ie dat of zag-ie dat, die mensenkenner? Echt, meneer pastoor zou hier eens wat vaker moeten komen. Die kan zijn soutane uitlaten. Mensenkennis, dat is troost voor heel de wereld, daar hoeft-ie geen kostuum bij aan. Zijn toneelstukje met potjes en zalfjes en heilige praat kan-ie achterwege laten. Gewoon echt kijken.

Die Beerenburg brengt me in een roes, ik trek mij terug, al dat geregel en geplan, al die controle, al die toekomst die moet worden veiliggesteld, ik laat het varen – het vaart weg, zacht dobberend over een rimpelloze rivier. Als een vuilnisboot vol geregel en verantwoordelijkheid, zorgen en angst. Daar vaartie, hij drijft weg, stroomopwaarts... Ik zucht diep. Er bestaat geen tijd, de ruimte wordt wit en stil, alleen mijn eigen ademhaling is nog hoorbaar, stille regel-maat.

Toen Broer hem gepeerd was naar zijn vreemdelin-genlegioen kreeg ik moeder weer over me heen. Ze fulmineerde. Wat ik wel dacht haar zo te belazeren! We zouden haar dood nog worden met al die rotzak-kerij. Ze wreef zich driftig over haar dunne armen vol blauwe plekken en wond zich veel meer op dan gezond voor haar was. Ze raakte buiten adem en stond te trillen van moeheid, of van woede, of alle-bei. Ze moest even gaan zitten, ik hielp haar op een stoel, maar ze weerde geïrriteerd mijn handen af. Mij rekende ze het nog het meest aan, zei ze. Ze had wel meer verantwoording verwacht. Naar hem. Of naar haar! Gevoelloos! Toen begon ze ook nog te huilen, daar was die dappere broer van mij ook niet bij...

Ik open mijn ogen en kijk nog eens naar die agent naast me, maar in zijn plaats is daar ineens een meis-je verschenen. Oeps... Ze begint hartelijk tegen me te praten, boven de muziek uit. 'I mean you were asleep,' roept ze met een Frans accent. Ze is een van de meisjes van over de grens, begrijp ik na een paar zinnen, als ik langzaam weer terugkeer naar de echte wereld, naar De Gouden Leeuw, de kermisherrie. 'Were you a priend of monsieur Perrer?' roept ze in mijn oor. 'He comes every night. He meets with the Italians.' Ze legt haar hand op mijn been.

Ik glimlach allervriendelijkst naar haar, een beetje spijtig. Ik heb wel eens een meisje gehad, wil ik zeg-gen, maar ik weet zo gauw niet hoe dat in het Engels gaat, of in het Frans. 'I have no money,' zeg ik dan maar.

Abrupt trekt ze haar hand terug en kijkt mij fel aan. Ik zie haar denken: met de eerste pont van 't Zand naar de kermis komen zonder poen? Het is ook ongeloofwaardig, vanuit haar standpunt bezien. Maar ja, bekijk het eens vanuit mijn standpunt, wat is er dan niet allemaal onrechtvaardig. Ha! Het leven is niet rechtvaardig, zo is dat.

Het aardige meisje voegt me een paar snedig klinkende Franse woorden toe, scheldwoorden waarschijnlijk, en weg is ze.

Ach, ik geef haar geen ongelijk. Ze kan haar tijd niet verdoen aan een schooier zonder poen. Dat kan alleen ik. Mijn tijd verdoen aan een pierewaaier. En ziehier het resultaat: aan de bar zitten zonder geld. Dat is toch wel heel treurig. Alles is economie, tenslotte. En als je toevallig niet een Marshallpot tot je beschikking hebt moet je het allemaal zelf maar zien op te brengen. Daar zal Broer ook nog wel achter komen. Als-ie zijn meisjes niet meer met de door Perrer betaalde cadeautjes zijn slaapkamer in kan lokken. Kijken wat er dan overblijft van de liefde. Ha! Of-ie het dan nog steeds zo oninteressant vindt, geld. Ik haal mijn schouders op. Voor me staat alweer een nieuwe Beerenburg. Van die heilige Sint-Christoffel, die mij op zijn nek de rivier over zal dragen. Amen en proost.

En wat nou als Perrer eens niet de vader is van Broer, bedenk ik mij ineens. Zou dat ook nog kunnen? Dat-ie zich in zijn onbezonnenheid heeft vergist, met zijn halve luisteren. Wie weet wat moeder echt tegen hem heeft gezegd? Hij luisterde toch nooit naar haar? Wie weet was-ie al in slaap gestreeld, die diepslaper, en droomde hij maar wat. Kwam daar een verhaal uit. Of het komt uit de dromen van de barman, weet je veel. Er wordt wel meer geroepen. Sommige hardnekkige roddels... Hoe moet die waard alles weten? Hij ziet het heus niet allemaal even scherp in zijn kristallen glazen, in zijn glazen glazen... Hij komt nooit van zijn plek. Zit vastgegroeid aan het beschimmelde hout van het doornatte vloertje achter zijn biertap, hij is zelf een reusachtige zweetdruppelende cafézwam. Hoe moet hij weten wat-ie weet? Hij heeft het allemaal maar van horen zeggen. Van de mannen die hier aan de bar hangen, zeker? Van hun dronkenmanspraat? Iedereen die iets van horen zeggen heeft, kan ernaast zitten. Moeder dacht ook dat ik wel meer wist van dat vreemdelingenlegioen. Echt, ik heb die plaatjes nooit bekeken, die fantastische onzin. Zo zit de hele wereld vol misverstanden. Vader is naar Duitsland gegaan om te werken voor de Arbeitseinsatz. Klaar. Voor ons deed-ie dat, in 1942. Zo is dat. Hij is een oorlogsheld. En wij, wij zijn zijn piepertjes, die het familiebedrijf groot zullen maken! Godverdomme! Ik neem nog een slok Beerenburg. Het zijn maar kleine glaasjes: één slok en het is leeg.

Voor ik me verder kan verdiepen in de afweging van de verschillende werkelijkheden, word ik ruw gestoord door de derde werkelijkheid: de deur van het café vliegt open. Daar komt de coöperatie binnen, met voorop Mister Herrelbieck, voor de gelegenheid heeft hij weer eens gedurfd om zijn cowboyhoed op te zetten. Hij is omringd door Amerikanen. De praalwagen van de dorpseconomie, Herrelbieck, met zijn succesvolle piepers (die van vader), wereldwijd vermaard! Hij brengt nu dus zelfs de Amerikanen mee, wat een heldendaad! Die zullen hier hun geld wel komen investeren, vast en zeker, en ons hun geluk brengen! Hun penetrant nasale stemmen priemen door de roezemoezige ruimte, duidelijk andere types dan wij, dat volk, met een heel wat onbescheidener geluid, minder zacht dan dat van ons, onmiskenbaar aanwezig, maar hé, het zijn onze redders, waar of niet? Nu komen ze ons weer redden, met hun nieuwe technologie, met hun combi. Het is een gelikt en gladgeschoren stelletje, dat een nieuwe afzetmarkt komt creëren in hun bevrijde Europa. De Nieuwe Marshallpot! We worden opnieuw gekoloniseerd. Halleluja!

Daar verschijnt ook Van Montfoort uit het groepje. Hij heeft me zien zitten. 'Hé sloper,' zegt hij joviaal. Zijn ogen blinken. Hij zit al op een halve snee. 'Een van je mannen is vanochtend begonnen de fundamenten bij mijn schuur weg te bikken. De beerput! Die is niet vies van een beetje stront, hè? Wat een mentaliteit, kerel, op de dag van de kermis nog aan het werk! Chapeau! Kom je ook naar de combi kijken?'

Hij stelt me aan een van de Amerikanen voor, in zijn beste Engels. 'These guys,' zegt hij en hij wijst op mij. 'These guys are sloping very good. Very good slopers. They need a bulldozer.'

De Amerikaan kijkt met opgetrokken wenkbrauwen naar de boer en dan wantrouwig naar mij.

'I have no money,' zeg ik verontschuldigend.

Maar dat blijkt nou eens een goeie Amerikaanse grap. Hij barst in lachen uit, een schaterende rij parelwitte tanden, bam, zonder waarschuwing, recht in mijn gezicht. 'Gary!' roept hij en hij wenkt zijn landgenoot. 'This guy is funny. He wants a bulldozer, but he has no money!'

Hij slaat me op mijn schouder als de andere Amerikanen ook in lachen uitbarsten. Ze staan met zijn allen om me heen te lachen. We zijn meteen dikke vrienden. Zo zie je wat in Frankrijk een belediging is, kan in Amerika een prachtmop zijn.

'Well, that's just what we came all the way down for!' roept Gary. 'For guys like you! Who like to have a bulldozer. With no money!' Het gezelschap buldert van het lachen, moppen over geld, in alle culturen grappig. No money, no money, begint het in de groep Amerikanen te klinken, als een refreintje. Het duikt steeds weer in de gesprekken op.

'Hey, No Money,' roept er een naar mij. 'Can I buy you a drink!' Luid gelach.

'Oke,' zeg ik en ik haal mijn schouders op. Weer zo geestig.

'Bartender! Get No Money a drink!'

Iedereen is vrolijk. Bier! wordt er geroepen, op zijn Amerikaans. 'Beer!' Er worden vingers in de lucht gestoken voor de aantallen. Voor mij staat alweer een nieuw kelkje Beerenburg te trillen. De kermis is begonnen.

De Amerikanen om mij heen en Van Montfoort er glunderend tussen. Aan een van de Amerikanen begint hij uit te leggen waarom Mortel de beste plaats is om in te investeren. Hoe de rest van Nederland ingepolderd is, en onder de zeespiegel ligt, dus eigenlijk. Dat gaat hem niet gemakkelijk af in het Engels.

'In the rest of the country,' roept hij, 'are the ships higher than the trees!' Met zijn handen geeft hij het niveauverschil aan tussen grond- en waterpeil. Hij peddelt door de lucht. Het ziet eruit als een vreemd soort bezwering. De Amerikaan kijkt hem vrolijk aan, 'Yeah man!' zegt hij. 'The ships are higher than the trees. You like to smoke?' Het wordt verdorie gezellig hier. Er verschijnt nog veel meer bier en Beerenburg. En dat op tien minuten slaap. Ik drijf er zo op mee, op die Amerikaanse droom.

'Hey, No Money! Can you drive a bulldozer?'

XI

Als we de deur van De Gouden Leeuw uit stommelen
staan we ineens midden op de kermis. In volle luister! Dat is schrikken, en zelfs de Amerikanen staan
er schaapachtig bij te lachen, terwijl die toch wel wat
gewend zijn aan vuurwerk en show, zou je zo zeggen.
Maar ze staan al net als Herrelbieck en Van Montfoort te grinniken, nog op de veranda voor het café,
en ik grinnik mee. We hebben natuurlijk wel wat op,
maar evengoed is het ook iets ongelofelijks wat we te
zien krijgen. De lampen, de kleuren, de muziek, het
is gewoonweg te veel voor je zintuigen, een enorme
taart van herrie en licht is het, die daar midden op de
kasseien van ons kerkplein is opgetuigd. We staan er
met net zulke grote ogen naar te kijken als de boeren
van de coöperatie, in hun beste kloffie, of die jongeren op hun brommers verderop bij de botswagentjes,
iedereen kijkt zijn ogen uit.

De kerktoren priemt er donker en zwijgend bovenuit, Gods vermanende vinger, maar dat kan vandaag
niemand wat schelen. Kom op, het is kermis, er gaat
gevierd worden. Naar de botsauto's, de schiettent, de
tombola.

Tararaboemdiejee, eindelijk is-ie daar, de kermis.
Van heinde en verre zijn de boeren gekomen naar dit
spektakel, waar het hele jaar naar is uitgekeken, Mortel tien jaar bevrijd, het staat op de borden gekalkt in

alle talen tegelijk, FÜR KINDER Y PARENTES, ver-
broedering der Naties, voor jong en oud, voor sterk
en zwak, mooi en lelijk, goed en fout. De grootste
kermis in de streek, dit jaar voor de tiende keer, Mortel Vrij, het dorp staat op zijn kop.

'Kom op!' schreeuwt Herrelbieck en we werpen
ons erin, in de uitgelaten menigte, onze harten al net
zo vol als de harten van allen die daar staan te gapen
naar de prijzen van de schiettent, met hooggespan-
nen verwachting, de ogen glanzend in die zee van
licht en kleur, guirlandes van lampen, reeksen, ze
flitsen, aan, uit, flikkeren nog door op ons netvlies,
in ons hoofd, onze oren zijn al vol van de stampende
en schetterende muziek, carrousels vol trompetten
en dreunen, alles wervelt door elkaar, klimt boven
op elkaar, probeert elkaar te overstemmen, uit mans-
hoge speakers dreunt het, en sirenes gillen het begin
van een nieuwe ronde, luchtalarm op luchtalarm,
het een nog doordringender dan het ander, waarover-
heen de mensen schreeuwen, geld in de knuisten,
naar elkaar, naar de uitbaters: 'Hela! Tien muntjes,
twintig! Vijftig!'

De machines, de rillende aggregaten, die de boel
moeten laten draaien en zweven en wervelen, staan
te stampen, dampend, brommend, dreunend, komen
op kracht, suizend, sissend, 'Kom op, mensen, waag
eens een gokje, drrraaien, drrraaien, drrraaien voor
het geluk, blijf daar niet staan, laat je meenemen, optillen, door elkaar schudden, uit elkaar trekken, het
is kermis!'

De lucht zindert en trilt, onze neuzen vullen zich
met vet en zoet, de geur van oliebol en suikerspin,

de geur van geluk. We komen langs de zuurstokken-kraam waar er al één zijn maag staat leeg te kotsen, terwijl zijn maat staat te pissen achter tegen de tentzeilen, en dan gaan ze weer, op naar de volgende attractie, ze stommelen tegen elkaar op, krijgen ruzie en slaan elkaar op de bek, spugen hun bloedfluimen uit op de keien van het kerkplein, de feestvloer, vol vuilnis en patatzakken, uitgesmeerde mayonaise en bier.

De lucht is ondertussen flink betrokken geraakt. De tentzeilen van de attracties beginnen te klapperen en de baas van de schiettent knijpt zijn prijzen met extra wasknijpers vast.

Ik laat me met de Amerikanen en de coöperatie meevoeren over het kermisterrein naar het grasveldje aan het eind, waar die grote en geweldige combi staat opgesteld. De demonstratie! We wringen ons door de mensenmenigte, die met de glinstering van eeuwen in hun ogen betoverd staat, vervuld van de muziek, de kleuren en de bakluchten. Honger en verlangen. Niemand ontzegt zich iets. Geef hier, het geluk, grijp ernaar, eis het op! Bij de tombola is het zelfs te koop, in kaartjes van vijf cent per stuk!

Van alle kanten worden ons de aanbiedingen toegeschreeuwd, van vijf keer schieten voor de prijs van drie tot de grootste suikerspinnen van Europa! Op de stroom van die rivier van felle kleuren, scherpe geluiden en vette geuren worden we door de kermis geduwd, wij kinkels, drollen in een Mieze van licht. Baken is de hoed van Herrelbieck, zolang niemand hem van zijn kop slaat hoeven we elkaar niet kwijt te raken.

Eerst gaat de parade langs het gedeelte voor de kinderen en de moeders, voor aan de kermis. De draaimolen met zijn schetterende orgel voor de allerjongsten en de botsauto's voor de knaapjes en snolletjes. Terwijl de jochies uitmunten in achteloze botsingen staan de snolletjes er fel geverfd en kauwgum kauwend omheen, verveeld mee te knikken op de knijterende beatmuziek. Als zich af en toe zo'n grietje met haar vriendin in een wagentje waagt, duiken een paar jochies erbovenop, ze rammen hun wagentjes zo hard mogelijk op het karretje van zo'n meisje in, dat zich theatraal gillend aan haar kapsel vasthoudt, alles oefenen voor later.

Verderop komen we langs de attracties voor de oudere jongeren, die alle dagen al op hun trekker zitten en voor wie zo'n botsautootje zijn charmes heeft verloren. De centrifuge bijvoorbeeld, wie nog niet misselijk was mag het worden, laat je maar eens lekker uit jezelf vliegen, alleen voor sterke magen, pal naast de oliebollenkraam met het oudste vet van het westelijk halfrond, ook alleen voor de sterkste magen. Hier wordt geschreeuwd, daar gegild, het spookhuis staat er eigenlijk verkeerd tussen. Het gruwelt meer van zichzelf dan de mensen die erin gaan en er licht teleurgesteld weer uit komen, dit is meer een attractie voor vrouwen van adel, niet voor de boerendochters die dagelijks de ingewanden van hun mollen in mollenklemmen uitgeperst zien worden en die vlak voor de kermis nog het wintervarken hebben geslacht. Als je daar de ingewanden uit hebt (beginnen met een borrel tegen de stank) dan zie je niet op tegen een oliebol in de vetste kraam van de bevrijde wereld en doet het spookhuis je ook helemaal niets meer.

Onze optocht trekt maar heel gestaag door de mensenmenigte. Er komt wat volk de kermis op gestroomd, in groepen van honderdvijftig per overtocht met de pont overgezet. Schenk moet uitgestorven zijn. Iedereen loopt hier. Maar het is dan ook een grotere kermis dan ooit, voor iedereen, alle generaties komen aan hun trekken, van de schiettent, de boksbal en de zweefmolen voor verliefde stelletjes tot de gokkasten en grijparmen voor de volwassenen, die niks meer moeten hebben van een beetje zweven, maar keihard poen willen vangen. Dat ze daarmee hun poen juist verliezen is weer een wijsheid voor de alleroudsten, voor wie achterin een hoek met rariteiten en spiritisten is ingericht. Hier kan zelfs contact gezocht worden met de doden, door een zigeunerin met snor, en allerlei andere rariteiten worden er opgevoerd, ter vertroosting van het eigen misvormde leven, onder het motto: het kan altijd nog erger. Dwergen vechten tegen de Sterke Man en natuurlijk is er de Dame met de Twee Geslachten, voor Volcker en de zijnen. Het is nog vroeg maar er staat al een flinke rij. Alleen voor de allersterkste magen...

Terwijl we ons met de Amerikanen verzamelen op het stormveldje naast het kerkplein, in de omstortradius van het reuzenrad, begint brullend en sissend de Laragna zich te verheffen. Stoom spuit onder hem vandaan als hij traag begint te draaien, zijn poten gaan schokkend omhoog, maaiend door de lucht. In de bakken aan de uiteindes klinkt al het opgewonden gegil van wie zich in de monsterattractie hebben gewaagd, het monster van de nieuwe tijd, harder, hoger, gevaarlijker, daar komt-ie op stoom en begint te wervelen, suizend door de lucht, een brul ontsnapt aan de speakers als krijsende stemmen voorbijscheren, een menigte staat bleek toe te kijken, grote ogen, angst en verlangen, altijd weer de twee-eenheid waar de kermis op draait, die vet grinnikend als Dionysos zijn kassa laat rinkelen op de oudste drijfveren van de mens: angst en verlangen.

Prachtig hoe dat nieuwe beest glimt en glanst, fonkelnieuw staal. Maar het is natuurlijk wel hetzelfde staal als waarmee ze in het oosten hun bruggen bouwen, zoals de brug bij Koblenz, wie herinnert het zich niet, die een paar jaar geleden plotseling is ingestort. Metaalmoeheid... Nu nog glimt het staal tussen de andere attracties als een metalen kies in een oud gebit, maar het is de vraag hoe lang het zal duren voor een van die bakjes er ineens, in volle vaart rondzwierend, met gillende jeugd erin, vanaf breekt en wordt gelanceerd en tegen het herdenkingsmonument aan gruzels slaat. Een van de verschrikkelijke gebeurtenissen waar de geschiedenis haar ijkpunten aan heeft. Wanneer? De metaalmoeheid? Over vijf jaar? Of tien? Als de nieuwe tijd alweer de oude tijd is en de toekomst is heden en wat nu blinkt en glimt en vol belofte is blijkt dan weer eens een van de tragische vergissingen uit het verleden?

Ik moet erom glimlachen. De toekomst! Die ziet er maar wat rooskleurig uit! Ook al kan het sommigen niets schelen, mij kan het wel wat schelen. Kijk maar eens naar de combi. Op een wit podiumpje met speciaal een paar lampen eraan vastgeklemd, alsof het de presentatie is van de nieuwste Lamborghini, en met een viertal eindeloze en door de La-ragna overstemde, maar bovendien verwaaiende toe-spraken van burgemeester, wethouder, Amerikaan (in welwillend maar onverstaanbaar Amerikaans) en ten slotte Herrelbieck zelf, wordt de spanning ten top gevoerd. We staan met z'n allen te rillen van de kou, onze overalls aan de kraag dichtgehouden, maar de stemming zit er toch al wel in, dus het feest kan beginnen.

'Kom nou maar op met dat ding,' roept er een, die nog moet melken en voor die tijd nog fors gezopen wil hebben. Daar gaat-ie dan. De burgemeester en wethouder doen een stapje terug als een van de Ame-rikanen naar voren stapt.

Het moet gezegd, dat in het licht van de enorme verwachting die hier is gewekt, al sinds enige we-ken, de grote gele combi een nogal ontnuchterend lomp geval is, dat blijkt meteen als die Amerikaan het grote zeil eraftrekt en daarmee de belofte van de eeuw onthult... Het ding heeft bepaald niet de sier-lijkheid van de Laragna die achter ons door het lucht-ruim scheert. Het lijkt meer op een groot uitgevallen droogkast die niet precies in zijn vorm zit. Er steken wat slangen uit en messen en onderaan staat het ding te wankelen op een paar flinke tractorwielen. Het lijkt wel een door een achterlijk kind in elkaar gezet stuk speelgoed, en dat meer dan manshoog.

Uit de boerengelederen klinkt wat geschamper op. Moet dat het zijn? De verlosser? Met hoeveel paar-den moeten we die monsterlijke kast over de akker sleuren? Dat zal me een gehobbel geven. Het ziet er niet naar uit dat ze op deze manier met z'n allen met hun armen over elkaar kunnen gaan staan geld verdienen, de droom van de nieuwe tijd. De boeren hebben wel vaker een maaimachine gezien, heel wat welgevormder ook, hebben ze dit helemaal per schip laten overvaren? In de Mieze met dat stuk roest! Weg ermee! Wat een misbaksel!

Men weet hoe snel het kan gaan met een volk voor of een volk tegen, en zeker met de nodige drank op kan een grote droom (geld zonder inspanning) al heel gauw verworden tot een grote teleurstelling. In Mortel wordt die teleurstelling doorgaans verwerkt door de teleurstellers op een stier te binden en over de uiterwaarden de rivier langs te jagen. Van Poppel zelf is altijd in voor de nauwgezette uitvoering van deze dorpssport, hij leent er graag zijn beste bul voor uit. Ik zie de Amerikanen al voor me, vier in getal, onder wie die vrolijke goedlachse Gary en zijn vriend, beiden met hun parelende gebit, holderdebolder, op de rug van de stier. Die zegetocht eindigt meestal in de Mieze, waar het dolgehitste rund dan uitgeput in struikelt, waarna men met man en macht de vastgesnoerde gestrafte moet zien los te krijgen voor hij verzuipt, want een geintje moet een geintje blijven.

Harelbeecke staat benauwd vanaf het podiumpje de massa toeschouwers te bekijken en heeft voor de zekerheid zijn hoed alvast afgenomen, want het podium is niet hoog genoeg om de boeren te beletten erop te stappen en heel dichtbij te komen.

Maar op dat moment drukt een Amerikaan op de startknop van de combi. Vroemmm! zegt het beest, met de donkere keelklank van twintig zware motoren. Vrembedebembembem, doet de Amerikaan nog eens door aan de gashendel te trekken. Wat een geluid. De combi rilt en trilt en lijkt zich op zijn wielen te verheffen, in aanvalshouding. Hengedebengbengbeng! Nog eens aan die gashendel, en nu nog wat langer. Oorverdovend is het geluid, het dreunt door de aarde, we staan te trillen op onze klompen, wat een geweld, wat een kracht... Een donkere wolk wordt uit de grote glimmende uitlaten gebraakt en waait recht de smoelen van de verbouwereerde boeren in.

Op slag slaat de lacherige sfeer om. Het wordt doodstil, ze houden zich klein onder het zware bromgeluid van dat gele monster, dat daar op dat podiumpje staat te barsten van energie en honger, stinkend naar diesel. Straks zal het zijn verhoogje af rollen en zich op hun akkers storten, en ze een voor een beginnen leeg te grazen, bek diep in de aarde, aardappelen spillend in zijn gulzigheid. De boeren geven geen kik meer. Staan met grote ogen gevangen in dat geluid, nog de hand aan de kraag, rillend van kou maar ook van opwinding, een enkeling met tranen in de ogen. Het achtste wereldwonder... Het is Mortel binnen gerold... Nu zal alles anders worden.

Broaaarrroemmm, laat de Amerikaan met de gashendel zijn dier nog eens brullen, voor wie er misschien nog niet helemaal uit was. Maar het is niet nodig. Als één man staat de Boer van Mortel te staren naar die geweldige machine, de uitkomst van alle zorgen, de aardappelrooier, eindelijk een eerlijke boterham zonder geploeter – we zullen de concurrentie ver achter ons laten, zie eens wat een hectaren piepers je er dan bij kan poten –, de dromen springen vanzelf op in hun ogen, met elke brul er eentje

bij, het wordt een groot tranendal, tranen van geluk!
Meer nog dan op de bevrijding zelf. Dit! Dit is de bevrijding van het volk! Halleluja! En nog met staats-
steun ook!

Harelbeecke overziet de manschappen en zet tevreden zijn hoed weer op. Alle neuzen dezelfde kant
op, mannen, laat maar eens wat zien!

'Hey, No Money!' roept die vrolijke Amerikaan.
'Can you wheel it?'

Wat zo goed is aan die Amerikanen... Ze weten iets
te veroorzaken, met hun aanstekelijk enthousiasme.

'Come over, No Money. Over here!' Ze wijzen me
waar ik erop kan klimmen, op die glanzende land-
bewerkingstank van ze. Ze helpen mij op mijn Bee-
renburgbenen erbovenop, wijzen me het gaspedaal,
het stuur, de koppeling, het koppelingspedaal. De
nieuwe tijd, bestuurbaar met twee handen en twee
voeten. Ik neem plaats en laat dat ding ook eens
flink brullen. Ha! Die is voor Broer! Een flinke trap
met mijn klomp op het gaspedaal. Broemmmm! Dat
wonderlijke geval, dat schudt en door mijn lijf rilt
en de modder op mijn jasje laat lostrillen. De lucht
van smeerolie en diesel, wat een lucht! Ik inhaleer
diep.

'Yeah! No Money! Let him have it!'

'Vroeoeoemmmm!' doe ik. Ik trap van me af. Eindelijk zal ik mijn stem eens even laten horen. Heng!
In plaats van gedienstig handenwrijven en knikken,
in plaats van kruipen en slijmen. 'Brroeoeoemmm!'
Ik brul boven de kermis uit, boven de wind uit, boven mijn eigen leven uit.

Het enige wat die Amerikanen niet zo goed kunnen is het inschatten van de lokale cultuur. Wie ze wel en wie ze precies niet op hun combi moeten hijsen, bijvoorbeeld. Zo iemand als mij moet je namelijk precies niet hebben, het is lastig in te schatten voor een buitenstaander. Maar de boeren en boerenzoons beginnen zoetjesaan algauw met lede ogen te kijken hoe ik daar zo groots op dat apparaat zit te brullen, alle zorgen van mij af. Vanaf vandaag ben ik weer enig kind! Wat ik altijd al had moeten zijn! Let maar eens op! Ik ben vrij. Kan alles worden! De toekomst begint vandaag!

'Yeah, No Money!' roepen de Amerikanen nog. Ze vuren me aan, maar in de ogen van de boeren is al iets gaan smeulen, ik zie het, al hebben onze bevrijders dat nog niet in de gaten. Het is niet makkelijk de koppen van een andere cultuur te lezen. Iedereen ziet er maar zo'n beetje hetzelfde uit, de essentiële details worden niet gezien.

Want als de nieuwe tijd zich aandient zie je pas goed hoe diep de ouwe tijd nog geworteld zit. No Money...? zie je die boeren denken. Zit daar die schooier met geen geld op onze gloednieuwe combi? Terwijl wij hier allemaal staan toe te kijken, met onze vuisten om flinke rollen papiergeld in de broekzak. Zeg eens even... Wat klopt hier niet?

Ik zie ze naar elkaar kijken, om steun. Ik geef nog eens een flinke trap op het gaspedaal. Vroemmmm. En die is ook voor Broerlief. Broeoeoeoeoemmmm.

De boeren hebben het erover, roepen naar elkaar, bij elkaar in het oor. Ben ik soms een aardappelboer? Nee toch, zeker? Ik ben een schooier, uitschot, een overloper! Vroemmm trap ik nog eens, en die is voor vader, die klootzak, die wegloper.

Hoe de massa zich tegen een mens keert hoef je Broer of mij niet te vertellen. Die les leerden wij met onze neus erbovenop, van achter ons houten schot, ademloos bevend, twee kinderen van elf en tien jaar oud, toen ze de dochter van de slager uit haar huis sleurden. Het gezicht van meester Bakels was er een om voorgoed in mijn geheugen mee te dragen, als waarschuwing, die schitterende ogen, zijn blikkerende schaar en zijn door de inspanning van het knippen wijd openstaande mond, met die droge bruine lippen waar hij normaal zijn pijp tussen geperst hield. De zweetdruppels op zijn kop. Als een razende ging-ie tekeer. Het vuur dat er in die kerel voer, die anders zo nette vent. Het heilig vuur, hij had zo heel Gods kudde kunnen scheren, in zijn eentje, met die schaar van de vijfde klas, bot of niet.

Voor het keren van de massa zijn een paar stokers genoeg. Ik hoor ze niet, maar ik kan zien wat ze naar elkaar roepen, boven het geluid van mijn overwinningsgebrul uit. 'Toch niet weer die schooiers, die slopers, die Marshallpotplunderaars, die overlopers?'

Het gebeurt voor de Amerikanen er erg in hebben. De meute begint zich al naar voren te dringen. Je ziet hun strootje op en neer dansen tussen hun vastberaden lippen, de glans van bewondering en verwachting in hun ogen heeft plaatsgemaakt voor de glinstering van haat, die er erg op lijkt, en die in deze streken al net zo vlak onder het oppervlak zit als de aardappelen, één por met de riek en ze liggen bovenop. Staat daar nou meester Bakels? Met zijn schaar? Ze drommen zich naar voren, een paar stappen het lage podium op. 'Hé, ho,' zegt Harelbeecke, hij schrikt, neemt gauw zijn hoed weer in zijn hand en probeert die stevige boerenzonen met zijn andere hand terug te drijven het publiek in. Maar hij heeft niet meer zoveel kracht in zijn handen, sinds hij het rooien aan anderen is gaan overlaten om zelf de wereld rond te reizen onder zijn cowboyhoed. Bovendien laten die boeren zich helemaal niet wegduwen, ze blijven brutaal staan op hun pootpoten, hun gore klompen bevuilen het witte showpodium, zo hel uitgelicht en Amerikaans geboend.

'Trek hem van die combi, die schooier!' wordt er geroepen.

'Een rondje op de stier!'

Er begint er een aan me te sjorren, grote vuisten aan mijn jasje. Uit het niets krijg ik een klap tegen de zijkant van mijn hoofd, mijn oor suist, maar ik hou me uit alle macht aan het stuur vast en trap het gas nog dieper in. Vroaaam! brult het monster, als een gewond dier, nog een vuistslag, tegen mijn achterhoofd, ik kijk om me heen. Maar er is iets stugs in mij opgestaan, iets hardnekkigs. Nee, klootzakken, vluchten doe ik niet. Dat was eens maar nooit meer! Ik laat me door niemand aan mijn vestje trekken! Ik heb toevallig met helemaal niemand iets te maken! Braoeoeoemmm!

Er is een boerenknecht op de wielen geklommen, en een op het chassis, niet bepaald een goede vluchtauto, deze machine, dat is in ieder geval in het ontwerp niet meegenomen. Ik schakel in de eerste versnelling en geef gas, houd mijn hoofd laag voor een paar zwaaiende en graaiende armen en handen en vuisten. Broertje! Broer, godverdomme. Waar ben je nou? Egoïst! Onverantwoordelijke klootzak. Impulsieve niksnut!

Het geval wankelt onder de dronken boeren die het beklimmen, in hun roes, maar ik geef een flinke peut gas en laat het koppelingspedaal los. Met een knal springt de combi naar voren en hobbelt stuiterend het podium af, flats, de blubber in met zijn glanzende snuit. 'Hey!' roept een Amerikaan achter me. De menigte stuift uiteen.

'Hij probeert ons te overrijden!' hoor ik iemand schreeuwen. Een paar van mijn belagers zijn van hun wielen af gedonderd, de modder in, maar een of twee anderen houden stand op het chassis. Ik probeer op te staan, vuisten aan mijn overall en aan mijn jasje, een knoop springt los. Iemand slaat me in mijn gezicht. Maar ik laat niet los. Met gloeiende bakkes houd ik mijn knuisten vast aan het stuur en hobbel op de op drift geraakte combi richting de kermis. Het apparaat is los! Het wil gaan oogsten! Ik trek een razend lachende grimas die er honderd keer erger uit moet zien dan dat slappe hondensmoel van Volcker. Ha! Ik zal ze eens laten schrikken. Dat ze weten waar een schooier toe in staat is!

Maar daar zijn ineens de Amerikanen. 'Back off! Idiots! Back off!' Ze zijn met z'n drieën op de combi gesprongen en slaan als boksers om zich heen. Dat kunnen ze ook al goed. Ze houden het hoofd koel en slaan die boerenzoons er effectief af, als sprinkhanen vallen ze terug de klei in. Eén Amerikaan neemt het stuur van me over en een ander helpt me er aan de achterkant af – 'Run, No Money!'

Ik val-spring eraf, klompen diep in de klei, en zet het op een rennen.

Achter mij zie ik de combi vervaarlijk brullend in zijn achteruit gaan. Een enorme dieselwolk omhult het decor: machine, berijder en verhitte toeschouwers. Wat een actie, die Amerikanen... Ze weten wel hoe ze hun investering moeten redden. Ik struikel weg, de kermis op, de menigte in, en achter de Laragna hou ik me gedeisd, tussen de tieners, die niets zien dan hun eigen dromen, weerspiegeld in het glimmend chassis van de maaiende armen. Hun eigen spiegelbeeld. Ze zijn het zelf van wie ze dromen, dat is nooit anders geweest.

Het is begonnen te schemeren. Is dat niet erg vroeg? Hoe laat is het? Ik kan vanaf hier de klok niet zien. Toch kan het niet later zijn dan één, twee uur, hooguit. Het is het duister van de storm, die ook de toppen van de populieren in de verte laat schudden, ze zwaaien heen en weer. Zometeen zal het beginnen te stortregenen. Volcker en Vollemondt zijn vast al op weg naar De Gouden Leeuw. Ik moet ze vertellen van Perrer, van het geld. Ze zullen me moeten geloven, dat heb ik toch niet allemaal verzonnen?

Ik voel voorzichtig aan mijn gezicht. Mijn huid is beurs van de vuistslagen, en mijn tandvlees bloedt een beetje. Met het weglikken proef ik de metalen smaak van het bloed samen met de vette smaak van diesel en smeerolie, waarmee die combi onder zit. Het is net of ik hem zelf proef, dat monsterapparaat, alsof zijn bloed in mij zit, of ik hem ben geworden!

Er is een nieuwe tijd begonnen, wacht maar. Klaar met de gedienstigheid. Hier staat een leider. Een overlever. Moeder zei het toch zelf. Jij hebt niemand nodig. En zeker die lul van een Broer van mij niet. Waar ben je nou, man? Ik voel nog eens aan mijn gezicht, aan mijn kloppend oor, en kijk tussen de glanzend zwierende poten van de Laragna door de kermis op, spiedend naar mogelijke achtervolgers.

En precies daar is het, op dat moment, met het bloed van de combi in mijn mond en mijn gezicht strak en gloeiend van de vuistslagen, dat ik haar zie. Joana.

In een glimp zie ik haar. In silhouet. Joana. Achter de Laragna. Hoe je iemand kunt herkennen, in een glimp, de herkenning is er al voor de gedachte, als in een reflex, zoals je ziet dat een balk gaat verschuiven en instorten, onverwachts, voor er iets te zien is, voor je het in gedachten hebt kunnen benoemen, zie je het. In een fractie van een seconde, intuïtief.

Joana. Godver. Mijn hart klopt in mijn keel. Ze moet met de Laragna zijn meegekomen. Welk lot, welk universum bracht haar hier, terug naar dit godvergeten moddergat. Kan het zijn dat... Nee, onmogelijk. Haar nachtcafé, hoeveel kerels zijn daar niet geweest... En dan: al die plaatsen waar een kermis neerstrijkt, Europa is groot. Zoveel groter dan een woonwagenveldje in een godvergeten modderdorp van bijna tien jaar geleden... Ze is mij allang vergeten, jochie met zijn blonde haartjes en bange hart. Ik voel weer haar nagel aan mijn nagel, die nachtelijke woordcloze ontmoeting, ze is voor mij teruggekomen, denk ik, één onverholen overmoedig moment, en probeer scherp te stellen op haar silhouet, tussen de klauwende poten van de Laragna door. Is ze het wel?

Er verschijnt een kerel, hij kust haar op haar mond, achteloos, zat. Duwt haar terzijde. Het is kermis. Dan verschijnen de kerels, dat is heel normaal. En dat ze bezopen zijn ook. Kom op zeg, ik weet heus wel iets van de wereld, ondertussen. Ik ken de meiden van Broerlief aan hun gezucht en gesteun, stuk voor stuk kan ik ze uit elkaar houden, van achter de deur, ik heb alleen mijn oren maar nodig om te weten welk van zijn 'projectjes' het is. Of ik ruik het. Zoals ik mijn neus over de lakens laat gaan, over het beslapen bed, als Broerlief allang in zijn leunstoel ligt te slapen, prins Broer, dan snuif ik aan de lakens, de liefdeslakens, die neem ik in me op, ik adem ze in, de geuren, de liefde. Ik zou ze nog herkennen aan hun geur als we met ogen dicht op de bok van de kar van Tinus zouden zitten, zelfs met Vollemondt erbij, ik pikte ze er op hun geur uit. Ik ben geen veertien meer.

En nu, in het donker van de aanzuigende storm, in silhouet tegen de flitsende lichten van de Laragna, herken ik haar, in een oogopslag, in een oneindig moment van herkenning. Zij is hier voor mij, lafbek, onderhandelaar, schooier. Het universum heeft mij haar terug gebracht. Heel eenvoudig, allesomvattend. De grootste kermisattractie van Mortel Vrij heet Het Universum en zij draait haar rondje speciaal voor mij, speelt speciaal voor mij haar muziekje af, blaast me haar adem in het gezicht.

En hier, midden tussen de graaiende klauwen van

de Laragna, tussen de oorverdovende herrie van het apparaat, de gillende jongeren en de stampende muziek, schiet me opeens een lied te binnen. 'Mijn herder is de Heer'. Een psalm, zeg, kijk nou toch eens... Hij werd altijd in de Grote Kerk van Schenk gezongen. Moeder zong het lied mompelend mee, en stootte mij aan om dat ook te doen. Voor de mensen en hun scherpe blikken, gericht op ons. Ineens springt me die melodie zomaar te binnen, zeg. En de woorden ook. 'Mijn herder is de Heer. Het zal mij nooit aan iets ontbreken'.

Ik die nog nooit gebeden heb, kijk me toch eens aan. Nog niet toen moeder overleed. Mijn enige bede ooit was de smeekbede van de handelaar, scharrelaar, lafbek: gunt u ons de klus, dan doen wij iets van de prijs af. En kijk nu eens. 'Hij brengt mij in een oase van groen. Daar strek ik mij uit, aan de rand van het water'. O eeuwige modder, laat me met haar zitten en verwijlen, terwijl haar eindeloze rij broers en vaders en ooms op hun gitaren tokkelen en elkaar de wijn in de monden gieten. Laat het nacht worden terwijl ze stinkend en ruftend in hun luidruchtige slaap vallen, de snaren in hun kelen doorroffelend onder drankgesnurk, laat ons dan naast elkaar zitten, aan de rand van het water, haar hand in de mijne, onder de uitdijende sterrenhemel, of het mag bewolkt zijn, en regenen mag het ook, stormen, het maakt me niets uit, wij zijn ons eigen universum, wij tweeën één. Laat haar gekomen zijn voor mij... 'Ik kom weer tot leven, dan trekken wij verder. Vertrouwde wegen, Hij voor mij uit'.

Ook al verstaan we elkaars taal niet, taal is niks,

het is weggehoeste lucht, onderhandelingsgebabbel, laf gepraat. Het enige wat telt is een gebaar, een nagel aan mijn nagel, de geur van haar haar, die liefste cavianestgeur van haar. En ik zal haar troosten. Jazeker! Ik, Pek, zal je troosten, ik trek je weg van die mannen, de eindeloze rij mannen, die broers en vaders en ooms, die harteloze figuren, die je kussen en opzij duwen, terwijl ze hun flessen alweer aan hun mond zetten, de wijn gutsend over hun kin. Daarvan trek ik je los, ik zal voor je zorgen. Voor jou zal ik zorgen. Wij die in stilte kunnen zijn, die geen drank nodig hebben en geen roffelende snaren, omdat we het zelf zijn, drank en roffelende snaren, en woorden die we zwijgen, alles in een nagel aan mijn nagel, we omvatten alles.

De Laragna zwelt weer aan, het gebrom en gegier is overweldigend, een vliegtuig dat opstijgt. Daardoorheen de fluiten en draaiorgelgeluiden sneller, hoger, harder. Ik word opgetild, door het geluid, door het licht, een enorme plens licht is het, die uit elkaar spat en de hemel vult met sterren, vurig fonkelend, schitterend. Ik ben verrukt, ik brul naar je, voel mijn aderen zwellen in mijn keel: 'Joana!' roep ik. 'Joana!' Onmogelijk om over de herrie heen te schreeuwen. De tieners in mijn buurt kijken nog niet eens om. Mortel is in kermis gedompeld. Ik verzet mijn klompen.

Het moddergat, het zucht en boert, kokhalst van zijn eigen klei, die donkere stinkende bende, grauwe troep. Ik moet naar je toe. Ik probeer me door de menigte heen te wringen, door de tieners die in de rij staan. Maar ze willen zich niet laten wegduwen.

'Ga weg. Wij stonden hier het eerst! Zakkenwasser! Achteraan aansluiten.'

Ik vecht me naar voren. 'Joana,' roep ik. 'Joana!'

Het begint te regenen, in zware druppels, plenzend in de modder. Is zij het wel, ik probeer door wind en regen en de lichten van de Laragna te zien, probeer naar haar hand te grijpen, aan alle kanten weggeduwd door verontwaardigde tieners. Jonge boerenzonen, die allang weten wie ik ben, bij wie ik hoor en bij wie ik zeker niet hoor.

'Lazer op, stink-NSB'er,' klinkt het.

Maar voor ik dicht genoeg bij haar ben om haar hand te grijpen verschijnen er een paar kerels tussen ons. Zijn het weer broers, vaders, ooms? Nee, het zijn de mannen van de coöperatie. Ze kijken me woest aan.

'Daar is-ie, die sloper! Pak hem.'

Ik ren de longen uit mijn lijf. De verstikking schroeft mijn keel dicht. Wat doe je als je klem komt te zitten? Trappen naar onderen? Dat die benauwde ruimte zich opent, dat je eruit kan lazeren en je vastgrijpen aan het randje lucht dat je met je onvolgroeide longen in kunt ademen. Of je zet het op een lopen, je rent als een bezetene over de Lijedijk naar het zuiden, soppend in de zuigende klei, weg van die duistere oostenluchten, dat donkere en grimmige oosten dat je komt verpletteren, naar het zuiden, de stroom langs, Frankrijk in en hoger, de bergen in, waar de lucht lichter wordt, ijl, waar de rivier zich versmalt tot een beek, tot een stroompje, tot een ondefinieerbare waterwel tussen de rotsen en het gras, de bron.

Je zet het op een rennen, op een trappen, op een snak-
ken: klimmen, adem, bevrijding.

Ik ren over de kermis tot ik helemaal bij De Gouden Leeuw terug ben. Als ik achter me kijk zie ik
dat mijn achtervolgers me hebben laten schieten.
Ze zijn zich gaan bemoeien met een akkefietje bij de
botswagens, waarschijnlijk een paar van die brom-
mernozempjes van 't Zand die een meisje van de Klei
onder de rokken hebben gegrepen. Dat wordt traditi-
oneel hoog opgenomen. Voorlopig hebben ze me laten gaan.

Ondertussen trekt de storm aan, de regen begint nu
razend uit de hemel te kletteren. De tentzeilen van
het spookhuis zijn al losgescheurd en verraden hoog
opklappend zijn povere illusies, het reuzenrad wordt
stilgezet. Zeker bang dat er iemand uit zal waaien.
Of dat het hele ding om zal donderen, de Mieze in.
De uitbaters staan er chagrijnig bij. Hier wordt te
weinig omgezet. Alleen in De Gouden Leeuw is het
een stampend, dampend feest.

Een moment sta ik, hijgend voorovergebogen,
mijn hart kloppend in mijn slapen. Was het nou Joana of niet, denk ik ineens. Of heb ik een delirium,
met mijn slaaptekort, Beerenburg en dat eindeloos
geren op die klompen?

Volcker, die over de kermis door de druipende regen komt aangewandeld alsof niet iedereen om hem
heen onder tentzeilen vlucht en gebukt de veranda
van De Gouden Leeuw probeert te bereiken om te
schuilen, begint breed en angstaanjagend te grijnzen
als hij me ziet staan.

'Zie je wel!' gilt hij door de kermisherrie en de regen heen. 'Ik dacht het al! Die zit op de kermis, ik zei het nog tegen mezelf. Niks uitbetalen! De kermis op!' Hij grimast. 'Wat zou ik doen? Precies hetzelfde!'

Hij stapt ook de veranda op en komt gezellig naast me staan.

'Waar is Tinus,' vraag ik meteen, maar hij zet het op een gierend lachen. 'Kijk nou eens hier, baas,' zegt hij. 'Kijk nou eens hier wat ik heb gevonden! Opgevist uit de Mieze!'

Hij haalt een vies druipende donkere spons tevoorschijn uit zijn overall. Ik zie het meteen. Het is de sok van Perrer.

'Hier, Pek,' zegt hij. 'Hier heb je.' Hij gaat er met zijn hand in en trekt er een drijfnatte rol bankbiljetten uit, pelt er voorzichtig een stuk of wat briefjes vanaf en geeft die aan mij. 'In een sok! Een ouwe drijvende sok! Heb je ooit! Eerst dacht ik dat het een dooie bever was. Ik wilde al maken dat ik wegkwam. Dacht dat ik de pest stond op te vissen. Maar kijk nou eens! En denk maar niet dat ik een krent ben. Heus niet!' Hij lapt me nog een druipend briefje. 'Ik heb meer dan genoeg, man! Alsjeblieft!' Hij houdt hem omhoog, die natte rol. 'Je bent altijd goed voor me geweest, baas, waar of niet!' Hij lalt, heeft flink gezopen. Zijn verongelijkte gezicht, waar we het normaal mee moeten doen, daar rijmen dat litteken en die scheefgetrokken spieren nog enigszins op. Maar als hij begint te grijnzen, grijnzen van geluk, dan word je echt bang van hem.

'Volcker...'

'Tuurlijk,' jubelt hij voort. 'Tuurlijk is er wel eens iets voorgevallen. Er valt altijd wel eens iets voor. In welk gezond bedrijf gebeurt dat nou niet?' Hij begint weer gierend te lachen, op het hysterische af.

'Volcker, godverdomme... Die sok. Die is niet van jou. Die is... van ons.'

Volcker fronst zijn wenkbrauwen en kijkt me zo strak mogelijk aan, een beetje wiegend en met zijn ogen knijpend. Ineens is hij serieus.

'Hola,' zegt hij. 'Ons? Ons?? Er is geen "ons". Niet werken en toch geld? Nee, baas, ik dacht het niet. Met je armen over elkaar, zeker. Je bent Perrer niet!'

'Dat is geld van Perrer,' zeg ik. 'Van de wederopbouwpot.'

Nu heeft Volcker het helemaal niet meer. 'Ja, hoor! Het sprookje van Mortel!'

Dan herneemt hij zich, kijkt me zo gevaarlijk mogelijk aan, met zijn afdrijvende ogen. 'Maar moet je luisteren, kloozzak.' Hij wijst met een zwalkende vinger mijn kant op. 'We zijn op sloop gegaan, kloozzak, en hebben je sloopzooi afgereden, kloozzak. Op de schuit geladen... Samen met Tinus.' Hij foezelt die naam tussen zijn lippen door. 'Tinuz... Die kloozzak.'

'Waar is Tinus?'

'Begon dat beest van hem te schijten,' zegt hij verontwaardigd. 'Terwijl we op de bok zaten. Zo, staart omhoog en blêêêh... En het was veel... Goddomme...' Hij ziet het nog voor zich. Dan kijkt hij mij aan, zo ongeveer. 'En toen heb ik hem met ponystront bekogeld.' Hij giert het uit. 'Dat vond-ie niet leuk, die imbeciel! Ging-ie weer uit zijn pan. Zweten en zich-

zelf herhalen! Pfff...' Volcker steekt omstandig zijn
rol geld weg in de broekzak van zijn overall, waar hij
normaal zijn tegeltjes in verbergt. Hij heeft moeite
de sok in die zak te proppen. Ik wil iets zeggen, maar
hij veegt gedecideerd zijn hand door de lucht, stilte,
en gaat brallend door.

'Ha! Toen heb ik hem op de pleepot vastgebonden!
Dat-ie geen gevaarlijke dingen kon doen, snap je
wel? En daarna heb ik dat strijkijzer eraan gehangen.
Aan zijn dinges! Ik wou het nou toch wel eens zien,
wat je zei. Nou, govverdomme...' Hij kijkt me triomfantelijk aan. 'Het werkt echt!'

Daar gaat-ie weer met zijn hand in zijn broekzak
en vist opnieuw die kleddernatte rol geld eruit, pelt
nog eens een briefje af. Het scheurt half, ach, wie kan
het wat schelen. 'Hier,' zegt-ie. 'Ga jij maar lekker
naar de schiettent.'

'Waar is Tinus, Scharrelaar?'

'Wie is de koning van Wezel?' lalt hij. 'Eeeezel!'
Een nieuw lachsalvo. 'Hier pak aan, nog meer geld.
Pak aan! Het is nog nat!'

Ik pak hem bij zijn schouders en schud aan hem.
'Volcker, zak!'

'Eeezel!' gilt hij. 'Eééézel!'

Ik haal uit en stomp hem in zijn gezicht.

Hij kalmeert meteen, maar zijn ogen fonkelen.

'Weet je wat jouw probleem is, Pek?' zegt hij terwijl hij een bloedfluim uitspuugt. 'Jij denkt dat alles is opgelost met een klap.' Hij begint te giechelen.
Superieur. Superieure dronken zak. 'Maar dat is het
niet! Nee! Dat is het niet! Eééézel...!'

'Volcker. Waar heb je Tinus gelaten?'

'O, die.' Hij kijkt verveeld om zich heen. 'Die ponydrol.' Hij steekt zijn tong uit. Bloedstreep erop. 'Die diktong.' Dan giechelt hij weer. 'En weet je wat nog het mooiste van alles is?'

'Volcker...'

'Weet je welk penseel. Perceel. Weet je welk perceel je ons hebt laten omtrekken. Pek? Weet je dat? Kavelperceel?'

'Wat lul je nou, Scharrelaar. Wat heb je gedaan?'

'Je eigen huis, lul! Je eigen huis. De Gebroeders Pek, in sloop en terrazzo!' Hij kijkt me vlammend aan. 'Wahahahaaa! Dat gezicht!' Nu barst hij echt in onbeheerst lachen uit, gieren, hinniken. 'We stonden stomweg voor dat hek. Groot op het bord. Gebroeders Pek! Echt! Ik zeg: meent-ie dat nou? Maar met die mongool is het niet echt van overleggen. Zijn eigen huis! Kan het stommer?'

Hij staat te glunderen, zijn litteken vuurrood, lacht zijn beblode tanden bloot, zijn ogen schieten vuur. 'Zijn eigen huis, mensen! Jawel! Die is nog beter dan de Dame met de Twee Geslachten! Echt! Wat een dag! Foei!' zucht hij, en hij veegt zich de tranen uit zijn ogen. 'En ik heb de tombola... Foei, foei, foei...'

Hij schudt zijn hoofd, maar dan bedenkt hij iets: 'Die Dame met de Twee Geslachten, trouwens, da's niks. Daar hoef je niet naartoe te gaan. Daar moet je zeker je zuurverdiende geld niet aan uitgeven.' Hij snuift. 'Da's gewoon een vent! Een van die Italianen, ik zag het meteen. Die met dat lange haar. Hij had zijn aars geschoren. Dat was het! Twee geslachten!' Hij barst weer in onbeheerst gelach uit. 'Man! In jaren heb ik niet zo gelachen. Wat een bak! Wie laat er nou zijn eigen huis omtrekken! Eéézel!'

'Volcker, lul,' zeg ik. 'Wat heb je gedaan?'

'Wat jij gezegd had, natuurlijk! Wat denk je? Orders van de baas. Eerst gingen we wachten. Maar we wachtten maar en wachtten maar. En Tinus zat te gieren als de fabrieksfluit van de steenfabriek, zo ging-ie tekeer op zijn pleepot. Ik werd er krankjorum van. Wou ik hem een trap geven, schopte ik per ongeluk zijn pony, zijn snoes. Ja, godverdomme, en die zette het op een trekken. Vroemmm. De hele boel sodeflikkerde meteen in mekaar. Beest de hort op...' Hij begint te giechelen.

Ik voel het bloed uit mijn gezicht trekken en kijk hem aan. 'Broer was daarbinnen,' zeg ik. 'Met een meisje.'

'Oeps!' zegt hij en hij begint nog harder te lachen. Hysterisch. Hij heeft dezelfde slappe lach als bij het klooster destijds. 'Deze mop is nog lolliger dan die van die granaat opvreten, vind je niet!'

'Volcker, je bent een gevaarlijke gek, en een schoft.'

'Maar ik niet,' zegt hij, opeens verontwaardigd. 'Jij bent de directeur. Jij gaf me de opdracht. Waar of niet? Kijk maar in je contract. Wie zijn poot staat daaronder? De jouwe! Jij hebt het gedaan! Er is geen "we"!'

Ik kijk hem stom aan. Weet niet of ik mijn vuist weer op dat litteken van hem moet rammen of niet.

'En daar zit Tinus nou te huilen. Die goeie jongen. Vastgebonden op de pleepot, dat-ie niks geks zal doen. En waarom huilen? Terwijl hij een lul heeft als van een pony. Wat valt er dan nog te jammeren, vraag ik je! Hij kan zijn eigen snoes dekken! Dan heb je toch een reden om gelukkig te zijn, niet dan?'

'Ik schop je terug 't Zand op, schoft,' zeg ik. 'Ik verzuip je in de Mieze. Je bent een duivel.'

Maar Volcker springt opzij. 'Doe geen moeite, baas,' kirt hij. 'Ik neem ontslag! Ik heb toch verdorie de tombola! Ik koop de hele steenfabriek en ook nog de pont. Wij hebben jullie nict meer nodig. Wij! Jullie! Snap je? Snap je? Je kunt bij ons een huisje komen huren, nietwaar?'

En weg is-ie, zwalkend de kermis op, naar de schiettent, de geluksgrijper, die gaat eens even flink zijn geld stukslaan.

Ik sta hem een moment verbijsterd na te kijken. Dan begin ik te rennen.

XII

Terwijl ik de kermis af ren, door de regen, uitglijdend over kots en mayonaise, ren ik Vollemondt tegen het lijf.

'Pek,' zegt-ie. 'Wordt er nou betaald of niet? Zit ik me daar in De Gouden Leeuw te wachten. Vertelt de waard dat je met een stel Amerikanen naar de presentatie van die combi bent gegaan.' Hij kijkt me niet-begrijpend aan. 'Ben je mee gaan bieden? Op die bulldozer? Met ons geld?'

'Godverdomme, Beer,' zeg ik. 'Niet nu...' We staan elkaar in de druipende regen aan te kijken. Zijn overall is drijfnat, de strontlucht die van hem af komt is maximaal, giftig gewoon. Maar hij trekt zijn neus op, alsof ik het ben die stinkt.

'Niet nu?' zegt-ie en hij pakt me bij mijn pols, met die enorme poten van hem. 'Niet nu, baas? Het is steeds "niet nu". Wanneer is het wel nu? Nu, denk ik toch.' Hij kijkt me aan met de eenvoud van een die zijn kracht gebruikt, schroeft zijn hand dicht, net zoals-ie zijn stempels aandraait. – Handvast, Beer, wil ik schreeuwen... Handvast.

'Volcker,' gil ik. 'Volcker heeft het geld!'

Vollemondt laat los. Hij kijkt mij wantrouwig aan. 'Echt?' zegt hij.

Ik duizel. Mijn arm, de strontlucht van die kerel, moet die vent zijn overall niet eens wassen, godver-

domme, of moet-ie niet eens een vrouw die zijn overall wast. Dat zou het hier allemaal zoveel schoner
maken. 'Volcker heeft het. Echt. Ga maar kijken. Hij
heeft het. Hij moet het jou ook geven. Kijk maar,' zeg
ik. Ik haal de verzopen briefjes uit mijn zak. 'Hier.
Volcker heeft de rest.'

Hij bestudeert de briefjes alsof-ie nog nooit papiergeld heeft gezien, of in ieder geval geen drijfnat papiergeld.

'Ik moet gaan,' zeg ik. 'Ik moet... Ons huis is ingestort...'

Nou kijkt-ie me nog vreemder aan. 'Huis ingestort,' zegt-ie peinzend, met dat natte geld in zijn
hand. Dan klaart-ie op. 'Ja, natuurlijk!' Hij lacht zijn
volle lach. 'Huis ingestort. Dat is wat we doen! Goddomme baas, je bent aardig in de war! Nat geld...!
Nou. Waar is-ie, de Scharrelaar? Die wil zeker weer
alles voor zichzelf houden.'

Hij laat me los en beent weg, de kermis op, de herrie in.

Het begint nog harder te waaien, de tentzeilen van
de kermisattracties klapperen in de wind, de lucht is
zwaar en donker en opnieuw begint het te stortregenen. Ik maak me halsoverkop uit de voeten, glibber
de kermis af, naar huis, de blauwe plekken op mijn
arm wrijvend.

Vanuit de verte zie ik dat het dak is ingestort, één
muur staat nog overeind, scheef gezakt. Naast het
hek staat een witte ambulance, in een sluier van regen. Er rennen mannen heen en weer, tegen de loden
lucht, met klapperende witte schorten, jassen. Drijf-

nat struikel ik de dijk op. Ik ren, maar mijn klomp glijdt uit in het natte gras en ik verzwik mijn poot. Au, goddomme, bij het hek zak ik op de grond, in de modder.

Een ambulancebroeder komt naar me toe en helpt me overeind, engel in zijn smetteloos witte pak. De wind op de dijk is zo straf dat we elkaar nauwelijks kunnen verstaan. 'Mijn broer...!' schreeuw ik. De broeder ondersteunt me naar de ambulance. Daar staat de dokter, achter de wagen, min of meer uit de wind. Het is dezelfde kerel als bij moeder, dokters in een dorp gaan een eeuwigheid mee. Hij geeft me een slap handje, en kijkt me medelijdend aan. Als hij maar niet over bloedwaarden wil beginnen. 'Waar is Broer,' vraag ik.

'Je broer,' zegt hij, en hij trekt een pijnlijk gezicht, 'is onder een instortend dak terechtgekomen...'

'Is-ie dood?' vraag ik. Mijn adem stokt.

De dokter perst zijn lippen op elkaar. 'Nee,' zegt-ie. 'Niet dood, maar...' Hij zoekt naar woorden. 'Je moet er maar niet al te veel op rekenen...'

'Waar is-ie?'

'Ze zijn met hem bezig... Wat is er met je been?'

'Voet verzwikt,' zeg ik. 'Da's niks.'

Ik zie dat hij me bijna goede raad wil geven, over gezond leven, acht uur slaap per nacht, maar hij houdt zich in, reikt me zijn arm en helpt me te strompelen naar het huis, of wat er van over is. De touwen zijn scheef aangespannen, ik zie het in één oogopslag. Er zijn kabels aangebonden, maar alleen aan de noordzijde, aan de Miezekant. De muurankers zijn er aan die kant dan ook uit, en zo is de muur dubbelgeklapt en is de rest mee onderuit gezakt.

De enige muur die overeind is blijven staan is de slaapkamermuur, met de verbogen gordijnrails. De gordijnen klapperen in de stormwind door de gebroken ruit naar buiten. En achter die muur, uit de wind zo goed als het kan, hebben ze het matras geschoven, vol gruis en stof en dakpuin, en daarop ligt Broer, zijn gezicht van pijn vertrokken, bleek. Dat steekt af tegen zijn gitzwarte haar, tegen het grauwe puin waar hij tussen ligt, gevallen engel. Als ik naast hem neerplof opent hij zijn ogen.

De ziekenbroeder kijkt bezorgd mee.

'Het dak,' fluistert-ie. Hij fluistert zachter dan moeder destijds op haar sterfbed. 'Het dak kwam naar beneden... ik was... mijn meisje was net... naar huis... het huis... verkeerd ingezet...' Hij zucht.

Ik leg mijn hand op zijn hoofd, veeg zijn lok uit zijn ogen, streel zijn haar.

Hij kijkt me aan.

'Het komt goed,' zeg ik. 'Het komt goed...'

'De fik erin...' kreunt hij. Probeert-ie nou te lachen? 'Ik ben altijd... jaloers op je geweest, wist je dat? Op je...' hij kreunt. 'Op je kracht...' Probeert nog eens te lachen, maar het doet te veel pijn. Zijn lach gaat over in een pijngezicht.

'Ssst,' sus ik. 'Het is goed.'

De dokter kijkt bezorgd toe hoe de ambulancebroeders Broerlief voorzichtig op de brancard tillen. 'Je moet er maar niet te veel op rekenen,' zegt hij nog eens. Broer jammert zacht.

Ik hink zo'n beetje met de brancard mee naar de ziekenauto, mijn hand op Broer zijn arm. De wind

208

rukt aan ons, aan de brancard, waait door zijn haar. 'Wat heb je met Perrer gedaan,' fluister ik bij zijn oor, zodat de broeders het niet kunnen horen, maar hij reageert niet.

'De schoorsteen is op hem gevallen,' zegt een van de ambulancebroeders. De dokter komt naast me staan als de mannen hun vrachtje in de ziekenwagen tillen. Dat gaat er routineus aan toe. Echte vakmensen.

'We moeten onderzoeken of hij inwendige bloedingen heeft,' zegt de dokter. 'Wil je met ons meerijden of regel je zelf iets? We zitten eigenlijk vol.'

'Ik kom wel op eigen gelegenheid,' zeg ik.

'Je weet waar het is,' zegt de dokter en hij geeft me een slap handje. En daar gaan ze, zwaailicht op en sirene hoog en hard, naar het ziekenhuis van Schenk. Al op de dijk verwaait de sirene in de wind, en gaat onder in de heftiger gillende sirenes uit de verte, van de kermis in het dorp met zijn alarmerender flitslichten. Het zwaailicht van de ziekenwagen is maar pover, een dwaallicht, en de sirene klinkt dun, wegzwemmend in de stormwind, niet bepaald het alarm waar iemand van opschrikt. Als het voor een bombardement had moeten waarschuwen, zou er niet eens paniek ontstaan. De feestende massa zou worden verpletterd door de bommen en levend verbranden.

Ik hou me aan het hek overeind en kijk die ziekenwagen na, zoals hij over de dijk spoedt, met zijn flauwe licht en zijn in de wind gezogen sirene. Broer zou voor een meisje zorgen, zei hij. Voor mij. Hij ging voor mij zorgen. Dat is wat-ie heeft gezegd. En kijk nou eens. Ik had voor hem moeten zorgen.

Onder het hek ligt ons bord, het is eindelijk losge-
waaid. Gebroeders Pek, in sloop en terrazzo. Ik ga
erbij zitten en lees de letters, veeg de regendruppels
er met mijn hand af. Er spatten meteen nieuwe op.
In de modder gestort familiebedrijf. In de verte teke-
nen zich nog scherp de silhouetten van de kermis af
tegen de namiddaglucht. De geluiden waaien in flarden mijn kant op, worden opgetild door de wind en
hier neergesmeten, voor mijn voeten, waar ik zit. De
storm lijkt wat te luwen, nu, of is het omdat ik zit?

Uit de schemer verschijnt ineens de hoofdagent
van politie, hij komt aangestapt met bedachtzame
pas, zijn pet diep over zijn ogen, zijn snor plooit mee
met zijn ernstige mond.

Het is klaar, agent, wil ik zeggen, reken me maar
in. Broer deed het misschien, toch is het mijn schuld.
Ik beken. Maar ik zwijg.

De hoofdagent van politie laat mistroostig zijn
blik gaan over het slagveld.

Een huis na sloop is al zo'n verschrikkelijke bende,
laat staan als je het niet eerst netjes hebt gestript en
gesorteerd, al was het alleen maar door de dakpannen af te rapen. Dat is een klus, maar het maakt het
zoveel schoner, het werk. Ze hebben de touwen aangespannen zonder eerst het dak leeg te rapen. Hadden ze dat wel gedaan, dan zou Broer zeker naar buiten gelopen zijn. Zo zie je dat weekloners niet zonder
een voorman kunnen. Ze denken niet zelf, ze willen
niet zelf denken. Ze willen geen verantwoordelijkheid nemen. Daarom zijn het weekloners.

De dakpannen liggen stukgevallen boven op het
andere puin. Alles ligt boven op en door elkaar, hout,

dakgoten, steen, leidingen. Je zou nauwelijks geloven dat je van deze berg puin alleen maar een armoedig dijkhuisje zou kunnen bouwen.

'Da's niet zo mooi, Pek,' zegt-ie. 'Da's allemaal niet zo mooi.' Hij komt op zijn hurken bij me zitten.

'Die jongen van jullie, Tinus. We hebben hem hier gevonden. Hij zat op een wc-pot vastgebonden, met zijn broek op zijn enkels en een strijkijzer aan zijn geslachtsdeel gebonden... Tja... We zien wel meer dingen, hoor, dat je niet denkt dat we niks gewend zijn, maar zo'n jongen... Dat is wel triest.' Hij kijkt peinzend voor zich uit, klopt dan op zijn borstzak en haalt er een sigaar uit. Biedt hem mij aan, maar ik bedank.

'We hebben hem losgemaakt en overgedragen aan zijn vader in De Wel. Ze waren allebei flink overstuur. Het zag er niet mooi uit. Dat touwtje zat er al even, dacht ik.' Hij bijt het puntje van zijn sigaar. 'Maar in De Wel zit een prima huisarts, die zal er wel wat op weten.' Hij kijkt weer voor zich uit, wrijft zich over zijn gezicht. Klopt opnieuw op zijn borstzak voor lucifers. Steekt zijn sigaar op, hand eromheen tegen de wind.

'Het is niet zo mooi, Pek,' zegt hij nog eens. 'Je moet beter op zo'n jongen letten. Als je toch op je hebt genomen om voor hem te zorgen... Ze kunnen niet voor zichzelf zorgen, hè...' Hij inhaleert diep en blaast een mooie rookkring die de wind onmiddellijk aan flarden scheurt. 'Ach, wat jammer...' zegt hij, terwijl hij hem nakijkt.

'Nee, mooi is het allemaal niet. Je zal zijn vader nog wel op de koffie krijgen, lijkt me. En zijn pony moeten we ook nog zoeken.' Hij zucht. 'Maar dat doen we morgen wel, als het licht is. Dat beestje is ervandoor gedraafd, in paniek waarschijnlijk.' Hij haalt zijn schouders op en kijkt vermoeid van onder zijn dikke wenkbrauwen naar mij. 'Wat een bende, Pek. Gaat het met je?'

Ik schutter, haal mijn neus op. Mijn hoofd bonkt, mijn enkel schrijnt, mijn gezicht gloeit. Maar er is iets anders wat me lamlendig maakt. Er is iets anders stuk. Er is vandaag een familiebedrijf ingestort. Ik zwijg.

'Waarschijnlijk staat dat beest ergens langs de Mieze in de uiterwaarde. Gras genoeg, nietwaar?' Hij tuurt die kant op. 'Het zal heus de rivier niet over-zwemmen. Of het moet op de vuilnisboot zijn ge-stapt...' Even overweegt hij die mogelijkheid, maar hij schudt zijn hoofd. 'Die Schoonen zal het verschil nog wel zien tussen een meeuw en een pony, zou het niet?' Aan de lengte van de stilte die hij laat vallen hoor ik dat-ie daar niet helemaal zo zeker van is.

Hij paft nog een paar mooie kringen, die opnieuw door de wind worden stukgeblazen. 'Ach,' zegt-ie steeds als er weer een goed gelukte aan flarden gaat. 'Een tevreeden rooker is geen onruststooker' herin-ner ik me de tekst op een tegeltje dat we een keer op sloop vonden. Volcker had het losgetikt en heeft het waarschijnlijk verpatst op 't Zand, want ik heb het nooit meer op de handelsplaats gezien.

'Wat een onrustige kermis evengoed dit jaar,' zegt de brigadier. 'Veel incidenten. Het zal het weer wel zijn.' Hij gaat met een pijnlijke kreun van zijn hur-ken op zijn achterwerk zitten. Pas op voor de modder op uw uniform, denk ik, maar ik zeg het niet.

'Perrer, dat is toch een treurig verhaal. Mannen die hun driften hun leven laten regeren, dat zijn de grootste tragedies, jongen.' Hij kijkt mij eens aan. Mij ziet hij blijkbaar als een die niet zijn leven door driften laat bepalen. Maar zo is het toch ook? Altijd ingehouden, gedienstig, vriendelijk, blik op de toekomst, verantwoordelijk voor geld, voor Broer en Tinus, voor Vollemondt en Volcker, zorgen voor contracten en zorgen voor kwaliteit van werk. Als je het zo op een rijtje zet is het al om bekaf van te worden. En wat is er uit gekomen? Broer verongelukt, Tinus verminkt, bedrijf ingestort. Bah. Een leider van niks. Ik had me beter ook tot mijn driften kunnen beperken. Net als iedereen! Broer, moeder, vader, Perrer... Wie weet waar ik dan had gezeten. Toch niet in Mortel! Misschien was ik Joana wel achternagegaan. Stond ik nu de Laragna te bedienen, wie weet, als machinist aan de knoppen van de nieuwe tijd!

De brigadier schudt zijn hoofd. 'Wat een dag. Zeg eens, die twee, die seizoensarbeiders, dat zijn toch jongens van jullie, is het niet? Die ene met zijn illegale stokerijtje, zijn wijngaardje?'

'Vollemondt,' zeg ik.

'Vollemondt ja. Die knaap heeft het er niet best afgebracht vanavond. En die ander? Met dat gehavende smoelwerk? Van 't Zand? Hoe heet die?'

'Volcker,' zeg ik mismoedig. Ik voel alle kracht uit mijn lichaam wegtrekken.

'Ja, die was het slachtoffer...' Hij paft nog wat. 'Ze hebben ruzie gekregen, die twee. Over geld, geloof ik. Die knaap van 't Zand had erg veel geld op zak.

We moeten het nog onderzoeken, maar het lijkt erop...' Hij zucht en wuift zijn hand door de lucht, alsof hij het wil wegwuiven, al dat onderzoek dat hem wacht. 'Altijd hetzelfde, hè, met die knapen van 't Zand. Ze ratsen en roven de hele boel bij mekaar. En drinken. En ruzie maken.' Hij hijst nog eens aan zijn sigaar. 'Drank en geld, jongen... Maar met zo'n mes wordt het meteen zo ugly... om het maar eens modern te zeggen...' Hij zucht. 'Die Vollemondt leek me zo'n goeiige jongen. Loopt die wel vaker met een mes over straat?'

'Met een mes?' zeg ik. 'Welk mes?'

'Nou ja, zo'n kort dik slagmes. Een behangersmes, volgens de adjudant. Het is in ieder geval niet echt scherp. Maar ja, het ligt er maar aan hoe je ermee slaat, natuurlijk.'

'Wit lemmet?'

'Wit...? Wit, ja. Het was wel wit, geloof ik.'

'Hoe kwam hij eraan? Aan dat mes?'

De brigadier haalt zijn schouders op. 'We hebben hem wel wat vragen gesteld, maar veel zinnigs kwam er niet uit.'

'Heeft u hem niet gevraagd naar dat mes?'

'Ja, ja, wat denk je... We vroegen hoe hij eraan kwam. Maar verdachte was verward. Hij zei dat het voor hem in de tafel stak. Maar er was geen tafel te zien.'

'Dat was het mes van mijn broer,' zeg ik. 'Als Broer het niet had, hoe kon hij er Perrer dan mee neersteken?'

'Perrer neersteken? Jongen, toch. Dan ben je nu zelf ook aardig in de war. Perrer is zijn schedel ingeslagen. Met zijn eigen stok. Wat zeg je me daarvan? Met die mooie zware gouden knots. Wie het wapen draagt, zal door het wapen sterven, nietwaar? Maar wist-ie wel dat-ie al die tijd met een moordwapen rondliep? Zijn eigen moord nog wel... Vast niet...'

Hij mijmert wat voor zich uit, over de poëzie van het leven, misschien, trekt nog eens aan zijn sigaar, maar het vuur is eruit. In een reflex gaat zijn hand naar zijn borstzak, maar hij haalt de lucifers er niet uit, tuurt voor zich uit. 'Zeg eens, dat aannemersbedrijfje van jullie... Dat is wel gedaan, is het niet?' Hij kijkt me vaderlijk aan. 'Je broer in het ziekenhuis, en je weekloners, de een overhoop gestoken door de ander. Tjongejonge... Die dikzak komt de gevangenis niet meer uit, dat zal duidelijk zijn. Je kunt hem gaan opzoeken als je toch bij je broer op bezoek gaat. Misschien moet je nog wel komen getuigen. Het is niet ver van elkaar vandaan, in Schenk, het ziekenhuis en de gevangenis. Aan de binnenring ligt het, allebei. Voor het ziekenhuis volg je gewoon de borden vanaf...' Hij wil al over de dijk beginnen te wijzen in de richting van Schenk, maar stopt abrupt. 'Ach, wat zit ik te kletsen, je bent er voor je moeder al zo vaak geweest, destijds. Je zult het wel vinden...'

Hij gooit zijn sigaar op het erf en kijkt besluiteloos om zich heen. Einde van de dienst? Nog een sigaartje? Dan beziet hij mij. Ik moet erbij zitten als een hoopje ellende. Gesloopte sloper.

'Misschien kun je tijdelijk iets van het werk van Perrer overnemen? De contracten? Dat ligt straks allemaal te wachten, als het onderzoek begint.' Hij zucht. 'De gemeente heeft uiteindelijk toch iemand nodig die dat kan ordenen, iemand die ermee bekend is, die kan onderhandelen. Denk er eens over. Misschien voel je er wel voor. Straks hè, als het allemaal een beetje is betijd...' Hij kijkt om zich heen, naar ons ingestorte huisje, naar de verregende spullen op de plaats.

'Ben je een beetje handig? Met onderhandelen en zo? Je hebt in ieder geval ervaring, niet? Moet ik niet eens een woordje voor je doen?'

Hij pakt ons bord op dat ik met de tekst naar beneden in de modder heb gelegd en bekijkt het. 'En die woning van hem staat daar ook maar. Ken je dat? De Koningshoeve? Het is in feite een huis van de gemeente. Betaald met Marshallgeld. Zo is het wel... Wil ik eens polsen of je daar niet zolang in kunt? We zijn in een dorp toch veroordeeld tot elkaar, niet? We moeten een beetje voor elkaar zorgen, hè? Zal ik niet eens informeren? Tot je broer weer beter is? Als-ie beter wordt...'

Hij strijkt over zijn snor. 'Er zijn er trouwens die hebben beweerd dat jullie daar vanochtend rondhingen, bij dat huis van Perrer.' Hij peilt me. 'Buren...' Dan kijkt hij weer om zich heen, naar de bende, naar mij, hoopje ellende, naar het bord dat van het hek is gewaaid, en hij glimlacht. 'Maar dat zal allemaal wel niet, zo te zien... De mensen beweren wel meer... Voorlopig hebben we een hoop geld gevonden op die knaap van jullie, die van 't Zand. Die had me een partij bankbiljetten bij zich die je doorgaans niet op een weekloner vindt... Daar is nog genoeg stof tot onderzoek, zogezegd!'

Dan kijkt hij mij slim aan, glimlach onder zijn politiesnor. 'En zal ik je eens wat vertellen? Dat geld was drijfnat! In een drijfnatte sok! Of-ie het zo uit de Lije heeft opgevist.' Hij schiet in de lach en haalt zijn schouders op. 'Maar we kunnen het hem nou niet meer vragen, jammer genoeg. We zullen met die sok wel eens wat rondgaan, kijken of-ie hier bij Herenmode vandaan komt. Kijken waar die jongen hem kan hebben gejat. Maar voor hetzelfde geld is dat ding uit een ander dorp deze kant op komen drijven. Wie zal het zeggen? Misschien wel helemaal uit Frankrijk... Dan is het onderzoek zo gauw nog niet afgerond...' Hij zucht weer en drukt zijn vingers op zijn ogen. 'Pfoei, de berg werk die nog ligt te wachten... Recherchewerk is niet mijn leukste taak, dat kan ik je wel verzekeren... Ik ben liever onder de mensen, hè?' Dan kijkt hij mij weer aan, zijn snor hoog op zijn glimlach. 'Maar ik ga eens wat voor je informeren, kerel. Echt. Zoiets vergeet ik niet. Geloof me maar. Je lijkt me wel een adequate kerel.'

'Ik moet even verkoeling, meneer agent,' zeg ik en ik strompel-schuifel over de dijk, over de drassige klei, zo goed als het gaat met mijn zere poot, tot aan het water, waar de donkere modder in de Mieze ondergaat en rivierbodem wordt. Daar sla ik mijn handen in het water en spoel mijn gezicht. Die klei waar we zo in vastgezogen zitten, met z'n allen, met onze levens en elkaar, met onze bedrijvigheid, onze afkomst, onze plannen, met al onze verdiensten en uitgaven, ons werk, ons leven en onze toekomst. We zitten met z'n allen bij elkaar, als pissebedden, opgesloten en veroordeeld tot die kleine plek tussen twee rivieren, onze leefplek, en veroordeeld tot elkaar.

Broer en ik, schooiers, zoons van een overloper. Van een ziekelijke moeder. Met ons bedrijfje in vuilnis. En kijk nou eens. Heb ik me daar zowaar opgewerkt tot respect! Tot respectabele dorpsbewoner. Tot betrouwbare werker. Een adequate kerel, zegtie, de hoofdagent van politie! Hoe het komt? Geen idee. Misschien doordat ik altijd ben gebleven. Door niet te vluchten, de rivier op te gaan en hem te smeren. Door niet een ander leven te verlangen en daar achteraan te rennen. Maar juist door te blijven zitten waar ik zat en te blijven doen wat ik deed. Zonder schaamte. Zonder schuldgevoel. Kop in de wind! En dat levert ineens respect op? Een adequate kerel, ha! En als je het respect hebt van de brigadier volgt de rest vanzelf, waar of niet?

Heb ik soms lopen slijmen? Onderhandelen, winkelen? 'U vraagt wij draaien' geroepen? 'Zeker, zeker, meneer' gezegd? Helemaal niet! Ik heb gezwegen. Broer had het moeten zien. Ik zwijg en kijk eens: een baan bij de gemeente en het huis van Perrer. Broer zal ervan opkijken als ik het hem vertel. Misschien zal-ie nog zijn schouders ophalen als dat niet te veel pijn doet. Dat doet-ie dan maar, ik maal er niet om. Hij zal wel anders piepen als ik hem de paarden van Perrer laat zien. Dat zal hem wel helpen te genezen, let maar op. Ik zal wel voor hem zorgen, wacht maar.

Met mijn poten in het koele water van de Mieze zit ik te glimlachen. Ik glimlach zo breed dat er een traan uit mijn ogen over mijn wang rolt en in het water springt. De druppel maakt een kleine kring, die uitdijt.

Wilde ik het er een uur geleden nog allemaal aan geven... De Mieze opgaan. Weg van hier, de rivier volgen en me vrijmaken, met mijn koffertje aan de hand, het mooist in april, als de kersenbloesem bloeit. Tegen de zon in kijken, knijpen met de ogen en lachen. Dag! Eén foto is genoeg. En zo de stroom op varen, recht het oosten in, weg uit de klei, mijn verleden eraan geven, en een nieuw mens worden, zonder afkomst en zonder lotsbeschikking, alles kan, een nieuw lot, blank en melkwit als de couveuse waarin ik was, waarin ik ademde, alleen maar nu, zonder afkomst en zonder vastomlijnde toekomst...

Ik laat mij zakken aan het water en was mijn handen, mijn gezicht, mijn tranen. De klanken van de kermis drijven weer deze kant op. De storm is voorbij. Het reuzenrad wordt weer in gang gezet. Het is toch niet in de Mieze gestort...

'Kan ik je niet een borrel aanbieden, kerel?' De hoofdagent klimt de dijk af en komt naast me hurken, aan het water. Legt zijn hand op mijn schouder. 'In De Gouden Leeuw? Je zult daar toch vannacht moeten logeren, vrees ik.' Hij peilt de lucht en kijkt om zich heen. 'Ik geloof warempel dat het droog is geworden. Opklaringen in de avond,' zegt hij en hij gaat rechtop staan, hijst zijn broek omhoog. 'Daar heb ik altijd zo'n tegenstrijdig gevoel bij.' Dan knikt hij met zijn hoofd naar het puin achter ons. 'Wou je er nog een keer doorheen? Voor je bezittingen? In de nacht na de kermis wordt er nogal wat ingebroken. Meestal die knapen van 't Zand, hè. Ik zeg het maar gewoon zoals het is, hoor. Ze hebben wat op en worden hebberig. Maar we hebben geen mannen om én

219

de kermis én de boel hier te bewaken, dus als je nog iets bewaard wil hebben?'

Ik haal mijn schouders op. Ik denk aan de foto van vader, maar wiens vader was hij eigenlijk, wie was hij überhaupt, die zonnige avonturier, die wegloper... Of de tegel op de schouw. 'Als my Fortuijn tot hoogheydt voert, soo laet ick gheen dreck ongheroert.' De handelswaar op de plaats, de verroeste slijptol onder zijn jutezak... Ik schud mijn hoofd. 'Er is niets van waarde,' zeg ik.

Hij ondersteunt me vaderlijk, broederlijk, de dijk op en onderweg naar De Gouden Leeuw.

'Waar heb je je poot verzwikt?' vraagt hij.

Ik knik naar achteren. 'Vlak bij het hek,' zeg ik.

'Omdat er mensen zijn die beweren dat ze jullie vanochtend door het dorp hebben zien rennen?'

Ik ben zo moe, voel me zwaar worden. De hoofdagent zet zich schrap en houdt me overeind.

'Die contracten,' begint-ie dan. 'Dat is toch ook onbegrijpelijk geschrijf... Dat is vragen om een vergissing zoals deze,' zegt hij. 'Ik had vanochtend al koppijn toen ik er nog maar vier had proberen door te lezen...'

Hij praat nog steeds door, maar de geluiden van de kermis nemen nu de overhand en overstemmen zijn goeiige verhaal.

'Laat me toch maar even,' zeg ik tegen hem. 'Laat me maar even hier. Ik kom straks wel die kant op. Laat me maar even hier aan het water zitten. Ik moet nadenken...'

De brigadier stopt abrupt met praten. Hij is er een die nooit beledigd is als je hem onderbreekt, een van de weinigen. Hij weet dat hij altijd blijft doorouwe-hoeren als anderen zwijgen. Hij kent zichzelf. Dat is al uniek.

'Ik zal er eentje drinken op je voorspoed, kerel,' zegt hij, bijna vaderlijk weer. 'Zul je niet te eenzaam zijn? Dan kunnen mensen gekke dingen doen, hè?'

'Nee, agent. Het gaat wel.' Al die vaderfiguren in zo'n dorp. Ik sluit mijn ogen. Zo moe. 'Broer zou nog een meisje voor me regelen,' zeg ik plompverloren.

Hij kijkt me medelijdend aan, die aardige agent. 'Ik zal wel zorgen dat je naar je broer toe kunt. Ik regel wel een dienstwagen. Schiet me maar aan als je erheen wil.' Hij wijst met zijn duim in de richting van het dorp. 'Je weet me te vinden.'

Dan veert hij op. 'Komaan, een borrel,' zegt hij. 'En dan sporen we morgen die Italianen wel op.' Hij strekt zijn rug. 'Als het licht is. Een makkie. Een Italiaan in deze streek is als een pony tussen de meeuwen.' Hij moet er zelf om lachen, om zijn grapje. 'Geen zorg. Die hebben we zo.'

Dan is hij weg, joviale groet.

XIII

De nacht valt even zacht als de ochtend. Ineens is het weer zomer. Gek weer, gekke maand, idiote dag. Alleen de diepe donkere plassen in de modder verraden nog de storm van vanmiddag, en hier en daar ligt wat zomerblad van de bomen gewaaid, soms met tak en al, en een ingestort huis, natuurlijk. Ik ben weer terug naar de rivier gestrompeld en heb een tijd achterover in het koele gras gelegen. Heb ik geslapen? Waarschijnlijk wel. De kermisgeluiden achter mij zijn zo goed als verstomd. Het moet dus al over enen zijn, want dan moet de kermis sluiten, gemeentelijke verordening.

Mijn enkel schrijnt niet meer, hij voelt alleen nog warm. Net als mijn gezicht, en aan mijn arm doet niets meer pijn. Er zitten wel een paar blauwe plekken op.

Ik schrok wakker met het beeld van Tinus, die op de bok van zijn kar zat te gillen. Verraad is: weten dat je de zorg hebt, maar het af laten weten. Ineens 'voor jezelf' gaan kiezen... Broer onder het puin, Tinus verminkt, Vollemondt en Volcker... Alles mijn schuld. Welke baas gaat er in de ochtend in het café Beerenburg zitten zuipen terwijl hij zijn mannen eropuit stuurt? Als je eenmaal je rol hebt in het toneelstuk kun je daar niet zomaar meer uit stappen. Je hebt hem te spelen tot het einde toe. Ik die zogenaamd iedereen wilde redden, met als eindresultaat dat ik alleen mezelf heb gered. Is dat nou niet pover?

Om eerlijk te zijn ben ik verbaasd over de woorden van Schaminée, als ik ze me weer te binnen breng. Of heb ik hem ook gedroomd? – Maar ik hoef maar om me heen te kijken naar de puinhoop om weer terug in de werkelijkheid te zijn.

Het is niet zo dat we hem niet kennen, die Schaminée, hij is al jaren hoofdagent. Zelf is-ie van Biezeveld, net als wij een zoon van een aardappelfamilie, ook van de Klei dus. We gaan ondertussen al heel wat jaren mee, rondspattend in dezelfde modder. Maar dat ik hem goed ken? Helemaal niet. Van afstand, zeker, aan zijn snor en zijn rooie kop herken je hem gauw genoeg als-ie ergens tussen de mensen staat – ook als-ie niet in uniform is. Net als ik, trouwens, mijn maffe jasje is vast ook goed bekeken door meer figuren dan alleen mijn eigen mannen. En vast en zeker zit die brigadier goed in de contacten, in de notabele contacten. Hij heeft zijn huisje dan weliswaar niet aan de Goudkust, maar toch in de Nieuwstraat. Het dorp mag zijn dorpsbestuur hebben, met burgemeester en al, maar de touwtjes zijn nou eenmaal in handen van een paar types, die goed in de praktijk ingevoerd zijn, zoals dat heet. Types als Herrelbieck, maar ook hij, Schaminée, en waarschijnlijk de notaris ook, met zijn hoge pofrekening in De Gouden Leeuw, als je de verhalen mag geloven. En natuurlijk als belangrijkste Perrer. Het zijn vrienden van elkaar, dat soort mensen komt bij elkaar op de borrel, men kan wat voor elkaar betekenen.

Op welke van die borrels is het gebeurd dat ik

ineens doorga voor een adequate kerel? Van een schooier tot een adequate kerel... Ik zou er honend van in de lach schieten als ik niet het idee had dat die hoofdagent het werkelijk meende. Is het medelijden van die goeie ouwehoer? Maar hij weet toch wie we zijn? Schooiers, zoons van een ziekelijke moeder en een overloper?

Misschien is het een geheim dat ik niet ken. Dat ik jarenlang zo bezig ben geweest met ploeteren, tegen dat voortdurend dreigende faillissement aan, schrijnend als een huidziekte waarvoor nog geen remedie is gevonden (goed slapen, acht uur per nacht...), dag en nacht druk met klusjes, altijd weer klusjes, geen smeriger woord dan dat, met het doen van aanbiedingen, grauw van armoede, met het aanbieden van kortingen, excuses, sigaren, voortdurend onder de onmogelijke prijs van de Italianen moeten gaan zitten, het water aan de lippen, met Broer en de mannen in mijn nek, een flierefluiter, een zuipschuit en een krankzinnige – dat ik gewoonweg niet heb gezien hoe zich dat voltrekt. Van uitschot tot adequate kerel. Zomaar? Zonder betaling? Zonder soepele wederdienst, zoals moeder Perrer wederdiende? Zoals Perrer de Italianen wederdiende?

Misschien ben ik te wantrouwig geworden, is de armoede in mijn ogen geklommen, heeft die zich in mijn blik genesteld, zoals de modder diep in de vezels van mijn maffe jasje van velours is gedrongen, onuitwasbaar, en ben ik te cynisch geworden om nog iets schoons te kunnen zien, te kunnen geloven dat er ooit iets zou kunnen gebeuren zonder dat ik er zelf met al mijn laffe gedienstigheid een onmogelijke wederdienst voor heb aangeboden. Om nog te geloven dat zich iets kan voltrekken wat niet is veroorzaakt door mijn eigen kruiperigheid, slapeloze vasthoudendheid en diepe woede. De genade waar moeder mee leefde, zeker...

Want ik heb hem toch niets gevraagd, die brigadier? Geen aanbieding gedaan, geen gesmeek, niets. Ik heb alleen maar gezeten, op mijn gat in de blubber, naast ons op Broerlief ingezakte huis, met dat idiote bedrijfsbord van ons in mijn poten, met die moedeloosmakende tekst... Gebroeders Pek in sloop. En terrazzo. Ons familiebedrijf, onze business, zoals de Amerikanen zeggen, dat troebele handeltje dat, wanhopig spartelend tussen de veel te goedkope Italianen van Sprengers en de onbetaalbare nieuwe tijd, toch koppie-onder ging.

En dan komt die brigadier in een paar streken een toekomst schetsen, de lucht klaren. Opklaringen in de avond... Het moet een geheim van het leven zijn. Door al dat geploeter heb ik misschien niet de kans gehad om boven onszelf en onze klusjes uit te stijgen en te zien wat er gebeurde, wat er veranderde, wellicht. Wat er gebeurt als je lang genoeg hetzelfde blijft doen, als je lang genoeg op dezelfde plek verkeert, als je niet wegloopt en niet je warrige avonturenhart volgt. Als je trouw en voorspelbaar je werk blijft doen, zonder onderbreking, zonder fratsen, met je poten tot je enkels vast in de modder waar je vandaan komt. Wat er blijkbaar bij anderen gebeurt als je trouw je werk verricht. Niet één keer, maar jarenlang, zonder ophouden, zonder kapsones. Dat er dan namelijk een wonder gebeurt: je krijgt een goeie naam. Word wie je bent, denk ik ineens, die frase van moeder. Uit de kerk nog wel... Ha! Ik schiet er nu toch echt van in de lach. Kijk eens hier, de met modder bevlekte schooier heeft een goeie naam. Vraag het maar aan de brigadier, hoor. Hij heeft het zelf gezegd. Een adequate kerel, zei die, dus zo is dat!

Ziehier het recept: een lafbek zijn, meeveren, ja zeggen, volgen. Niet zoeken, maar vinden. Niet grijpen, maar krijgen. Halleluja. Word wie je bent, en ontvang wie ge zijt. Mortel, mijn zalige geboortegrond, mijn thuis. Ook al weet ik heel goed dat mijn geboorteplek het ziekenhuis van Schenk is, en meteen daarna het witte niemandsland van de couveuse, waarin ik volstrekt alleen mijn lucht vond, mens werd, en sterk, een leider, een overlever. Maar hier in de klei ben ik een adequate kerel geworden, heb ik naam gemaakt. Mijn goede naam. Pek.

Hoe zal het er hier uitzien in de toekomst? Zal het vol staan met die varkensstallen van Perrer? Vast wel, schat ik. En ze zullen waarschijnlijk de Nieuwstraat eens asfalteren. Dat moet wel, er zijn er steeds meer die een auto hebben. Alle kasseien gaan eruit, zeker, en dan wordt eindelijk ook de stoep aangelegd, waarover zoveel te doen is geweest. Die dingen zullen allemaal gebeuren.

En ook komen er vast andere machines op de kermis. Wie weet gaat het over een paar jaar allemaal op elektriciteit, elektromotoren, dat is dan helemaal in. Suizende nieuwe attracties, nieuwe Laragna's, met nog sneller wiekende poten, en andere draaimolens, en de muziek zal vast nog wat harder zijn geworden en de meisjes dragen hun haar niet meer in krul, maar steil, of niet meer steil, maar in krul. En wie weet vinden de boerenzoons andere wegen om hun meisjes te zoeken, andere manieren om hun geld in te zetten op hun toekomst. Dan moet de waard zich ook eens losscheuren van zijn plankenvloertje achter de bar, die alwetende kletszwam, en iets anders verzinnen. Hij kan altijd een roddelkrant beginnen, met praatjes uit het dorp. Wie weet levert dat wat op. Uiteindelijk moeten we allemaal mee in de nieuwe tijd. Straks zit iedereen in de varkens, bestaan er niet eens aardappelen meer... Maar dat zal nog wel een tijd duren, lijkt me. En al die toekomstige tijd zal ik hier zijn. Waar ik hoor, waar ik mijn goeie naam heb... Ik zal zien hoe de boerenzoons vooralsnog hun aardappelgeld naar De Gouden Leeuw brengen, en zich opdoffen, naar de mode van het moment, om hun meisje te zoeken en hoe ze opnieuw slaags zullen raken om haar, of om geld, of om drank. Nog altijd zullen de mensen dol zijn op laster, en gretig zijn en laf. En nog altijd zal ik de zoon zijn van een overloper, maar met een goeie naam van mezelf. En van Perrer zal er een standbeeld komen. De man van de Marshallhulp, van het visioen, van de varkens.

Zo zal het gaan, en Mortel viert zijn volgende kermis weer onder dezelfde naam: Mortel Vrij. Zelfs tot lang nadat niemand meer precies weet waar die bevrijding ook al weer de bevrijding van was. Totdat Mortel Vrij niets meer betekent dan een paar dagen vrijaf, net als met carnaval, maar dan in het najaar. Een paar dagen extra om eens goed de remmen los te gooien.

In dat opzicht zal er nooit iets veranderen. Misschien schuilt daar de enige bevrijding wel in, in de rol te accepteren die je te spelen krijgt. 'Zoals de rivier niets anders kan zijn dan water...' riep meneer pastoor wel eens als hij goed op dreef was in zijn zondagspreek. '...en niets anders kan doen dan stromen, zo moeten wij worden wie we zijn. Niet sturen, maar volgen. Niet grijpen, maar ontvangen. Dat is bevrijding.' Daarna kwam weliswaar de collecte, die geniale mengeling van grijpen en ontvangen, maar dat de mens doortrapter is dan-ie zelf kan verdoezelen, wil nog niet zeggen dat zijn streven onwaarachtig is. Ik zal erbij zijn, die hele toekomst, als een waardig man, Pek, de man met de goede naam. Pek, een bouwer.

Ik zak achterover in het natte gras. Ik ben zo moe... Ik denk weer aan Tinus en Broer en de mannen... Al die toekomstige tijd zal Beer dus in de bak zitten. Die zachtaardige stommeling. Hoe kan hij zo zijn geëxplodeerd? Zo kenden we hem nog niet.

Ineens herinner ik mij een avond, lang geleden. De jongens waren pas bij ons en we hadden een zware sloop achter de rug. We zaten om de tafel in de keuken na te praten en Vollemondt kwam voor het eerst op de proppen met zijn zelfverbouwde wijn. Een prachtmoment. Hij had wel vijf flessen bij zich. Die wijn – zuur als azijn, we zaten naar elkaar te grimassen en kregen daarvan weer de slappe lach – had iets definitiefs. Er smaakte toekomst in door, we voelden het allemaal. Ook Volcker, toen nog lang niet zo doortrapt als later, toen de teleurstellingen van het leven het zijne helemaal hadden overgenomen, had nog zijn dromen, net als wij allemaal. Ik vertelde bijvoorbeeld openhartig van mijn geheime idee om Joana ooit te gaan zoeken, als ik genoeg geld had, in haar nachtcafé in Roemenië. Niemand die schamperde, we lieten elkaar onze droom. We voerden Tinus zijn eerste slokken wijn en iedereen was vrolijk, ik maakte zelfs eten voor ons allemaal. Het kon niet op. Er hing een broederlijke sfeer en Broer stookte de kachel heet en vertelde een stel prachtige schunnige verhalen over een paar van zijn projectjes. En Volcker kwam met het verhaal van een kerel die hij gekend had en die in het Israëlische leger had gevochten. Die had in zijn eentje, met niks dan een molotovcocktail, vertelde hij, een Egyptische tank veroverd. Hij kwam er oog in oog mee te staan, dus hij smeet zijn molotovcocktail, het enige wat-ie in zijn handen had. Dat ding spatte op de tank uit elkaar. Dat gaf natuurlijk wat kabaal en een klein brandje. En onmiddellijk vloog de koepel open en kwamen die jongens eruit geklommen en sloegen op de vlucht, allemaal, als hazen over de weg. Toen had-ie dus een tank. Een prachtverhaal, en echt gebeurd, verzekerde Volcker ons. 'Een infanterist die een tank verovert! Dat is nog nooit voorgekomen!' Hij stond het met een fles van Vollemondt na te spelen, iedereen zat te grinniken, niemand lette op zijn litteken.

Naarmate de avond vorderde werd de wijn steeds minder zuur, en de stemming intiemer. We hadden alleen de lamp boven de tafel aan en onze schaduwen op de muren vielen zacht en grillig over elkaar heen als er een de wijn pakte om nog eens bij te schenken. We deden 'Hoe heet de koning van Wezel' met Tinus, een tijd lang, tot iedereen er genoeg van had en zich aan zijn eigen gedachten begon te wijden. Op het laatst lag Tinus in mijn stoel te slapen en zaten Broer en Volcker met elkaar te kaarten. Ik praatte nog met Beer, probeerde hem uit te horen over wat hij gedaan had voor hij bij ons in weekloon was gekomen. Eigenlijk was het heel onschuldig, mijn vraag. Ik vroeg hem gewoon: 'Hoe kom jij eigenlijk zo sterk?' Maar daar werd-ie stil van, van een herinnering die ik daarmee blijkbaar bij hem wakker riep. Hij nam zijn beker wijn in twee handen en fronste zoals hij dat nog nooit had gedaan. Hij wou er niet veel over kwijt, dat was duidelijk. Toch intrigeerde het me, dat verzwegen verhaal van hem. Ik zat zo'n beetje door te hengelen. Op een goed moment ging hij rechtop zitten. Nu komt het, dacht ik.

'Wrok is hard,' zei hij. 'Als trots.' Hij klopte zich op zijn borstbeen. 'Maar schuld,' zei hij, en hij sloeg zijn ogen op naar mij, 'schuld is zacht, als drijfzand. Verstikkend.' Hij schonk met trillende hand zijn beker nog eens vol. 'Spirits,' zuchtte hij toen. 'Mengt het zachte met het harde...' Hij proostte naar mij en dronk.

'Je moet het verleden loslaten,' zei ik hem. 'Geen mens hoeft zich door zijn verleden te laten bepalen.'

Hij keek me aan en schoot in zijn overbekende volle lach, schonk mij nog eens bij. 'Wat je zegt, kerel. Wat je zegt...'

Ik luister naar mijn ademhaling, diep binnen in mij. Dat suizen en gonzen, het is mijn bloed dat door mijn aderen stroomt, mijn eigen binnenvaart, mijn eigen Lije en Mieze...

Ik hoor mijn adem zwaarder worden. Goed slapen, goed geweten. Het gras is zacht en nat en het kietelt en streelt mijn hand. Of kriebelt er iets anders aan mijn hand? Een insect? Een vinger, die krabbelt en mijn vingers zoekt en aan mijn nagel haakt, soms? Droom ik? Niet wakker worden! Ik houd mijn ogen dicht. Ook met mijn ogen dicht herken ik haar.

'Pequeño,' zegt ze en ik ga rechtop zitten, kijk haar aan. Haar haren zijn geknipt. Halflang haar, als van een dametje. En de lijnen rond haar ogen zijn rimpeltjes geworden. Maar haar ogen staan fel en donker als mijn herinnering aan haar.

Ze knikt met haar hoofd naar de kermis in de verte. 'He venido con Laragna,' zegt ze.

Ik knik. 'I saw you.' Ze komt naast me zitten en we kijken over de Mieze de nacht in. Mijn hand sluit om haar hand.

'Where is your brother?'

'He went to send you,' zeg ik. Een traan valt op mijn hand en haar hand, zoals we elkaar vasthebben.

'It's okay,' zegt ze. 'It's okay.'

Zo zitten we een tijd naast elkaar. De wind is helemaal gaan liggen, is dat nou niet idioot, en het water van de rivier, dat zwarter is en nog minder peilbaar dan de lucht erboven, klotst zacht tegen de oever van de dijk. En verder is er onze adem. Ik adem in haar tempo mee. Zo zakken we naar achter en liggen in het gras. De dame ligt, hoor ik Beer al zeggen...

Ik denk aan hoe ik als kind was, in mijn stille wit-te wereld. Mijn gedachten duiken moeiteloos naar binnen, waar ik luister naar mijn adem, het suizen en ruisen van de stilte. De couveuses van nu zijn niet de couveuses van vroeger, toen ik erin op adem lag te komen, ik, overlever, leider, die niemand no-dig had. Ook daar is de nieuwe tijd verschenen. De zware bakken met de metalen strippen op de randen, en dan die twee gaten met de witte rubberen hand-schoenen, voor wie naar binnen zou willen reiken om me op te tillen of te draaien of aan te raken. Joana streelt mijn hand met haar nagel.

Zo liggen we naast elkaar omhoog te kijken, de he-mel in, handen ineen, en ik luister naar haar adem-haling. Blijkbaar is er hoog in de lucht nog wind, waar de storm zich moet hebben teruggetrokken, want er drijven wat wolkenflarden voorbij, lichter grijs tegen het zwart van de hemel, maar hierbene-den is alleen onze adem, in hetzelfde tempo. Ach-ter ons staat het silhouet van het reuzenrad tegen de hemel afgetekend, als in een pentekening, als op een spreukentegel, een soort levenswiel. Laten we in het reuzenrad gaan, wil ik zeggen, ook al weet ik dat het gesloten is. Het maakt niet uit. Ik zwijg en stel me voor hoe we in het reuzenrad stappen, die attractie die het mooist is tegen de avond, als je de hele kermis hebt gehad en alles hebt gezien en beleefd wat er te zien en beleven valt. Het reu-zenrad, de allerlaatste fase van de kermis, we stap-pen het schommelende kuipje in, en daar gaan we. We worden opgetild, schokkend, schuddend, hoog, nog hoger... Hoger zelfs dan de boven de kermis uit-

torenende Grote Kerk van Mortel, met zijn koepel-
dak, groot en duister als de hemel zelf, en zijn toren,
streng rechtop midden in de nacht. We klimmen er
met gemak bovenuit, we rijzen zelf de hemel in, boven alles uit, worden opgetild tot boven de mensen
en hun kabaal, naar waar het donker is en de dreunen van beneden verdunnen, verzwemmen in de
steeds ijlere lucht, recht onze eigen hemel in, hoger
en hoger, waar het kil wordt, we rillen en houden
ons goed vast aan de stangen in ons schommelende
kuipje, en we kijken nog eens naar beneden, als we
durven, naar dat lichtgevende kluwen daar diep onder ons, waar de mensen al bijna niet meer te zien
zijn, de menigte, hun herrie, waar dat allemaal nog
wat doorrommelt, en waar alle huizen er hetzelfde
uitzien, of ze nou zijn ingestort of niet, dat maakt
geen verschil. En we stijgen verder door, hoog boven de mensenwerken uit, en zien beneden ons het
land, rondom die steeds kleiner wordende feestvlek,
de duistere landerijen, doorkronkeld door de Mieze
en de Lije, zwarter en stiller nog dan het land, dan de
nacht zelf, en verderop onderscheiden we nog net de
vale lichten van Schenk, en zelfs nog Giers, met zijn
duistere steenfabriek. En aan de andere kant, naar
het zuiden toe zien we de Lije die daar helemaal te-
rugkronkelt langs Biezeveld het verre Frankrijk in,
dat daar als een belofte achter de einder moet liggen, of naar het oosten toe de Mieze, naar het grote
Duitsland, dat zich roerloos en eindeloos uitstrekt
tot waar je maar kunt kijken, en aan de horizon on-
merkbaar overgaat in de nacht. We stijgen in stilte.
Er komt ruimte. Alles wordt open, alles wordt adem.

En eindelijk, eindelijk zak ik tussen het koele gras in een diepe, niet benauwde slaap.

'Pequeño,' fluistert Joana. 'You still know my name?'

'Gracious God,' zeg ik.

'And you know my real name?' vraag ik.

'Cui,' zegt ze en ze zet haar nagels in mijn hand.

Ik glimlach opzij naar haar, maar nu is het moeder die daar ligt.

'Ik hield wel van je,' zegt ze, 'maar later. Ik heb van je leren houden.'

'Ga jij nu maar slapen,' zeg ik. 'Het is wel goed zo. Het is goed zoals het is.' Ze kermt en wordt gras.

Ik word pas wakker als het volop licht is, als een verbaasde zon al halverwege de wolkeloze hemel is geklommen, en even verbaasd kijk ik om me heen.

Na een goede nachtrust is alles anders, ik kan de dokter gelijk geven. Zelfs ons ingestorte dijkhuis ligt er minder grauw bij, in het goudgele zonlicht dat schittert in de modderplassen en een mooie lange ochtendschaduw van die ene staande pui over de weg legt. Het wordt er bijna vriendelijk van, een pittoreske ruïne, als een plaatje in een geschiedenisboek: wat kunnen we nu van de historie leren, beste kinderen?

Niets. We laten haar rustig liggen, als een ouwe hond in zijn mand. We ruimen niets op, laten ons er niet door voortjagen of tegenhouden. We laten haar barsten! En dan slapen we een lange nacht in de open lucht en kijken met nieuwe ogen over de dijk.

Kijk, kijk, komt daar een politiewagen aangehobbeld? Jazeker, het is mijn vriend, Schaminée, in zijn dienstauto. Hij komt eens even poolshoogte nemen. Ik zwaai hem toe. Samen zullen we Broerlief bezoeken in het ziekenhuis, ik zal nog een veldboeketje bij elkaar plukken, en verder zien we wel.

Maar Schaminée kijkt mij donker aan, als hij is uitgestapt.

'Heb je het al gehoord?' begint hij. 'Je broer...'

Ik houd mijn adem in en houd mijn nieuwe ogen strak op de dijk gericht, op het pittoreske plaatje, de oude rivierdijk bezien vanuit de nieuwe tijd. Schaminée schudt zijn hoofd weer eens. Straks schudt-ie dat hoofd van hem er nog af. Als dat zijn enige antwoord moet zijn op de toekomst, hoofdschudden... Hoofdschudden of schouderophalen, dan gebeurt er nog eens wat!

'Ik ging vanochtend bij hem langs om te zien of ik hem kon verhoren...' Ik kijk hem niet begrijpend aan. 'Het schijnt dat hij het geweest is, met die knotsstok van Perrer. Hij heeft Perrer zijn hersens ingeslagen.'

'Dat kan niet,' zeg ik, geschokt.

'Kan niet bestaat niet in ons werk,' zegt hij vermoeid. 'Ik heb zes getuigen...'

'Zeker die Italianen,' flap ik eruit. De benauwdheid is terug.

'Die Italianen, ja, en drie buren, onafhankelijk van elkaar...'

'Godverdomme,' zeg ik.

'Tja,' zegt hij.

We kijken elkaar aan, stom, onnozel.

'Het is niet gezegd dat hij het haalt, je broer,' zegt

hij. 'Het zag er vanochtend niet goed uit...'

Weer zwijgen. Hij peilt me, van onder zijn pet, kauwt op een snorpunt. Ik zwijg.

'Stelletje schooiers,' zucht hij.